El Color del Odio

Walker Segunda Generación

Marcia DM

Para todas las que se sumergen…

Sinopsis

¿Puedes odiar a una persona tras haberla amado incondicionalmente?

La respuesta es sí.

Azul Atwood fue mi amiga desde que éramos críos. Compartimos tardes calurosas bajo el sol de Texas, cabalgatas al atardecer y risas imparables durante años. Pero, en un día ebrio, todo cambió entre nosotros y mi amor por ella se convirtió en un huracán que arrasó con todo a su paso.

Estaba dispuesto a enfrentar cualquier obstáculo que se interpusiera en mi camino para conquistarla y hacerla mía. Sin embargo, todo colapsó cuando la escuché pronunciar aquellas palabras que destruyeron nuestra historia en un instante.

Tomé la decisión y la eliminé de mi vida.

Traté de enterrar aquellos sentimientos intensos que una vez nos unieron. Pero la vida, irónicamente, tenía otros planes.

Años después, mi padre, Oliver Walker, me pide un favor y, para mi sorpresa, involucra a Azul. Mi corazón se agita, y el odio deja al descubierto su cruel máscara, aunque también trae consigo un latente resurgir del amor que alguna vez sentí por ella.

El destino parece disfrutar poniéndome a prueba.

Mientras las emociones chocan dentro de mí, me doy cuenta de que el amor nunca se desvaneció por completo. Se esconde en algún rincón oscuro de mi corazón, esperando ser liberado una vez más.

15
AÑOS

Capítulo 1

Astor Walker

El impacto contra el suelo es brusco y doloroso.

El aliento queda atrapado en mi garganta.

Mi gruñido viene después, cuando la espalda se da por enterada que acabo de caer desde un caballo que mide dos metros de alto, a cincuenta kilómetros por hora.

—Joderrr… —gimo buscando que el aire entre a mis pulmones otra vez—. ¡Vete a la mierda, Albert!

El insulto nunca llega a los oídos de mi caballo, el maldito está lejos de mí, probablemente ni se haya enterado de que ya no estoy sobre su estúpido lomo.

El galope de Bella aminora cuando estoy sacudiendo mi pantalón, la tierra que sale de allí llega a mi nariz haciéndome estornudar como si fuese un chico de ciudad.

No miro a su jinete, porque sé que ella está esperando que lo haga, le encanta burlarse de mí cuando me caigo.

—¿Estás bien? —pregunta, su tono más preocupado de lo que esperaba.

—Por supuesto que estoy bien —espeto, mis ojos siguen evitándola.

Odio caerme delante de ella, pero esto es mi culpa, por criar al caballo más terco, salvaje y malhumorado de todo Texas.

Azul se baja con gracia de su yegua, Bella, y camina hacia mí.

El día que se la regalaron fue el mismo día que conocí a Albert. Azul insistió con que llamara Edward a mi caballo para combinar los personajes de su saga favorita.

Dije que ni de coña.

Le da golpes a mi espalda, quitando la tierra de allí.

—Estoy bien, dije. —Alejo su mano.

Inevitablemente la miro. Azul me observa de brazos cruzados, su labio inferior es mordido por sus dientes en un pobre intento de resistir la risa.

El casco le queda grande para su pequeña cabeza, sus botas negras hasta la rodilla están impolutas porque todavía no se cayó.

Énfasis en *todavía*.

—Nunca entendí por qué se usa ropa blanca para montar a caballo —señala mi camiseta de polo—. Está arruinada.

Ella también está enteramente vestida de blanco.

—Un pantalón impoluto es una cabalgata aburrida —respondo engreídamente.

Azul y yo nos conocemos desde pequeños.

La primera vez que la vi fue cuando tenía diez años y mi padre me la presentó como Azul Atwood, la hija de su amigo Jonathan Atwood. Recuerdo que la miré con horror, ¿mi padre pretendía que jugara con una niña? Me reí en su cara.

Sin embargo, Azul también se había criado en un campo como el mío, conocía las formas de esta vida salvaje y ya cabalgaba en caballos medianos, algo que yo no había logrado aún por aquel entonces.

Nos volvimos amigos instantáneamente.

Pasamos juntos los días de verano en Texas resguardándonos del sol en la casa del árbol que construyó mi padre cuando era pequeño. Solíamos jugar a las cartas, leíamos cómics, libros, lo que fuera, podíamos pasar horas allí.

Este año es la primera vez que comenzaremos el colegio juntos. Estoy ansioso y aterrado al mismo tiempo.

Porque Azul... Azul está cambiando, su cuerpo, particularmente, está cambiando y no puedo evitar mirar fijamente ciertas partes que llaman mi atención.

No quiero que lo note, mucho menos quiero tener una erección delante de ella, entonces si pasamos tanto tiempo juntos... puede que lo descubra y ese sería mi fin.

El colegio comienza en tres semanas.

Eso significa más tiempo con Azul.

Tenerla en mi territorio puede ser interesante, pero a la vez, pienso en mis amigos, muchos de ellos ya están como lobos sedientos buscando chicas con quien besarse.

Yo no, pero tengo que protegerla de esos idiotas.

—¿Quieres que vaya a buscarlo? —pregunta subiéndose a su yegua.

Chiflo con fuerza, Albert mira hacia mí, pero galopa hacia el lado contrario.

—Maldito... Está bien. —Acepto, pero no porque quiera su ayuda, sino porque necesito que se aleje de mí.

Como dije, está vestida de blanco y no se molestó en ponerse ropa interior disimulada, por ende, puedo ver su sujetador negro y su braga rosa.

No sé ni qué haría si tuviera esas cosas delante de mí, pero sé que mi cuerpo reacciona ante ellas por alguna razón.

Azul sale galopando con agilidad, es buena en ello, creo que nació para estar sobre un caballo.

Ahora que me da la espalda, me permito mirarla, es la única persona, aparte de mi padre, que admiro cómo sabe dominar al caballo, como si hablaran el mismo idioma.

Cuando vuelve acarrea a Albert desde las riendas, el maldito pretende que aquí no ha pasado nada.

—Vamos Hawk —dice cantarina—, no puedo vencerte si estás en la tierra.

Un reto.

Sabe que no puedo decirle que no a un reto.

Por supuesto que quiero aplastarla, así que subo a mi caballo y salgo galopando.

—¡Oye! ¡Eso es trampa! —grita detrás de mí mientras incita a su yegua a ir más rápido.

Me río al verla enfadada, me encanta ver cómo sus orejas se ponen rojas cuando pasa.

Azul es la única que me llama Hawk, todo empezó un día cuando estábamos en una canoa en la laguna, jugando a ver quién perdía el equilibrio primero.

Mi madre nos llamó para almorzar y gritó: «¡As!»

Los dos nos giramos porque a mí me llaman así en mi familia, y los Atwood la llaman Az a ella.

Tuvimos una reunión formal donde establecimos que no pueden llamarnos así, nunca más.

Ningún adulto logró acatar esa orden, pero nosotros sí; ella me llama Hawk porque mi nombre significa Halcón, y yo la llamo Blue Jay, porque me dio la gana.

Bueno, no es tan así, el Blue Jay es un pájaro azul muy bonito que tenemos por aquí, nunca voy a admitir que elegí ese nombre porque ella también lo es.

¿Qué? ¡Lo es! Su pelo color trigo y sus ojos caramelos son indiscutiblemente bonitos si te gustan las chicas.

Los dos pájaros son típicos de la zona donde vivimos y nos pareció guay hacerlo así.

Me hace sentir importante cuando me llama Hawk, como si tuviéramos una conexión que nadie más tiene.

Llego al final del camino primero y ella segundos después.

—Gané.

—Haciendo trampa… —señala acercando nuestros caballos, ella me empuja del hombro un poco, haciéndome reír.

—Acéptalo Blue Jay, en la vida no son todos justos como quieres que lo sean, te estoy preparando para el futuro.

—¿Y qué sabes tú de la vida? Vives en un campo aislado de todos.

Bajo su casco juguetonamente, cegándola por un segundo.

—Sé más que tú, y no te olvides que tu vida social depende de mí cuando termine el verano.

—¡Yiha! —grita galopando a toda velocidad hacia las caballerizas.

Me río sabiendo que esta es su forma de ganarme, pero lo que Azul no entiende es que nadie me gana.

Soy el mejor.

El número uno.

Solo debo demostrárselo, para que no pierda el tiempo.

Capítulo 2

Azul Atwood

Laguna Creek High es el colegio privado donde van los niños de los ricos de la zona de Dallas.

Mi padre fue convencido por mi madre de que tenía que asistir a este colegio, *sí o sí,* y sin preguntarme qué pensaba al respecto.

Nada nuevo en mi vida.

Y aquí estoy, mirando un edificio inmenso de ladrillos rojizos, columnas blancas y al menos dos plantas, solo en este edificio.

Mi madre me dijo que el campus tiene otros cuatro edificios.

—No mires el colegio con esos ojos aterrados, Az —dice mi padre desde el asiento del conductor—, es el mejor colegio de la zona y Astor estará allí para ayudarte con el proceso.

Es lo único que hace que no entre en colapso, saber que mi amigo estará allí.

—Lo sé, papá —suspiro y preparo mis cosas para bajar a pesar de la necesidad de mi cuerpo de salir pitando de aquí, puede que haya imaginado a Bella apareciendo para rescatarme, algo así como un supercaballo con capa.

La imagen es graciosa, tengo que contársela a Astor después.

Otros alumnos entran al colegio, con el mismo uniforme que yo, o al menos las chicas, que llevan una falda a cuadros violeta y verde y un polo blanco con el escudo elegante del colegio.

Todas las chicas parecen mayores de quince, no puedo ver si llevan aparato como yo, pero apuesto a que nacieron con los dientes perfectos. Algunas miran hacia el Porche o a mi padre, no estoy segura, ya que es reconocido por ser un famoso polista y actualmente presidente de la Asociación Nacional de Polo.

—Mucha suerte, Osito —dice con ojos cálidos, me llama así desde que era pequeña, acaricia mi nuca con cariño y le sonrío porque mi padre es el hombre más dulce que conocí jamás y no se merece preocuparse por mí.

—Gracias papi.

Acomodo la mochila pesada y camino con la frente en alto hacia la gran puerta.

Siento la mirada de algunos, pero pretendo no darme cuenta y entro con el pie derecho como me pidió mi madre esta mañana.

El pasillo es ancho e infinito, los suelos están lustrados y resplandecen.

Tengo que ir en busca de la directora, así que comienzo a mirar los carteles como una turista perdida, buscando su oficina.

—Hola.

Una chica se para delante de mí, bloqueando mi camino, su sonrisa es perfecta, como imaginé que sería.

—Hola...

—Soy Juliette —extiende su mano como si fuéramos adultos en una reunión de negocios—. Bienvenida a Laguna.

—Gracias —la estrecho de vuelta—. Soy Azul.

—¡Oh, lo sé! Estábamos esperándote. —Juliette mira con sus ojos azul zafiro sobre mi hombro y sigo la mirada.

Cuatro chicas, muy similares entre ellas están detrás de mí, sonríen tensamente, es un poco aterrador.

—¡Hola! —dicen las cuatro al mismo tiempo.

—H-hola... —devuelvo.

Juliette cambia de posición, colocándose de vuelta frente a mí y dándole la espalda a todas sus amigas.

—Puedo guiarte por el colegio si quieres.

Prefiero arrodillarme sobre la hierba de mi campo.

—Estoy buscando a la directora Sansevieri —digo en cambio, intentando no ser tan tosca en los primeros tres segundos de conversación en este colegio.

—Yo te llevo —engancha nuestros brazos como si fuésemos mejores amigas y aleja el pelo negro de su hombro a lo «diva»—, vamos.

A medida que me alejo miro sobre mi hombro, las otras cuatro me saludan con esa sonrisa tiesa sobre sus rostros.

¿Habrá algo en el agua?

—Ehh... ¿y tus amigas?

—¿Qué amigas? —pregunta distraídamente.

Cuando termino de decidir si explicárselo o no, se detiene delante de una puerta y la abre como si fuese su casa.

Hay una secretaria tras un escritorio mirando un monitor, lleva unas enormes gafas de cristales convexos que hacen que sus ojos parezcan tres veces más grandes que su rostro.

—¿Azul? —escucho detrás de mí.

No puedo explicar el alivio que siento cuando veo un rostro conocido.

—¡Astor! —exclama Juliette soltando mi brazo para ir corriendo hacia él y darle un beso en la mejilla—. ¿Qué tal tu verano?

Astor la ignora y mira con un poco de asco el uniforme que llevo puesto. Sus ojos juzgadores hacen que tire del dobladillo de la falda para bajarla un poco.

No te metas conmigo delante de ella, ruego mentalmente.

—Hola… —devuelvo con incomodidad.

Juliette sigue la mirada de mi amigo con un poco de desprecio y le habla una vez más para acaparar su atención.

Pero Astor Walker es tan caballero como una piedra incrustada en la pezuña de un caballo y la aparta de su camino.

Me da un abrazo incómodo y robótico.

—¿Llegaste bien? —Se aleja un poco y vuelve a mirarme de arriba abajo.

—Sí, Astor… —mi tono es similar al que uso con mi madre cuando me pregunta si hice la cama o no—, me trajo mi padre. *—¿Esperaba que viviera una aventura de camino al colegio?*

Juliette carraspea su garganta, pero Astor no registra su intento.

—Tienes que hablar con la directora Sansevieri, ¿no?

—Así es…

Astor camina hacia la puerta con el cartel que dice «Dirección», ignorando a la secretaria sentada a centímetros de nosotros y llama a la puerta.

—¡Astor...!

La secretaria sigue mirando su monitor atentamente, parece que un puñado de adolescentes no es algo importante en estos momentos y, seamos sinceros, no puedo culparla.

—¿Qué? Te la presentaré y luego te llevaré a recorrer el colegio.

—Eh, de hecho, iba a encargarme yo… —dice Juliette sonriéndole con sus dientes perfectos.

Inconscientemente paso mi lengua por los aparatos recordando que están ahí.

Cuando la puerta se abre, la directora me sonríe, sus ojos son amables y están pesadamente maquillados con una sombra violeta como la falda del uniforme, pero amables al fin y al cabo.

—¡Señorita Atwood, bienvenida a Laguna Creek High!

Definitivamente hay algo en el agua.

La primera semana termina y esto es lo que aprendí hasta ahora:

1- La mayoría de los chicos en este colegio se comporta como si les estuviesen haciendo un favor al mundo solo por existir.

2-Todos creen que mi padre es alguien superimportante, por ende, yo también lo soy.

3-Resulta que odio la atención de la gente.

4- Juliette es la chica más popular del colegio y, por alguna razón, quiere que seamos amigas *sí o sí* a pesar de no tener nada en común conmigo o con mi vida.

5- Astor está raro.

EL SÁBADO, como todos los sábados de mi vida, me encuentro en el campo de Astor donde Bella duerme.

Mi amigo está en la caballeriza bañando a Albert con su padre, Oliver, a quien conozco desde que tengo diez años y que quiero mucho.

—¡Az! —saluda Oliver secando sus manos sobre sus vaqueros, camina hacia mí y me da el abrazo más fuerte que experimenté en mi vida.

—Oliver —digo con una voz afónica mientras me aprieta contra su pecho.

—Oh, lo siento. —Me suelta y da un paso hacia atrás—. Astor, ven a saludar a Azul.

Astor de mala gana deja el cepillo en el cubo de agua y camina hacia mí.

—Hola…

Lo empujo junto con una sonrisa, sé que está dramatizando todo esto, le encanta verme.

—¿Cómo fue tu primera semana? Astor no me cuenta nada —pregunta Oliver quitando el sombrero de su cabeza y secando su frente con el revés de su mano.

—Bien, todos son muy amables allí.

Demasiado amables, terroríficamente amables.

—Genial, me alegra que vayas a Laguna, alguien tiene que controlar a este salvaje —dice revolviendo los pelos de Astor con una sonrisa.

—¡Papá! —se queja su hijo peinándose otra vez.

Astor se dejó el pelo más largo de lo normal este último verano, le llueve sobre la frente y lo acomoda compulsivamente como todos los chicos del colegio.

No entiendo por qué no se lo cortan si tanto les molesta.

—Casi no nos vemos, coincidimos en una clase nada más —digo dejando mis pertenencias en la antesala de la caballeriza.

—Eso es porque te escapas… —susurra Astor volviendo a su caballo.

Lo escucho, pero pretendo no hacerlo porque es más fácil hacer eso que confrontarlo.

Oliver se ríe y lo mira de soslayo.

—¿Te ayudo a preparar a Bella?

—Estoy bien —aclaro poniendo mis botas de montar—. Gracias.

Astor es un chico popular, eso es innegable, pero es popular de la misma manera que lo es un dictador dentro de una sociedad temerosa. A ver, ¿cómo expresarme menos dramáticamente? Los trata a todos horriblemente mal y, sin embargo, todos le besan los pies.

Especialmente Juliette, me percaté de que cada vez que Astor me habla, hace lo imposible con tal de acaparar su atención otra vez.

No estoy segura si tienen algo, porque Astor es igual de apático con todo el mundo, no solo con ella.

Una vez encima de Bella, comienzo con mi entrenamiento.

El campo de Oliver Walker es uno de los pocos que tiene todo el equipamiento para poder entrenar. Mi sueño es ser jugadora de polo como mi padre y eso requiere horas y horas sobre el caballo. Así que el padre de Astor fue lo suficientemente amable para prestarnos el espacio.

Mi padre desde que se convirtió en presidente de la asociación no tiene tanto tiempo para mantener nuestro campo y no está apto para mejorar mi nivel.

Dos horas después de saltos, giros rápidos y cabalgata soy un charco de agua.

A la salida veo a Astor sentado en la cerca, mirando mi entrenamiento.

Me acerco con Bella y lo miro desde arriba.

—¿A qué viene esa cara?

—Es con la que nací —devuelve peinándose otra vez, me hace gracia cada vez que lo hace—. Estás mejorando el golpe largo.

Levanto el mazo y lo miro con orgullo.

—Nos estamos llevando mejor —explico—, mi padre me compró el taco de plástico para que no pese tanto.

—Bah —refunfuña—, si quieres competir debe ser de madera.

Todo o nada, así es Astor Walker.

—Sí, pero después me duele el brazo y no puedo montar, Hawk. —Apoyo el taco en su pecho y lo empujo para que se caiga hacia atrás donde hay una montaña de heno.

Me río cuando murmura enfadado, pero luego siento algo de culpa y me bajo del caballo para ayudarlo.

Estiro mi mano y me sorprende cuando la coge, Astor nunca acepta ayuda, pero luego entiendo el porqué, ya que tira de mi brazo, haciéndome caer sobre el heno.

—¡No! —grito, pero ya es tarde y los dedos de Astor se clavan en mis axilas para hacerme cosquillas.

La risa me impide respirar y me retuerzo bajo su cuerpo como un gusano.

Astor se ríe a carcajadas.

—¡Piedad! —grito.

Entonces se detiene, cuando calmo mi mente noto que está sentado sobre mí, nunca habíamos estado tan cerca.

O sí, pero esta vez se siente distinto.

La sonrisa se borra poco a poco de su rostro.

—¿Por qué te juntas con Juliette?

—No me está dejando opción —explico—, allá donde vaya, ella está allí.

—Es una sanguijuela —dice—. No te juntes con ella.

El sol está justo detrás de su cabeza, haciendo un halo a su alrededor.

—¿Y con quién si no? Tú no me hablas.

—¡Porque estás con ella! Es insoportable y no puedo quitarla de encima si me acerco, Blue Jay.

Lo empujo de mi regazo y me levanto sacudiendo mi ropa.

—Pero tu grupo de amigos es aburrido.

—¡¿Más que Juliette?! —Se ríe y yo lo sigo.

Saltamos la cerca y me ayuda a llevar a Bella que, por cierto, se quedó en el lugar exacto donde la dejé y sé que eso le vuelve loco porque Albert hubiese trotado lejos de él.

Me ayuda a desensillar y a darle de comer a mi yegua preferida.

Cuando el sol comienza a caer sobre el horizonte me preparo para irme.

—Mi padre debe estar al llegar…

—¿Cuándo comenzarás a practicar para tu licencia de conducir? —pregunta mientras salimos del establo.

—Mi padre dice que no tiene tiempo y mi madre dice que no tiene paciencia, así que probablemente tenga que ir a una autoescuela.

La pick-up de mi padre se acerca atravesando el campo, la caballeriza está tan lejos de la casa de los Walker que conducen hasta aquí.

—Ni de coña, yo te enseño, Blue —extiende la mano como todos en el colegio—. Te lo prometo.

Tengo mis dudas con respecto a esto, puede salir o muy bien o muy mal.

Con Astor nunca se sabe.

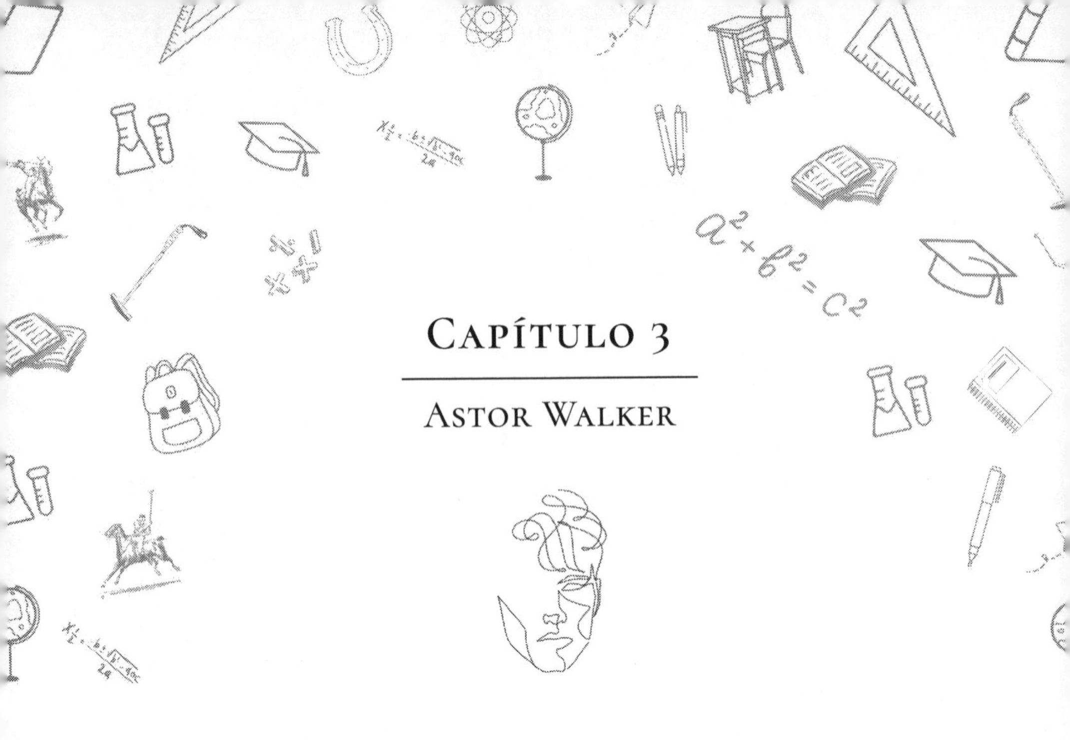

Capítulo 3

Astor Walker

—Alguien se está desarrollando... —El codo de Brandon se clava en mi costilla justo en el momento que meto un bocado en mi boca.

Sigo su mirada y lo encuentro baboseando por Azul que camina por la cafetería con una bandeja en la mano y una sonrisa de labios apretados en su rostro.

Le doy un golpe en la nuca.

—¿Qué mierda te pasa? —gruño—. Deja de mirarla así.

Temía que este día llegase.

El día en que todos se dieran cuenta de lo mismo que yo, Azul *es atractiva* y su cuerpo está tomando forma.

—DeJa dE mIrArLa AsÍ —se burla Brandon, haciendo que la mesa entera explote de risa.

Tengo que tomar medidas extremas, así que con calma me acerco a su oído.

La mesa se silencia, pero sé que no pueden escucharme.

—Búrlate una vez más, Brandon y me ocuparé de que mi padre destruya los negocios del tuyo. Tiene propiedades, ¿no?

—¿Cómo lo sabes?

—Lo sé todo, es hora de que lo aprendas —sonrió siniestramente —. ¿Nos estamos entendiendo?

La sonrisa se le borra poco a poco y lo disfruto.

—Sí, hombre, sí… —dice pretendiendo no estar asustado y vuelve a su comida, con los ojos clavados en la bandeja, así, como me gusta.

El impulso de ir hacia Azul es fuerte, pero una vez más está rodeada de ese club de arpías en la mesa.

Joder, puedo ver lo doloroso que es estar allí para ella, no entiendo por qué se hace esto.

Estamos cerca de las vacaciones de otoño y nuestras familias pasarán unos días en México, no puedo esperar…

A que Azul deje de exhibirse frente a todos estos idiotas.

Solo frente a mí.

—Vamos, Blue Jay —insisto por enésima vez.

Azul está petrificada tras el volante.

—No puedo, ¿no podías elegir otro coche? ¿Justo tiene que ser el de tu madre? Me matará si lo choco.

—Primero, ¿contra qué? Solo tenemos miles de hectáreas delante de nosotros y, segundo, sabes que mi madre no es capaz de matar ni a una cucaracha.

No estoy exagerando, eso mismo ocurrió el jueves pasado.

Azul toma aire y suelta el freno, el coche comienza a avanzar solo.

—¡No, no, no, no! —frena de golpe otra vez—. No me dijiste que andaría solo.

—Lo olvidé —me río—, vamos suéltalo, tú puedes hacerlo.

Poco a poco suelta el freno y el coche avanza a velocidad de tortuga, puedo ver sus nudillos blancos de la tensión que tiene.

Instintivamente instalo una mano en su pierna.

—Lo estás haciendo muy bien, sigue.

En unos meses Azul cumplirá sus dieciséis y necesita tener su licencia para no depender más de sus padres.

—Dices eso porque eres mi amigo —dice ella, y no tiene idea de lo que me provoca esa frase, yo tampoco, pero la incomodidad en el pecho se expande un poco más cuando dice cosas así.

No sé qué quiero ser para ella todavía, ¿pero amigo? Sé que eso no, bueno, sí, pero no... No entiendo nada.

—No, lo digo porque lo estás haciendo bien, gira a la izquierda, bien, ahora a la derecha, ¡excelente Blue!

Ella sonríe ampliamente, solo lo hace conmigo porque le da vergüenza su aparato, en dos meses se lo quitarán, me dijo con entusiasmo, yo tiemblo, porque entonces llamará más la atención que ahora.

Dejé dos montañas de alfalfa colocadas para que aparque y lo hace sin problemas.

—Creo que ya estás lista para la calle.

—¡No! No, hoy no.

—Bueno, está bien. —No puedo empujarla todavía—. ¿Qué quieres hacer entonces?

Azul apaga el coche y se relaja en el sillón cerrando sus ojos.

—No lo sé, necesito tranquilizarme.

En ese momento noto que mi mano sigue en su pierna, sus shorts justo por encima de sus rodillas, disimuladamente acaricio su piel cuando quito la mano y miro hacia el horizonte.

Intento dejar de estar tenso, pero últimamente es difícil.

—No veo la hora de estar en las playas de México —dice—, necesito cambiar de aires.

—¿Qué tiene de malo este aire? —Mis ojos recorren su rostro aprovechando este momento donde puedo mirarla sin sentir que me ahogo en confusión.

—Nada, pero quiero ver otros colores —abre los ojos y rápidamente dejo de mirarla—, este verde no es el mismo verde de las palmeras, la laguna no tiene el turquesa del mar, el cielo...

—Ya entendí —gruño—. Texas no es suficiente para ti.

—¡No es lo que dije! ¡Siempre tienes que distorsionar todo! —Se enfada y la miro de soslayo para medir cuán real es el enojo que tiene.

Su oreja está roja, así que es bastante real.

—Te aburrirás, ya lo verás, no hay una mierda que hacer en la playa —me cruzo de brazos—. Tienes suerte de que yo vaya a estar allí.

—Sí, soy muy afortunada —dice con sarcasmo.

Entrecierro mis ojos y señalo el volante.

—La lección sigue.

México no es tan malo como creí, pero nunca voy a admitirlo en voz alta.

Mi trabajo aquí es demostrarles a todos cuán incómodo estoy con la puta arena entre mis huevos.

No obstante, debo admitir que los beneficios han sido varios, principalmente diría que el traje de baño blanco de Azul fue un plus, aprender a surfear con ella y verla reír cuando me caigo de la tabla también y los atardeceres sobre la línea del océano turquesa no son imponentes como los de Dallas, pero tampoco están del todo mal.

Los adultos se fueron a un bar a emborracharse e inocentemente nos dejaron en una habitación para que nos hagamos compañía hasta que decidan volver.

Azul está tirada en una cama mirando la televisión. Sus mejillas y cachetes rojos aún por pasar tantas horas bajo el sol, su pelo color trigo está mutando a uno dorado.

Este ambiente le está haciendo bien y odio admitirlo.

Yo estoy sentado en la cama de al lado, viendo con aburrimiento la película cursi que eligió, yo solo veo un tipo gritándole a una mujer "¡¿Qué quieres?!" Mil veces.

—Oye... —susurro, ella me mira de soslayo sin prestarme mucha atención—. Tengo algo escondido, pero tienes que jurarme que no le dirás nada a nadie.

Eso llama su atención y se sienta en la cama, intrigada de golpe, estira su dedo pequeño esperando unirlo con el mío.

—Te juro que no diré nada —dice, y le creo, no hacía falta unir nuestros dedos, pero no pierdo la oportunidad de hacerlo.

Cuando la suelto me tiro al suelo y busco por detrás de la mesita de noche.

Hago contacto con la botella y se la enseño.

Tequila.

—¡¿De dónde has sacado eso?! —susurra a pesar de que estamos solos.

—Las ventajas de levantarse temprano, en el bar Tiki dejan la reposición de las bebidas sin supervisar, ni lo pensé, simplemente la cogí y salí corriendo.

Azul se ríe fuertemente y luego cubre su boca mientras mira hacia la puerta.

—Pueden volver en cualquier momento.

—Nah —digo con autosuficiencia—, se emborracharán y ni notarán el olor cuando entren a la habitación otra vez.

Camino hacia las tazas de café que el hotel deja como complemento y las sirvo hasta arriba, creo que me excedí un poco, pero qué coño me importa.

Azul está a mi lado con cara de pánico.

—Tenemos quince, Blue Jay, somos los únicos dos idiotas en el colegio que no han probado el alcohol todavía.

—Lo sé —dice con nervios—, ¿y si nos pillan?

Entrego la taza haciendo que choque con la mía en forma de brindis.

—Y si nos pillan asumimos las consecuencias juntos, como lo hemos hecho siempre.

Capítulo 4

Azul Atwood

Me río tan fuerte que creo que mis ojos se van a salir de mis órbitas.

Astor está a mi lado en la cama riendo con el rostro escondido en la almohada porque un hipo interrumpió mi monólogo hablando de que el alcohol es tóxico.

—¡Deja de reírte! —grito mientras limpio mis lágrimas.

—¡Tú deja de reírte! —responde volteando su cuerpo, ahora estamos los dos boca arriba y cubre mi boca con su mano—. ¡Nos escucharán!

¿Es por esto por lo que la gente bebe? ¿Por esta sensación? Siento que soy más liviana y nada me importa demasiado.

Las tazas están vacías y abandonadas en alguna superficie de la habitación, no puedo recordar cuándo fue la última vez que las vi.

Intento quitar la mano de Astor a pesar de que la risa no aminora.

—Blue Jay, lo digo de verdad —dice más seriamente, lo cual lo hace más gracioso—. Tienes que parar de reír, te vas a hacer pis encima…

Pero parar no es una opción.

¡No tengo control de mi cuerpo!

—A la mierda…

Quita la mano de mi boca solo para suplantarla con su boca.

Y no sé si fue una estrategia brillante pero cuando me doy cuenta de lo que está haciendo la risa se esfuma.

Nuestros labios están presionados, sin embargo, ninguno hace nada más.

Nuestros ojos abiertos, nos miramos intensamente, yo transmitiéndole desconcierto y él transmitiéndome pánico.

Es insólito, mi mente no entiende qué es lo que le ocurre a mi cuerpo cuando siento sus labios sobre los míos. Mi corazón galopa, eso seguro, pero mi cuerpo se incendia como nunca.

Como si cobrara vida.

No sé cuánto tiempo nos quedamos así hasta que eventualmente Astor se aleja.

—Lo siento... —dice, pero no se aleja de mí, ni deja de mirar mis labios, como si fuesen una nueva parte de mi cuerpo que acaba de descubrir—. Azul, no entres en pánico.

—No lo hago —confieso sintiendo su aliento cálido sobre mi rostro, mis ojos también pasean por sus labios, recordando la presión y la tibieza, nunca creí que sus labios fuesen tibios, ni tampoco había notado la forma definida que tienen.

—¿No? ¿Te gustó entonces? —Su sonrisa engreída se desparrama por su rostro, quiero negarlo, decirle que no fue para tanto.

Pero lo fue.

Y mi cuerpo quiere más.

Alzo mi cabeza y ahora soy yo quien comienza el beso.

Lo toma por sorpresa, lo sé porque coge aire de golpe, sin embargo, no se aleja, al contrario, él también presiona.

Mis ojos se cierran cuando Astor envuelve mi cintura con su mano, pareciera que el centro de mi cuerpo hierve y pide más contacto, pero mi mente está petrificada y no me muevo.

Los labios de Astor comienzan a moverse sobre los míos, un poco tiesos, pero la sensación es suave y agradable.

Con una mano temblorosa llego a él y acaricio su cara bronceada por el sol, pareciera que eso le da permiso para atraerme hasta su cuerpo haciendo que entremos en contacto ¡en lugares que nunca habíamos hecho contacto!

Jamás estuvimos tan cerca, excepto aquella vez donde Astor me hizo cosquillas. Desearía que esta vez hiciera lo mismo, sin las cosquillas, claro.

Es mi primer beso.

No estoy segura de que sea su primero y me da miedo preguntarle.

Su mano se mueve por mi espalda, hasta llegar al límite entre mi espalda baja y mi culo.

Todo vibra en mí, quiero que me toque, pero a la vez no, ¿es raro eso?

—Tus labios son suaves —digo interrumpiendo el beso.

Si es que se puede llamar beso, he visto varios en las películas y este no es como esos. Este es… vergonzoso.

—¿Y eso es bueno? —sus ojos están cargados con algo que nunca vi antes.

—Sí… —Me acerco a él, sin embargo, me detengo—. ¿Crees que esto es por el alcohol?

—Definitivamente —se ríe—, pero me gusta.

—Creo que a mí también me gusta.

Astor sonríe y, como si hubiera escuchado mis pensamientos, escala sobre mí.

Joder, ¿eso duro que siento es…?

—Quiero besarte otra vez —dice colocando sus manos a los lados de mi cabeza.

—Hazlo.

Siento que nos besamos durante horas y Astor acaricia partes seguras de mi cuerpo, como mis brazos, mi cuello y mi rostro, quizás eso es porque cuando su mano se acerca a zonas que hacen que mi pulso se descontrole me quedo tiesa como una momia.

Yo envuelvo mis manos sobre su cuello y lo atraigo hacia mí para que mis pechos se presionen con el suyo.

Le gusta, porque hace un ruidito gutural cuando los siente.

—Quiero tocarlos —confiesa mirándolos.

Tengo una camiseta extragrande, no hay mucho que mirar, sin embargo, sus ojos parecen encontrarlos en los pliegues de la ropa de todas maneras.

—Tengo miedo —susurro.

—Entonces no.

Tengo miedo, sí, es verdad, pero pareciera que mis pechos piden ser tocados.

Cojo su mano y comienzo a llevarla allí.

Trago saliva nerviosamente, él también lo hace y mira fijamente el movimiento. Yo también miro, mis pezones están duros por alguna razón y resaltan en mi camiseta.

Cuando sus dedos están a punto de palparme, escuchamos voces en la puerta.

Los dos salimos disparados.

Astor corre hacia su cama y cubre su cuerpo hasta el pecho.

Yo pretendo estar dormida y cuando la puerta se abre, regulo la respiración.

Oliver y Cala Walker entran riendo.

—Oh, se durmieron… —dice Cala como si le diéramos ternura.

Supongo que Astor también está fingiendo.

—Az, linda —llama delicadamente Cala acariciando mi brazo, el mismo que su hijo acariciaba hace segundos atrás de una forma mucho menos maternal—. Es hora de volver a tu habitación, tus padres están en la puerta esperándote.

Pretendo abrir los ojos con pesadez y le sonrío cuando la miro.

—Está bien —susurro.

Le echo un vistazo rápido a la habitación, Astor "duerme" dándonos la espalda y Oliver se sienta a los pies de su cama, acariciando las piernas de su hijo.

Cala me acompaña hasta el pasillo y mis padres me encuentran, según ellos "dormida", según yo absolutamente borracha.

La pregunta es si es de alcohol o de Astor Walker.

KISS ME

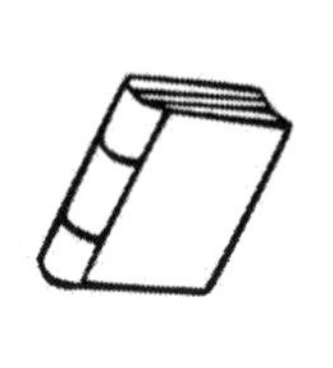

16 AÑOS

Capítulo 5

Astor Walker

La espero apoyado sobre su coche en el estacionamiento del colegio.

Hace unos meses que Azul aprobó su examen de conducir y su padre le regaló su viejo Porche Cayenne.

No es idiota el padre, ya que se compró uno nuevo para él.

Azul viene caminando, mirando su móvil, hace un año que viene a este colegio y creo que la falda le queda más corta que el año pasado, mostrando sus muslos definidos por pasar todo el tiempo posible sobre su yegua, Bella.

Destellos de lo que ocurrió hace casi un año ciegan mi mente, recordando cómo se sintió aquella vez.

Nunca más hablamos del tema, ni volvimos a tomar alcohol, ese dolor de estómago no quiero volver a experimentarlo en mi vida.

Cuando Azul me ve se tensa levemente y mira a su alrededor buscando a alguien.

¿A quién?

—¿Qué haces aquí? —pregunta con un tono de preocupación.

—¿Aquí en el colegio? —Arqueo una ceja.

—No, aquí en mi coche.

Entrecierro mis ojos, analizando su actitud, es anormal, algo le preocupa.

Hace unos meses que lo noto, en el colegio pretende que no existo y luego cuando viene a mi campo todo es normal entre nosotros.

—Hoy llegan los nuevos caballos, creí que querrías venir a verlos.

Sus ojos se iluminan.

Nadie ama los caballos más que ella, bueno, quizás mi padre que rescata cualquier animal que se cruce en su vida, por influencia de mi madre, claro.

—¡Sí! ¿Nos vemos allí? —Rodea su coche para entrar, la sigo con la mirada, ¿quiere deshacerse de mí?

—Estaba pensando que podríamos ir juntos, en el mío. —Señaló sobre mi hombro mi Jeep descapotable.

—Pero entonces tengo que volver a buscarlo aquí.

—Yo te traigo, Blue Jay —pongo los ojos en blanco y camino hacia mi coche que está a dos espacios del de ella.

No necesito que diga nada más, sé que viene detrás de mí.

Mis padres supervisan la llegada de los caballos maltratados mientras bajan del tráiler con precaución.

Tanto Azul como yo estamos colaborando con lo que podemos, ayudarlos a aclimatarse es fundamental. El caballo es un animal que se estresa fácilmente.

Como Azul estos últimos días, todo parece alterarla, especialmente cuando toco su brazo o cuando le susurro algo al oído.

Ella se encariña particularmente con una yegua blanca y negra que parece petrificada, su historia de abuso es espantosa, por eso mi padre decidió traerlos aquí.

Los soltamos en el paddock para que puedan estirar sus patas con comodidad, la manada corre ágilmente y los dos los miramos apoyados desde la cerca.

—Tu padre es el mejor por dejarlos vivir el resto de sus vidas aquí —dice siguiendo a la yegua que tanto le gusta.

—Lo sé, tiene debilidad por los animales maltratados, no entiendo a la gente, cómo pueden hacerle daño a un animal indefenso...

Percibo a Azul mirándome y la miro de vuelta con una ceja arqueada.

—¿Qué...?

—Nada —dice guardando un mechón de pelo tras su oreja.

El uniforme está sucio y manchado después de trabajar con los animales, pero a ella nunca le importan esas cosas.

Una vez me dijo que dejó de comprarse ropa porque en el campo todo se arruina, pero que su madre le compra ropa delicada de todas maneras.

—¿Quieres que te lleve de vuelta a tu coche?

—Vale...

Aparco al lado del solitario Porche negro y nos quedamos en silencio.

El estacionamiento del colegio está completamente vacío y hay cierta paz en un lugar tan abandonado.

—¿Te has dado cuenta de que Juliette se compró el mismo coche? —pregunta ella.

—No... ¿cuándo? —me esfuerzo por conversar porque me importa una mierda Juliette y su puto coche.

—Hace unas semanas...

—Lo único que noté fue que cambió su pelo de color... —confieso—, muy parecido al tuyo. —Dejo que mi mano revuelva su pelo y ella se ríe y me quita de encima.

—Lo sé... —dice—, ¿no te gusta ella?

—¿Juliette? —pregunto girando todo mi cuerpo a ella, Azul parece nerviosa por mi respuesta—. Es guapa, sí.

Baja la mirada y muerde su mejilla interior.

—Seríais la pareja perfecta —suelta sin mirarme.

Me río.

—Claro, porque Juliette quiere estar rodeada de mierda de caballo todo el día.

Eso la anima por un momento y la hace reír.

—Quizás se acostumbre.

—No, Azul, no pasará. —Ella sigue evitando la mirada y me da curiosidad, ¿por qué está tan interesada en Juliette y yo?

—¿Te gusta alguien del colegio?

Su pregunta me deja pasmado, mudo.

No solemos hablar de estas cosas.

Yo no le pregunto sobre chicos, no es el tipo de relación que tenemos.

Debo confesar que quizás no le pregunte porque no quiero escuchar la respuesta, ningún idiota de este colegio le llega a los talones.

Ella se merece alguien digno, alguien que la entienda, que pueda seguirle el ritmo.

Me he fijado en algunas chicas, sí, mi polla da el saludo militar por las mañanas, pero ninguna se siente indicada o, al menos, no las imagino en mi vida como la tengo a ella.

Joder.

A ella sí la tengo en mi vida, rodeada de mierda de caballo, oliendo a establo conmigo.

Joderrrrrrrr.

¿Significa que Azul es… alguien que me gusta? Claro que te gusta, idiota.

—Puede ser. —Finalmente sus ojos caramelo me miran, ¿es pánico lo que veo?—. ¿Y a ti?

—Tú dime quién es primero.

—No, tú dime primero.

—Bueno, lo diremos al mismo tiempo —comanda—, a la una, a las dos y a las tres…

Silencio.

—¡Joder, Blue Jay! Dímelo de una vez. *—Necesito saber quién es el maldito que está a punto de arruinar mi vida.*

—¡Tú tampoco lo has dicho! —se queja con media sonrisa en su rostro—. Lo diremos a la de tres, esta vez es de verdad.

Asiento con un poco de desconfianza.

—Uno... —digo—, dos... tres. Tú.

—Tú.

Silencio otra vez.

—¿Yo? —preguntamos los dos al mismo tiempo.

—Sí, Azul —cruzo mis brazos y miro lejos de ella—, ¿quién más si no?

—Pero... ¿sabes que tienes un club de fans? Tienen un grupo privado donde comparten fotos tuyas.

—Joder, qué psicópatas —rezongo por lo bajo—. Así que te gusto... —retomo el tema.

Ahora es ella quien se pone a la defensiva.

—Lamentablemente —dice reprimiendo una sonrisa.

Yo hago lo mismo.

—¿Recuerdas hace un año atrás cuando nos besamos en México? —pregunto clavando las uñas en mi brazo.

—Sí...

—¿Piensas en ese momento cuando piensas en mí?

Azul apoya su nuca en el asiento, el chiste del momento se borra y me mira seriamente.

—Quizás.

Sonrío con más confianza que antes, quizás esté en los genes Walker, la osadía.

—¿Quieres... repetirlo?

Capítulo 6

Azul Atwood

Tres cosas pasan simultáneamente en mi cuerpo: El corazón da un salto, el estómago se encoge y mi boca se seca.

Precioso.

Hace un año no fue tan importante tomar esta decisión, tenía tequila en las venas tomando decisiones por mí, haciéndome valiente.

Ahora, ya no tanto.

Astor me mira con un poco de preocupación, entiende que el silencio se volvió más largo de lo normal y que ya tendría que haberle dado una respuesta.

Sí o no, Az, no es tan difícil.

Error, sí lo es, porque él no tiene idea de la encrucijada en la que me encuentro.

Aquí va:

Aparentemente Juliette tiene una obsesión conmigo, una profunda y un poco aterradora.

Al principio no le di importancia, pero luego llegaron las preguntas nivel inquisición sobre cómo es mi amistad con Astor, *¿cuánto tiempo paso con él fuera del colegio?, ¿por qué nuestros padres son amigos?*

A medida que respondía algunas, comencé a ver un clon delante de mí.

Al principio fue el coche, luego el pelo.

Hoy me dijo que le pidió a su padre un caballo, así tiene algo de qué hablar con Astor, que por cierto es «el gran amor de su vida».

«Tú no sientes nada por él, ¿no?», preguntó incontables veces, sus ojos se pusieron tan oscuros que siempre respondí con una mentira: No.

Noo, en absoluto.

Noo, ¿estás loca?

Noo, somos solamente amigos.

Porque la realidad es que lo que siento por Astor es incalculable, desde el año pasado nuestra relación se ha fortalecido más, como confianza con él. Sin mencionar que Astor está cambiando físicamente, sus músculos se están definiendo, su espalda es ancha, hasta tiene sombra en la quijada ya.

Por supuesto que siento cosas por él, pero ¿no debería reclamarlo ante ella entonces?

Segundo error, porque hice un experimento, esto es algo que aprendí en internet, «cuando tienes dudas sobre si tu amiga es leal y sincera contigo, señálale un chico, pretendiendo estar enamorada de él».

Lo hice, elegí a Blas Young, el chico que comparte la clase de tecnología conmigo, es guapo, simpático, casi todas en el colegio lo eligen después de Astor.

Le dije a Juliette que amaba a Blas, que sentía que era el hombre con el que me quería casar y pretendí mirarlo más de una vez, con ojos de enamorada.

Ella parecía aliviada de que mi corazón estuviera puesto lejos de Astor Walker, pero ¿adivina qué?

En la fiesta de bienvenida al colegio la encontré besándose con él "a escondidas" en el pasillo del colegio.

Sé que me vio, pero pretendí que no vi nada, me fui de allí casi victoriosa, sabiendo que yo tenía razón, que Juliette tiene un problema gigante.

Quiere todo lo que yo tengo *o quiero* y está dispuesta a todo con tal de conseguirlo.

Ahí estaba mi respuesta, por eso nunca, NUNCA le voy a confesar lo que siento por mi amigo.

Ahora, ¿qué hacemos?

Si yo respondo a lo que mi cuerpo pide puede que evolucione a algo hermoso o catastrófico, o una catástrofe hermosa.

Las tres opciones son aterradoras, si tengo una relación con Astor, es muy probable que Juliette haga lo imposible para atraparlo en su telaraña.

La otra opción es que nunca funcione y que pierda a mi amigo para siempre.

—Puedes decir que no, ¿sabes? —expresa Astor pretendiendo que esto no es algo importante.

—No quiero decir que no —respondo nerviosamente—. ¿No te da miedo?

—¿Besarte? Creo que es seguro decir que no me pasará nada, ya no tienes aparato, no me puedes pinchar ni nada.

Me río.

—No me refiero a eso, ¿qué crees que pasará si nos besamos?

Astor mira hacia adelante, contemplando la respuesta.

—¿Aparte de calentarme?

Vuelvo a reírme entre gracia real y nervios, poca gente me hace reír tanto como él.

—Sí, ¿no crees que nuestra amistad está en juego?

—¿Por qué? —pregunta, indignado.

A veces me olvido de que es varón, no piensa correctamente.

—¿Qué pasa si nos peleamos y no quieres hablarme más?

—Espera, espera Blue Jay, ¿por qué estás pensando en eso? —Abre los ojos desmedidamente, algo acaba de pasar por su cabeza—. ¿ESTÁS PENSANDO EN MATRIMONIO?

—¡¿Qué?! ¡No! Joder, Astor ¡¿de dónde coño sacas esas cosas?!

—¡No lo sé! No entiendo entonces, explícame.

—Que se puede poner raro entre nosotros, quizás un día ya no te guste y no quieras estar más conmigo y no podemos mentirnos sobre eso, sabemos que la amistad se esfumará por los aires y Bella vive en tu campo, no es que pueda evitarte para siempre y...

Astor pone una mano en mi pierna.

—¡Shh! —impone—. Me pones nervioso. Es solo un beso lo que acabo de proponerte, nada más, no significa nada.

Esa confesión me deprime y me tranquiliza al mismo tiempo.

Es solo un beso…

—Está bien… —acuerdo soltando aire por mi boca—. Hagámoslo.

—Al fin, joder. —Astor se inclina ligeramente y apoya sus labios en mi boca.

Capítulo 7

Astor Walker

No suelo ser mentiroso, especialmente conmigo mismo, sé lo que quiero, cuándo lo quiero y por qué.

Pero le mentí.

No es solo un beso, no para mí al menos, y me dolió ver lo aliviada que estaba cuando le dije esa mentira.

Me empujo desde el volante y me acerco para besarla.

Sí, practiqué en mi brazo más veces de las que quiero confesar, pero era necesario porque el último beso fue bochornoso, poco rítmico, como un robot, y ahora está dando frutos, porque Azul se siente tan bien.

Demasiado bien.

Batallo el beso, empujando un poco, abarcando espacio, dominando la situación.

Por fuera debo verme como una succionadora, pero es que llevo deseando este momento desde hace mucho.

Especialmente desde el día que me mostró que le quitaron el aparato e "inspeccioné" sus dientes desde cerca, joder, la cercanía de sus labios me dejó sediento y casi me arrojo sobre ella, si no fuera porque mi madre entró a mi habitación de golpe.

Pero ahora sí, ahora estamos solos finalmente.

Inclino mi cabeza hacia el otro lado y hago algo impensado.

Deslizo mi lengua en su boca.

Azul se aleja de golpe, mirándome con confusión.

—¿Qué fue eso?

—Mi lengua —respondo mirando sus labios rojos por la fricción de los míos.

—¿Desde cuándo besas con lengua?

Joder, ¿todo tengo que explicárselo?

—Desde que aprendí que se puede besar con lengua también, ¿no te gusta? Puedes decírmelo y paro.

Me alejo un poco, pero ella sujeta mi ropa para mantenernos próximos, me gusta eso.

—No dije eso, solo me pillaste desprevenida, eso es todo.

Me inclino una vez más y esta vez ella asoma su lengua con timidez, la suavidad y humedad me incineran.

De golpe envuelvo su nuca con mi mano y la beso profundamente, dejando que nuestras lenguas se toquen en mil lugares al mismo tiempo.

Joder, esto me gusta, me gusta mucho.

Nos besamos hasta que me duele el cuello por estar en una mala posición, el coche quizás no sea el mejor lugar.

Mi padre va a matarme si se entera que tengo mi lengua en el fondo de su garganta.

—¿Quizás deberíamos ir al asiento de atrás? Debe ser más cómodo —susurra ella entre jadeos.

—Me gusta como piensas, Azul —digo dejando un beso más en sus labios.

La cercanía me deja ver que su labio inferior es un poco más carnoso que el superior y me gusta, quisiera morderlo.

Primero ella se pasa hacia los asientos traseros, trepando y poniéndome el culo en la cara, gracias a Dios tiene un short por debajo de la falda, si no estaría en coma.

Cuando me siento a su lado nos miramos con nervios como si no nos hubiésemos succionado el rostro durante media hora ya.

Sin decir nada me inclino sobre ella y descaradamente dejo que mi mano se apoye en su pierna y se deslice hasta llegar a la curva de su muslo, justo antes de su culo.

Quiero tocarlo, acariciarlo.

Ella no parece estar en desacuerdo y por eso me aprovecho y subo la mano un centímetro más.

Y uno más.

Y justo cuando siento la curva y mi estómago da un vuelco, suena su móvil.

Los dos nos asustamos cuando el sonido explota en el silencio del coche.

—Es mi madre —dice mirando la pantalla—. ¿Hola?

La voz de Claudia Atwood es aguda y puedo escucharla a través del auricular.

—¿Dónde estás? —pregunta.

Azul me mira asustada.

—Dile que estás de camino —susurro.

—Subiendo a mi coche, Astor me trajo a buscarlo, estaba saliendo para casa.

—Bueno ven, que tengo noticias. —Su madre corta el móvil y ella se queda mirando la pantalla.

—¿Noticias? —pregunto—. ¿Un hermanito, quizás?

Azul abre los ojos espantada haciéndome reír.

—No bromees con eso, ¡Astor! —Me empuja como lo hace siempre, solo que esta vez me doy el lujo de hacer lo que siempre quise, que es llevarla conmigo.

Nuestras bocas vuelven a conectar y volvemos a perder la noción del tiempo.

—Tengo que irme —dice entre besos.

—Nada te detiene.

—No puedo…

—Lo sé, soy demasiado atractivo.

—Ya la tenías que cagar —se queja alejándose de mí—. Nos vemos mañana.

Sale del coche y corre al de ella.

Yo la sigo con la mirada como un perrito enamorado y cuando el coche se pierde en el camino, bajo mis pantalones y sin mucha dignidad me masturbo furiosamente.

Capítulo 8

Azul Atwood

Mis padres me esperan en el salón de nuestra casa.

Ambos parecen emocionados y eso me hace pensar en lo que dijo Astor hace un rato.

Por Dios que no sea un hermano, estoy absolutamente bien siendo hija única.

—Hija... —dice mi padre cogiendo mi mano para que me siente a su lado—. Tenemos noticias.

— Grandes noticias —dice mi madre con una sonrisa que no estoy segura de que me relaje, más bien lo opuesto.

—¿Qué es? —El sillón debajo de mí me envuelve y cojo un cojín para abrazarlo buscando algo de contención.

—Como sabes, ahora que soy el presidente de la asociación tengo influencias, contactos —dice mi padre mirando a mi madre con entusiasmo—. Así que conseguí que Fernando Martínez te entrene, le dije que tu sueño era ser polista y...

Me pongo de pie y me eyecto lejos de él como un resorte.

—¿Fernando Martínez? —repito—. ¿Fernando Martínez, el campeón del torneo cuatro años seguidos?

—El mismo.

—¿Por qué? —pregunto intentando entender—, ¿por qué yo?

Fernando está retirado y se dedica a entrenar equipos, los más importantes del mundo.

—Porque su hija quiere comenzar un equipo y él está en la búsqueda de integrantes, le hablé de tu entusiasmo y está más que dispuesto a entrenarte.

—Pero... ¿yo?

—Sí, hija —dice mi madre perdiendo un poco la paciencia—, tú, eres buena y eres exactamente lo que busca.

Mi padre tiene razón, este es mi sueño.

He vivido muchos campeonatos desde las gradas, soñando despierta con que algún día sea yo quien suba a ese caballo con el taco en mano.

—Oh Dios... —mi respiración se vuelve loca—. Joder...

—Cuida tus modales, Azul, por favor —dice mi madre.

Levanto la mirada y la pongo sobre mi padre.

—No puedo creerlo.

Él abre sus brazos y yo me arrojo sobre él con una sonrisa de oreja a oreja.

—Gracias papá —susurro aguantando las lágrimas en mis ojos—. Gracias.

—De nada, Osito —susurra acariciando mi espalda—. Por ti soy capaz de hacer lo que sea con tal de verte feliz.

—Tengo que decirte algo —digo con el móvil en la mano.

Estoy acostada en mi cama boca abajo con las piernas elevadas moviéndose nerviosamente.

—¿Tenía razón? ¿Tendrás un hermano? —pregunta Astor.

—No, no —me río—. Mi padre consiguió que Fernando Martínez me entrene.

—¡¿Qué?!

Me río a carcajadas por los nervios que todavía llevo conmigo y volteo para mirar el techo lleno de estrellas que brillan en la oscuridad.

—Voy a ser jugadora profesional.

—Joder, Blue Jay, eso es brutal.

—¡Lo sé! —grito—. ¡No puedo creerlo! Hoy no dormiré, tengo demasiada energía en mi cuerpo.

—Tenemos que celebrar esto —finalmente suelta.

—Definitivamente, mi padre dijo que quiere hacer una fiesta.

—No —interrumpe—, solo tú y yo.

—Oh, sí claro.

Está claro que Astor quiere pasar tiempo a solas conmigo para besarme, nunca lo sentí tan entusiasmado por hacer algo solo los dos.

—Mañana, después del colegio.

Joderrrr, no pueden verme con él.

—¿Qué tal el sábado?

—Está bien, yo me encargo de todo.

Sonrío al teléfono y no digo nada, mi cuerpo está a punto de explotar de alegría.

—Blue Jay… —susurra.

—¿Sí, Hawk?

—Estoy muy orgulloso de ti.

El sábado estoy en su campo, probablemente sea la última vez que lo pueda hacer, mi padre me dijo que Fernando tiene su propio rancho preparado para entrenar polo y que de ahora en adelante Bella vivirá allí.

Suelto todo el aire cuando apago el motor, pensando en cuánto disfrutaba viniendo aquí, no solo por Astor, pero los Walker siempre me han recibido con los brazos abiertos, he pasado fines de semana completos jugando con Astor, persiguiendo gallinas, trepando árboles…

No me gusta pensar que el cambio se aproxima.

Veo a Cala de soslayo acercándose a mi coche con una media sonrisa, una gran cesta cuelga del interior de su codo.

—Hola, futura polista. —Su sonrisa se expande. Yo sonrío de vuelta, pero Cala sujeta mi barbilla entre sus dedos—. ¿Qué ocurre?

Cala siempre es muy sensitiva, me conoce desde hace mucho.

—Nada. —Espera por mí como si no hubiese respondido nada—. Bueno, algo es.

—Lo sé, dime, ¿quieres venir conmigo? Me puedes contar todo mientras lavo estas verduras.

—Sí, déjame ayudarte. —Salgo del coche y entre las dos llevamos la cesta que es bastante pesada, ¿cómo hacia Cala para llevarla de un solo brazo?

Dejamos la cesta sobre la isla de la cocina y ella traslada las verduras al fregadero para lavarlas, yo colaboro haciendo lo mismo.

—Cuéntame, estamos solas, los hombres están vete tú a saber dónde, Oliver compró un buggy nuevo, deben estar conduciendo como salvajes por el campo abierto.

Me río imaginándolos, conduciendo a toda velocidad, gritando y esquivando baches.

Típico de Astor y su padre.

—Creo que me acabo de dar cuenta de que no voy a pasar tanto tiempo aquí como antes y definitivamente voy a extrañar este lugar. —Las últimas palabras salen distorsionadas y Cala deja de hacer su tarea para secarse las manos y abrazarme.

—Los cambios pueden ser aterradores —dice acariciando mi espalda, este abrazo solo hace que rompa en llanto—, pero tienes que pensar en todo lo bueno que está por venir, Az —coloca las manos sobre mis hombros—. Serás entrenada por el campeón, podrás vivir de lo que más amas en el mundo, ¿sabes lo afortunada que eres?

—Lo sé —digo limpiando mis lágrimas—, siento que tengo que dejar atrás esta etapa demasiado rápido. Astor apenas acaba de entender que no quiero jugar con sus «cochecitos».

Las dos nos reímos, pero yo más al recordar la lengua de Astor en mi boca ayer por la tarde.

Joder Azul, su madre está intentando consolarte.

—Astor te adora, Az, no te preocupes, que no lo perderás.

Ante esas palabras mi pecho hace algo raro y asiento limpiando mis lágrimas, porque si digo algo probablemente suene como: ¿te ha dicho algo?, ¿crees que siente algo por mí?

—¿Qué está pasando? —escucho detrás de mí.

La puerta trasera se abre demasiado rápido, Astor entra junto a su padre.

—Nada —dice Cala—, Azul tenía algo en el ojo, ya está solucionado.

Pero Astor entrecierra sus ojos y me sigue por la habitación cuando camino hacia su padre para saludarlo, quien tampoco dice mucho, sin embargo, me da un abrazo más largo de lo habitual.

—Si vais a montar os recomiendo que esperéis —dice Oliver—, los caballos…

—No vamos a montar —dice Astor acomodando su pelo—, vamos a salir.

Cala detiene lo que estaba haciendo y mira sobre su hombro, el agua que usaba para limpiar la verdura corre, completamente olvidada.

—¿Salir?

—Sí —responde su hijo quitándose la sudadera, se dirige solo a mí —, salir, déjame darme una ducha, vengo en cinco minutos.

Astor desaparece tras la puerta y Cala me observa.

—No sé qué tiene planeado, dijo que era una sorpresa —me defiendo.

Oliver pasa por detrás de mí y me da unas palmaditas en el hombro.

—Mucha suerte, Az.

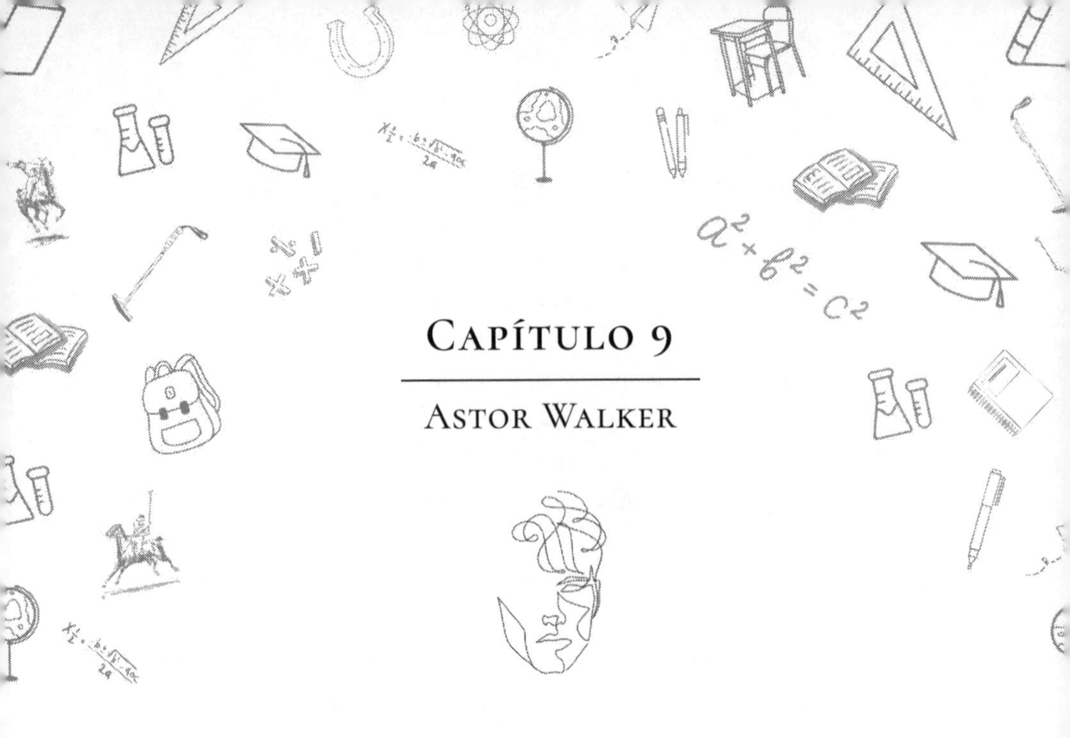

Capítulo 9

Astor Walker

Rocío un poco de perfume en mi cuello cuando escucho que alguien llama a mi puerta.

Mi padre se asoma con precaución y me mira en el reflejo del espejo.

—¿A dónde vais? —pregunta sosteniendo la puerta, su cuerpo medio fuera y medio dentro.

—Al cine —respondo distraídamente, un mechón de pelo sigue cayendo donde no tiene que hacerlo. Miro a mi padre por el reflejo, se ve inquieto—. ¿Por qué?

—¿Es… una cita?

¿Una cita? No lo había pensado así… pero creo que lo es, quiero llevarla al cine y a comer después.

Joder…

Mi padre se ríe y entra a la habitación.

—Es una cita, Astor.

—Supongo…

—Y es Azul.

—Gracias por aclararlo, no tenía ni idea. —Cojo una cazadora de la cama y me la pongo—. ¿A dónde quieres llegar?

—A donde quiero llegar, hijo petulante, es a que debes pensar bien lo que hacen, sois amigos desde pequeños, no sé si es buena idea.

—¿Tienes miedo de que la embarace? —pregunto con una media sonrisa, aunque por dentro tiemblo solo de pensar en eso.

—No te hagas el listo Astor Walker —dice empujándome un poco hasta que choco con el espejo de atrás—. Piensa bien lo que haces con ella.

El chiste terminó, Oliver Walker está aquí.

—Es mi amiga —miento, Azul no es solo mi amiga, es mi compañera de aventuras y ahora de besos.

—Mientras siga así…

Arqueo una ceja.

No me gusta que me digan lo que tengo que hacer, especialmente si se trata de Azul.

—¿Por qué no puedo tener algo con ella?

—Porque su padre te cortará la polla hijo, ¿necesitas que te lo deletree? Azul está prohibida.

Quiero reír, si mi padre se enterase de lo que tengo planeado para hoy, le daría un infarto.

—Jonathan me ama —digo con media sonrisa—, somos prácticamente familia.

—Ningún padre ama a la pareja de su hija, nunca te olvides de eso.

En el coche suena la radio local con alguna de esas canciones pop superalegres que están de moda. A ella parece gustarle porque mueve su pierna derecha al ritmo de la música.

Sé que estaba llorando cuando llegué a casa, vi a mi madre abrazarla y temí lo peor, quizás Fernando Martínez se había arrepentido, pero si fuese algo tan drástico seguro que me lo contaría, ¿no?

Necesito saber qué le pasó y no sé cómo coño preguntarle.

—¿A dónde vamos? —pregunta, sus ojos me evitan porque están un poco hinchados y no quiere que lo note.

¡Tarde!

—Al cine —respondo peleándome con mis ojos para no mirarla de soslayo, conducir es más importante— y a comer.

Azul sonríe, lo sé porque no pude evitarlo y finalmente me decido por mirarla.

Algo le hace a mi estómago.

Mientras caminamos hacia la sala, Azul tira palomitas a mi boca y yo las atrapo, hasta que entramos a la oscuridad, los tráileres ya se están reproduciendo así que cojo a Azul de su mano y la guío hasta nuestros asientos.

Última fila, en el medio, el mejor lugar, elegido por mi, obviamente.

La siento a mi lado y ella me mira extrañada, la mano fue un movimiento arriesgado, pero no la quita, así que no fue tan malo.

Durante toda la película la escucho reír y me alivia, su tristeza de antes me inquietaba, es como una mancha que debo limpiar rápidamente antes de que se haga más grande, más espesa.

La trama de la peli queda olvidada cuando mis ojos no pueden dejar de mirarla como si tuviera otras lentillas.

Una nueva perspectiva.

—Oye —susurro cuando aparecen los créditos, la gente comienza a irse—, ¿qué ocurrió antes?

Azul está a punto de meterse un puñado de palomitas a la boca y se detiene.

—Nada...

Cojo una palomita y se la tiro a la cara.

—Dime.

—Nada...

—Dime o me pongo a gritar en este cine cuan húmeda es tu lengua cuando nos besamos.

Suspira derrotada y cuando creo que me lo va a explicar, se mete ese puñado haciendo que maldiga por lo bajo.

Abro la boca y tomo aire para gritar, ella me silencia metiéndome mil palomitas de golpe en la boca.

Me sonríe con la boca llena y por alguna razón siento calor en mis mejillas.

El restaurante que elijo no es muy refinado, asumí que dos chicos de dieciséis años necesitaban un ambiente más jovial, así que estamos en un lugar de comida americana.

Su bandeja llega con un poco de cada cosa y baila cuando la ve.

¿Siempre fue tan adorable? Joder, siento que quiero apretarla.

—Sigo esperando.

—Déjalo, Hawk.

Meto mi dedo índice en la boca y desparramo mi saliva sobre el pan que estaba comiendo.

—¡Oye! —Sus cejas se unen absolutamente consternada.

—Tienes tres segundos hasta que elija algo peor, tres, dos…

—¡Está bien! ¡Está bien! Estoy un poco triste, eso es todo.

—¿Triste? —No entiendo una mierda, creí que lo de Martínez la ponía feliz.

—Cuando traslade a Bella al campo de Fernando ya no pasaré tanto tiempo en tu campo.

—¿Y?

Coge una patata frita y la tira directa a mi rostro, perfecta puntería.

—Y que voy a echaros de menos.

—¡Ah! —Se refiere a los Walker—. Pero a mí más que a nadie, ¿no? —Esbozo una sonrisa y levanto mis cejas, verla reír es la prioridad número uno.

Lo logro.

—Sí, hombre, solo podremos vernos en el colegio y con las prácticas que tendré, no sé... odio el cambio.

—No te preocupes —digo dando un sorbo a mi bebida—, nos veremos todas las veces que podamos.

Ella asiente, pero no se ve muy convencida.

Caminamos hacia mi Jeep por el estacionamiento, sin embargo, cuando se dirige a su puerta, abro la de atrás y la empujo dentro.

—¿Qué haces? —Se ríe, pero es muy tarde, mi boca ya está sobre la de ella y pasamos horas en los asientos traseros, intercambiando saliva, toques y risas.

Love
a²+b²=c²
17
AÑOS

Capítulo 10

Azul Atwood

Todos mis compañeros de colegio corren como gallinas sin cabeza en búsqueda de una universidad.

Estamos cerca de terminar el colegio, solo queda un año, y creo que tengo el síndrome ese donde sientes que te estás perdiendo algo, pero no sabes qué.

Yo no busco universidad, porque mi camino está marcado, mi entrenamiento con Fernando indica que para el año que viene estaré lista para competir a nivel profesional, sin embargo, cuando mis compañeros me cuentan sus planes para el futuro, me siento un poco ansiosa.

Abogados, empresarios, médicos, todas profesiones importantes que me hacen sentir insegura.

Hasta Astor está preparándose para estudiar negocios, dice que si quiere seguir con el legado Walker tiene que tomar control de la empresa de su padre.

Suspiro cuando pienso en él, hace más de tres días que no lo veo, o, mejor dicho, lo evito, porque Juliette estuvo muy cerca de encontrarnos bajo las gradas del estadio, enredados a un nivel inhumano.

Hace un año que llevamos esto en secreto, nuestras familias no lo saben, pero cuando se juntan y los dos desaparecemos, sí, suele ser para «intercambiar saliva» como lo llama él.

Pero... cada vez se me hace más difícil no pensar en él, no necesitarlo como una novia pesada, no es que lo sea, no tenemos título oficial, pero sé que él no se besa con nadie más y yo tampoco.

Entonces somos un poco exclusivos, creo.

Este fin de semana los Walker nos invitaron a pasar el día con ellos y no veo la hora de verlo otra vez.

Espero que sean mis hormonas las que hablen y no los tiburones en mi estómago.

Astor nos cuenta cómo fue la experiencia de tirarse por paracaídas, me rogó que fuera con él, pero mi madre me prohibió absolutamente hacer cualquier cosa que ponga en riesgo mi vida.

En ese sentido los Walker son más permisivos supongo.

Pasamos la mañana en la piscina y ahora estamos comiendo una barbacoa en su casa.

—Nunca pensé que el viento no iba a dejarme respirar, tenía que dar grandes bocanadas para no desmayarme —dice con una sonrisa, es un salvaje, no puedo creer que eso le divierta.

—No puedo imaginarme una sensación más agobiante —dice mi padre—, disfruta de tu juventud Astor, que cuando seas viejo solo por hacer un mal movimiento estás una semana con dolor.

Oliver suelta una carcajada y levanta su copa de vino, brindando por eso.

—¿Has escuchado esposa mía? No nos quedan muchos años más de juventud y este campo necesita gente joven para sobrevivir.

Cala pone los ojos en blanco.

—Habla por ti, yo nunca me he sentido más jovial.

Mi madre se ríe con complicidad, recuerdo escuchar sus quejidos cuando se levanta de cualquier silla o sillón de casa.

Astor pone los ojos en blanco y me patea por debajo de la mesa para llamar mi atención. Desvía los ojos señalando la puerta y asiento sin dudarlo, no quiero escuchar a estos viejos.

—¿A dónde vais? —pregunta mi padre.

—A la laguna, quiero mostrarle las crías de los patos —dice Astor sin importarle un comino la ceja arqueada de mi padre—. ¡Volveremos en un rato!

Yo lo sigo, impulsada por la ola de coraje que me da su actitud y salimos de la casa con entusiasmo.

—¿Hay patitos nuevos? —pregunto mientras me subo a su buggy.

—Nah —responde—, era una excusa para llevarte a la casa del árbol, tengo una sorpresa.

LA CASA del árbol evolucionó desde la última vez que vine, empezando por las ventanas, que están selladas con un material plástico que nos aísla del clima.

Lo siguiente que noto es una alfombra persa en el suelo, lucecitas colgando del techo y un colchón inflable cubierto con diferentes mantas.

—¿Vives aquí ahora? —pregunto mirando a mi alrededor.

—No, lo preparé para nosotros.

Miro el colchón de soslayo y trago saliva duramente.

Oh no…

No hablamos de sexo todavía, aunque puedo decir que estamos cada vez más cerca, sus manos ya no se quedan tiesas a mi alrededor, exploran mis pechos y mi trasero como si no hubiera un mañana. Pero nunca fuimos más allá, principalmente porque nunca encontramos el lugar para hacerlo.

Esto creo que es la solución a ese problema y ahora la ansiedad sube hasta el cuello.

Astor encuentra mi mirada.

—No es lo que crees, no... no te estoy presionando, pero si alguna vez quieres... ya sabes, estar conmigo de esa manera, quizás aquí podamos intentarlo sin pensar en nuestros padres, ninguno puede subir la escalera ya.

Me río, pero la tensión de mis hombros no se va.

Me siento en la cama, al ser de aire es raro, pero firme.

—Así que quieres tener sexo conmigo... —digo con el propósito de enrojecerlo.

Lo logro por unos segundos.

—Quiero más que tener sexo, te quiero a ti —dice acercándose, ahora soy yo la que tiene las mejillas hirviendo— y quiero que todos sepan que eres mía.

Niego con la cabeza, él cree que pienso en nuestros padres, fue la mentira que le dije desde que comenzamos a hacer esto, pero quien me preocupa realmente es Juliette.

Ella es mucho más guapa que yo, tiene las tetas más grandes, eso es obvio, y sí, me siento insegura cuando Astor le da solo un poco de atención cuando el grupo de alumnos se pone a charlar en la cafetería.

Una vez ella lo rodeó sobre sus hombros durante todo el almuerzo y él no quitó su mano de ahí en ningún momento.

—¿Podríamos esperar a terminar el colegio? —ruego—. Mis padres son muy estrictos con mi entrenamiento, van a creer que eres una distracción y...

—¿Distracción? —Se ladea hasta llegar a la altura de mis ojos, su cuello es mucho más ancho que hace unos años atrás, la barba que busca crecer en su rostro ya es una sombra espesa—. No quiero ser una distracción quiero ser tu novio.

Joder.

¡El maldito lo dijo!

—Así lo ven ellos —me defiendo haciendo como que esa palabra no despertó a los tiburones de mi estómago—, es solo un año más.

Acaricio su rostro y Astor cierra los ojos ante el contacto.

Más de una vez me dijo que la sensación de mi piel con la de él es diferente al resto y que disfruta mucho cuando lo acaricio.

—Está bien, Blue Jay, lo que tú quieras. —La decepción en su voz es dolorosa, debería explicárselo, decirle la verdad.

Pero hay una frase que dice que «no debo alertar a los que viven obnubilados» y temo que eso sea exactamente lo que ocurra si yo le señalo lo que Juliette intenta.

¿Qué pasa si de golpe le interesa?

¿Qué pasa si la mira con otros ojos?

—A ti en esta cama, ¿quizás?

Y eso es todo lo que necesito para distraerlo.

Capítulo 11

Astor Walker

Entiendo que le dije que nada cambiaría entre los dos, pero joder, a estas alturas prácticamente veo azul.

Azul.

Azul.

Azul.

Ella habita en mi pecho, en mi respiración, en el cálculo del siguiente movimiento o en la dopamina que libera mi cerebro.

Ella es fuego, y agua, y ternura, y creo que no puedo seguir con esta brújula que se mueve con indecisión.

Necesito que me diga qué quiere, cómo lo quiere y cuándo, porque yo necesito de ella.

No soporto ver cómo me ignora en el colegio y cómo ruega por mis besos cuando estamos solos.

La desesperación que siento por enterrarme en ella.

El hambre que resuena cuando se aleja de mí.

Pensar en la universidad y todo el tiempo que estaré lejos de ella hace que quiera subirme a Albert, galopar campo a través y gritar, gritar, GRITAR.

Lo que comenzó como curiosidad hoy es un hecho indudable.

La amo.

Ya no tengo dudas y no necesito más pruebas.

La amo y no existe nadie en mi vida a quien quiera más que a ella, que a sus ojos, su sonrisa.

Mi pecho se infla al recordar que es mía, pero no es suficiente, quiero que los demás lo sepan también.

Especialmente todos esos idiotas del colegio que piensan que pueden mirarla con ojos hambrientos, que creen que pueden tomar fotos de ella en su clase de gimnasia.

Quiero que todos sepan que Azul Atwood es mía y que yo soy suyo.

Pero por el momento debo preocuparme por que ella entienda antes que los demás lo que siento.

Paso a por ella después de su entrenamiento.

El campo de Fernando Martínez es imponente, no necesito recorrerlo para saber que aquí entrenan los mejores, simplemente con ver los caballos puedes darte cuenta de que el nivel aquí es superior al mío o al de ella.

Blue Jay me espera sentada sobre un tronco con su pelo chorreando agua, sí, también tienen vestuarios y hasta un salón para pasar el rato.

Levanta la mirada del móvil y me sonríe cuando ve el coche aproximarse. Esa sonrisa no puede ser solo un recibimiento, ¿no? Tiene que ser algo más, tiene que ser amor porque el puto corazón está a punto de explotar en mi pecho.

Se desliza sobre el asiento del acompañante y me da un beso rápido en los labios.

Es una sorpresa, no suele ser tan relajada en público.

—Wow… no me esperaba eso —digo mirando hacia los establos, no parece haber nadie cerca del coche.

—Fue sin pensar —responde mirando a nuestro alrededor.

Me desilusiona un poco, pero intento no perderme en ese pensamiento.

—¿Qué quieres hacer, Blue Jay? —pregunto mientras doy marcha atrás con el Jeep y salgo del campo.

—Cualquier cosa, solo quiero estar contigo —responde.

Mi instinto pide que sujete su mano y la mantenga aferrada durante el resto del camino.

Y eso hago, nuestras manos unidas descansan entre los dos y cuando ella intenta quitarla para dejarme conducir, la sujeto con más fuerza.

Cuarenta minutos después llegamos a mi casa, pero el Jeep sigue de largo.

—¿Y tus padres?

—Han salido —digo avanzando hasta la casa del árbol.

El silencio en el coche me dice todo lo que necesitaba saber.

—Solo quiero estar contigo sin pensar que alguien puede entrar en cualquier momento, no significa que…

—Hawk… —interrumpe mirando nuestras manos unidas—, yo sí quiero.

La vergüenza de un niño de cinco años cuando escucha la palabra *pene* viene a mí, pero la emoción hormonal me supera.

—¿Estás segura?

—Sí, desde hace mucho.

Esta será la primera vez para los dos y quiero que sea perfecta.

—Está bien, sube a la casa, espérame allí, tengo que ir a buscar provisiones.

Principalmente *condones.*

Azul me espera acostada en el colchón inflable, mirando su móvil, en cuanto escucha la escotilla que se abre se levanta para ayudarme a subir todo lo que traje.

—¿Qué es este cargamento de comida? —se ríe cuando abre la cesta con toda la comida chatarra que encontré en la cocina.

Los dos tenemos que agacharnos un poco para no golpear nuestras cabezas contra el techo.

—No podía decidirme —confieso y abro una lata de cerveza que le robé a mi padre— y supuse que necesitaremos esto, nuestro historial confirma que las mejores decisiones las tomamos cuando estamos ebrios.

—Lo dudo...

Azul coge la lata y le da un sorbo, no es la primera vez que le robamos cerveza a mi padre y él seguramente pretende no darse cuenta.

Las luces colgantes del techo iluminan todo y me cuestiono si fue una mala idea, ¿quizás quiera oscuridad para hacer esto?

Joder, no sé qué hacer.

—Hay patatas fritas en la cesta, galletas y refresco.

Azul escarba y abre un paquete, se sienta en la cama y lo deja en su regazo.

Ella también está nerviosa y no quiero que esto se sienta forzado, necesito hacer algo para calmar esta tensión.

Me siento a su lado, con la espalda contra la pared de madera y robo patatas de su regazo mientras le doy sorbos a la lata.

—¿Cómo te ha ido en el entrenamiento?

—Bien, Fernando dice que en cuanto termine el colegio tengo que echar más horas, todavía no soy buena en la defensa.

—Pero eres la líder del equipo, os he visto jugar, claramente debes llevar el número dos en tu espalda.

El número dos en el polo es el equivalente al número diez en el fútbol.

—Gracias —sonríe levemente—, pero Fernando insiste que debemos dominar todas las posiciones antes de comenzar el campeonato.

—Bueno, estoy seguro de que en poco tiempo la dominarás, Blue Jay. Siempre que te propones algo lo logras superando las expectativas de los demás.

—Cualquiera que te escuche, Astor, pensaría que sientes admiración por mí. —Su codo se clava en mi brazo.

—Admiración es una de las tantas cosas que siento por ti —digo seriamente—, estoy seguro de que ya sabes eso.

Azul baja su mano lentamente, olvidando la bolsa de patatas fritas en su regazo.

—Mmm, soy un poco despistada...

—¿Ah sí? —dejo mi lata en el suelo y me acerco a ella—. ¿No te has dado cuenta de cómo te miro?

—¿Cómo?

—Como si fueses la criatura más hermosa de esta tierra. —Atrapo su barbilla entre el pulgar y el índice—. ¿Segura que no lo has notado?

Azul traga saliva haciendo ruido y mira mis labios con atención.

—Ahora que lo mencionas, puede que haya notado algo —responde con media sonrisa.

Consumo esos labios besándolos lentamente.

Cojo la bolsa y la dejo caer al suelo. Sujeto su cintura y la atraigo hacia mí posesivamente como lo hago siempre, solo que esta vez entiendo que mi erección no estará solo en su imaginación, la verá.

Joder, deja de pensar así.

Hicimos esto mil veces, siempre terminamos enroscados, fusionados, algunas veces hay fricción con ropa de por medio, otras veces nos tocamos y sí, Azul ha rozado mi polla mil veces, pero siempre por encima del pantalón.

Hoy será la primera vez que ponga sus ojos sobre ella, lo mismo yo con sus partes.

Muero por verla desnuda, fantaseé con eso mil veces y me he tocado incontables más.

—¿Puedo...? —acomodo mi garganta—, ¿puedo quitarte la camiseta?

Ella asiente y me ayuda cuando busco el dobladillo y tiro hacia arriba.

Miro el sujetador deportivo que lleva y dejo que mi mano la explore.

—Quítalo también —insiste.

—No sé hacerlo —exploro los rincones buscando un botón o algo, nada.

Azul se sienta en la cama y rápidamente lo quita por encima de su cabeza, dejando al aire sus pechos.

Inmediatamente siento mi boca llena de saliva, no puedo dejar de mirar su forma redonda y perfecta. Sus pezones rosas erectos y con mi pulgar juego con ellos.

Dejo besos allí, a pesar de querer lamerla como un bárbaro.

—Ahora tú.

—Ya has visto los míos —me río mientras beso su cuello, mi mano aprieta su pecho derecho.

—Los pantalones, tonto —ordena.

Lo justo es justo.

Bajo mis pantalones, mis calzones azules parecen hacer juego con esta sesión.

—Listo, ahora tú.

Ella se los baja y sigo con la mirada el movimiento, su braga sigue puesta, pero me conformo con sentir su piel contra la mía.

El calor que siento por ella.

—Estoy nerviosa —confiesa.

—Yo también.

—Bueno hagámoslo, si seguimos retrasando esto…

—Espera, espera —detengo su mano que estaba a punto de quitar su braga—, ¿por qué tienes tanta prisa?

—No lo sé, no puedo dejar de pensar en lo que va a pasar y…

—Déjame sentirte —susurro envolviendo sus piernas sobre mí—, déjame verte desde aquí.

Sus manos se apoyan sobre mi pecho e inconscientemente comienza la fricción entre los dos.

—Joder… —susurro mirando su entrepierna sobre el bulto de mi polla—. ¿Te gusta eso?

La pregunta es sincera.

—Ajá —responde entre un gemido y un suspiro—, ¿a ti?

—No pares —sujeto su cadera y miro sus pechos moverse delante de mis ojos.

Joder, soy el hombre más afortunado del puto mundo.

Azul comienza a ir más rápido y sus gemidos se incrementan, no sé si se está corriendo o simplemente disfrutando de esto, pero me gusta verla así.

Yo no creo poder esperar mucho más.

—Astor... —gime—, creo que... que... —toma aire y su pelvis presiona fuertemente contra mi polla de tal manera que mi orgasmo me toma por sorpresa, cierro mis ojos y me dejo perder por el placer.

No importa lo que digan mis compañeros de colegio, no es lo mismo que masturbarse.

Cuando los abro la encuentro mirándome.

—¿Te has corrido? —El pánico ataca.

—Sí —dice mirando hacia abajo—, no hace falta que te haga la misma pregunta.

—Oh, joder, Azul... —todo mi calzón está empapado, entre lo de ella y lo mío—. Lo siento.

Mierda, seguro que todo esto le da asco.

Ella se levanta, puedo ver su braga empapada.

—Debería quitármela —dice, y cuando estoy a punto de detenerla, la baja por sus piernas y la deja tirada en el suelo.

Y no puedo pensar.

Su coño está frente a mí y...

—Te amo.

MIERDA

¿QUÉ DIJE?

—¿Me hablas a mí o a mi coño? —Mira hacia abajo, mis ojos siguen fijos en el centro de su cuerpo.

Cuando escucho lo que dice levanto la mirada y me siento en el borde de la cama.

—Por supuesto que te hablo a ti —tomo su cadera y la atraigo hacia mí, hasta tener su coño justo donde lo quiero.

A la altura de mi boca.

Sin pensarlo le doy un beso.

He visto porno mil veces y me he preguntado si alguna vez podría o querría hacer esto, es indudable que mi cuerpo pide a gritos que lama cada centímetro de sus pliegues.

Y eso hago, la beso como si fuesen sus labios y Azul comienza a gemir mientras acaricia mi pelo negro.

Una detonación caliente toma control de mí y la arrojo sobre la cama para poder besarla más profundamente, abro sus piernas y miro su centro como si fuese la nueva maravilla del mundo.

—Quiero follarte —digo, sonando más tosco de lo que pretendía.

—Bueno —simplemente responde.

Me alejo de ella y bajo mis calzones, ella me mira acostada y cuando encuentra mi erección, relame sus labios con erotismo.

—Joder, Azul…

—Quiero probar —dice sentándose en la cama.

Lo siguiente que hace, me hace ver las estrellas.

Capítulo 12

Azul Atwood

Es salado.

No lo esperaba.

Tampoco esperaba escuchar sus gemidos tan claros y salvajes. Envuelvo su polla con mis labios e intento hacer lo que hacen en las pelis porno.

—Despacio —dice mirando hacia abajo—, tus dientes están muy cerca, envuélvelos con tus labios —indica.

Lo hago y quiero preguntar: «¿Así?», pero sé que es imposible ahora mismo.

Me gusta darle placer, me gustó cuando él me lo dio a mí, por eso quería hacer esto.

No sé si lo estoy haciendo bien, pero seguro que aprenderé con el tiempo.

—Azul… —gime sujetando mi pelo desde la nuca—. Joder, tu boca en mi polla es… ahh…

Me provoca un poco de orgullo, por eso me esfuerzo y hasta que no tengo una arcada no me detengo.

Astor me empuja de los hombros, haciéndome caer a la cama.

—Si sigues haciendo eso voy a correrme en tu boca. —Camina hacia la cesta y saca un envoltorio de condones.

Joder, no había pensado en eso, qué suerte que alguien de los dos tiene la cabeza fría.

Lo observo arrastrando el condón por su erección delicadamente, cuando termina levanta la mirada.

—¿Segura que quieres seguir?

—Sí, ven —insisto dejando caer mi espalda sobre la cama.

Astor escala sobre mí, colocándose entre mis piernas.

—Si te duele dímelo, no lo aguantes, ¿está bien?

Asiento enérgicamente.

Tras varios intentos, creo que es allí donde tiene que empujar, le indico el lugar exacto y lentamente se introduce en mí.

La presión que siento es inusual, pareciera que tengo una pared inquebrantable que no quiere ceder, pero algo en mí se rompe de golpe, dejando que entre.

Siseo de dolor y Astor se detiene.

—¿Estás bien?

—Creo que sí, empuja un poco más.

En el porno no pasa eso y debo silenciar el miedo que siento de golpe por estar arruinando esto que no tiene mucha pasión.

No del mismo tipo que antes, cuando de Astor surgió una faceta que desconocía.

Astor empuja una vez más y siento mi interior lleno, todo mi cuerpo está pendiente de este intruso.

Pero entonces sale de mí, vuelve a empujar y todo cambia.

Encuentro ese placer escondido entre el dolor y el miedo.

Los ojos negros de Astor me rastrean continuamente, analizando mis gestos, probando cuánto puede empujar.

—Az… —dice, creo que es la primera vez que me llama así—, joder, se siente muy apretado.

Cierra sus ojos un momento, fuerte, y vuelve a abrirlos.

Cuando logro relajarme abrazo su espalda, dejando que nuestros pechos se toquen. Astor entierra sus labios en los míos y comienza a embestir más rápido.

Me gusta, es raro, pero me gusta mucho.

—Dime que te gusta tanto como a mí… —susurra en mi cuello.

—Sí... sí... sigue, más rápido. —Siento que alguien dice cosas por mí, una salvaje que quiere ser follada hasta no poder pensar.

Creo que eso es lo que está pasando.

Astor acelera y empuja mientras su lengua recorre mis pezones haciendo que gima incontrolablemente.

Ahora entiendo lo que todas dicen, no piensas correctamente cuando sientes este nivel de placer.

Siento que conecto con mi lado más animal.

También el de Astor y no me da miedo.

—¿Qué puedo hacer para que te corras conmigo? —gime, sus embestidas nunca aminoran el ritmo.

Deslizo mi mano entre los dos y él observa dónde me toco, luego la quita y lo hace él.

—*Yo* quiero dártelo. —Sus ojos posesivos me miran atravesándome.

Pero yo los cierro, sumergiéndome en el placer, sé que me estoy corriendo y él también lo hace, hundiendo su rostro en mi cuello, gimiendo palabras incoherentes.

Sé que estoy teniendo un orgasmo porque he tenido miles a oscuras en mi habitación, pero este se siente diferente.

Se siente lleno.

Intenso.

Cegador.

La ola de placer se serena.

Y cuando Astor vuelve a mirarme a los ojos esbozando una sonrisa, se la devuelvo.

—Yo también te amo, Astor.

PROM
you
LOVE
18
AÑOS
xoxo

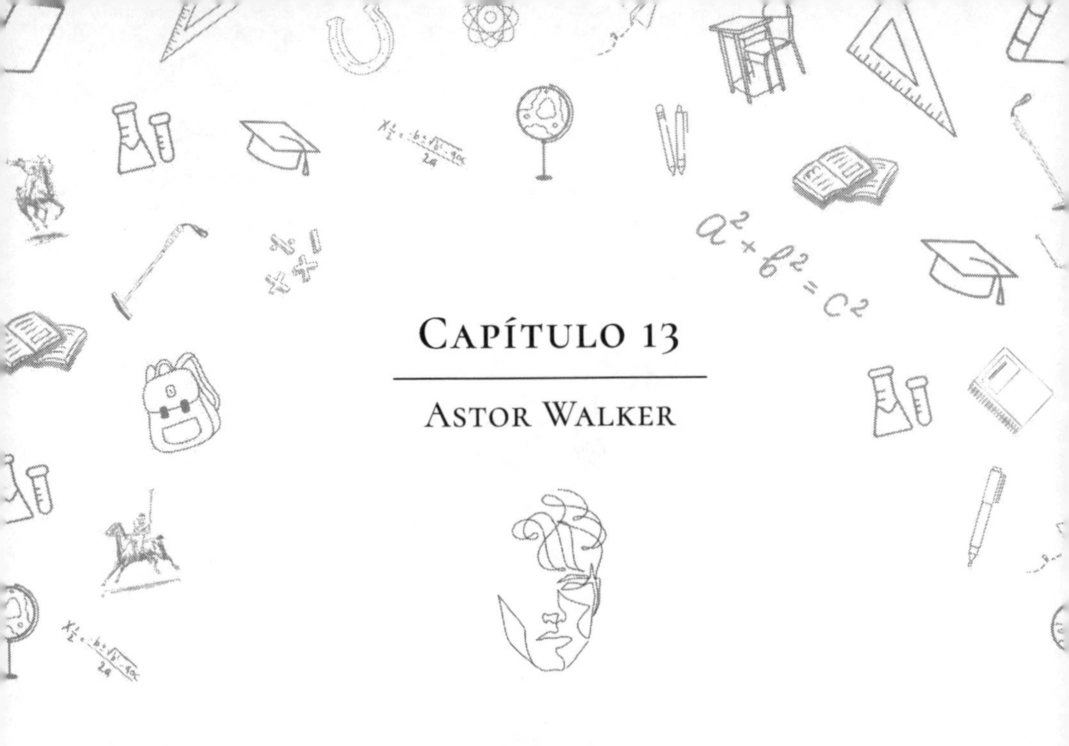

Capítulo 13

Astor Walker

Finalmente le confesamos lo nuestro a mis padres.

Suena a que fue una decisión premeditada, pero no lo fue. Nos encontraron escondidos entre los pastizales arrancando nuestra ropa como si estuviera prendida fuego.

Ninguno se mostró demasiado alegre, mi padre dijo que teme que nuestra amistad se termine por nuestras hormonas.

Mi madre, que suele ver el lado bueno en absolutamente todo, cree que los padres de Azul no estarán contentos con esto.

Les dijimos que estamos juntos desde hace ya años, que nos amamos y que planeamos tener una vida juntos en cuanto yo termine con los estudios universitarios.

Lo aceptaron, pero sin mucho frenesí.

El día que intentamos decírselo a los padres de Azul, los encontramos en medio de una discusión, nunca escuché a Claudia y a Jonathan gritar así.

Azul tampoco, creo, porque su rostro era de pasmo y angustia. Ningún hijo quiere escuchar a sus padres pelear y en ese momento me di cuenta de lo afortunado que era al tener padres tan diferentes.

La saqué de allí y fuimos al centro a por un helado.

El azúcar parecía haber cumplido su función y su humor volvió a ser el mismo de siempre. Aproveché ese momento para preguntarle si quería ser mi cita del baile de graduación.

Dijo que sí, pero noté que no estaba muy convencida, seguramente tenía que ver con lo que habíamos presenciado en su casa.

No le di mucha importancia y aquí estamos, sacándonos una foto al lado de la chimenea de su casa, ella con un vestido azul y yo usando una corbata del mismo color para combinar.

Una vez que nos quitamos de encima a sus padres, la subo al Jeep y le sonrío.

—Estás preciosa, pero no puedo esperar a arrancar ese vestido.

Azul mira hacia su casa y cuando comprueba que no hay nadie cerca de las ventanas me da un beso en los labios.

—Tú también estás muy guapo, Hawk.

No es descabellado que seamos la pareja del otro para el baile, muchos compañeros van con sus amigos también, pero el hecho de que no la lleve de la mano fue enteramente su decisión.

Tiempo al tiempo.

Por el momento me concentraré en esta noche y en esas horas de hotel que reservé hace un mes. Nuestros padres creen que todo el grupo irá al mismo hotel a pasar tiempo después del baile, pero ella y yo sabemos que seremos solo los dos.

Ansío que llegue ese momento.

Desde la primera vez que lo hicimos no hemos podido parar, lo hicimos en la casa del árbol, en mi habitación, en el baño de un restaurante, en el establo (mi preferido), en mi Jeep, en su Porche...

Simplemente no podemos parar.

La deseo siempre, a todo momento, no importa dónde esté, pienso en ella, en sus gemidos, en cómo dice mi nombre cuando se corre, en cómo sonríe cuando le digo que la amo como un desquiciado.

Este será el último verano que pasaremos juntos, luego me marcharé a la universidad. Viajaré todas las veces que necesite hacerlo, usaré cada día libre, festivo, vacaciones, lo que sea para verla.

Ella dijo que hará lo mismo y que haremos videollamadas todos los días.

Será difícil, no voy a mentir, pero es viable.

Tres años de esa tortura, hasta que vuelva y finalmente podremos comenzar nuestra vida juntos.

El baile es aburrido, como imaginé que sería.

Todos están angustiados por terminar el colegio, mientras, yo no veo la hora de que termine esta mierda y dejar de ver a estos idiotas todos los días.

Las alumnas de este colegio piensan que vivimos en los años cincuenta y planean ir a la universidad solo para cazar al marido perfecto, los alumnos quieren ir a la universidad para comenzar a trabajar y cosechar dinero.

Yo solo quiero vivir mi vida en paz, con ella, quizás en un campo como el de mi padre, Albert y Bella podrían vivir juntos otra vez.

Eso es todo, no pido mucho, ¿no?

Bailamos, bebemos algo que tiene gusto a tequila, aunque debería ser refresco de uva, nos reímos y pasamos el rato.

Sin tocarnos.

Sin besarnos.

Es jodidamente tortuoso esto.

Eventualmente nos separamos, sus amigas la llaman para ir al baño o algo así y yo me siento con mis amigos a escucharlos hablar de videojuegos.

Cuando noto que pasa el tiempo, mi ansiedad comienza a elevarse, quiero irme de aquí de una maldita vez, ya tuve suficiente de estos idiotas.

Salgo en busca de ella y me detengo en la puerta del baño de chicas. Cuando una de ellas entra aprovecho para espiar, pero está vacío.

Camino por los pasillos del colegio, mitad preocupado, mitad cabreado porque deberíamos habernos ido hace media hora.

Quizás ella no esté tan desesperada como ¿yo? Joder, nunca

tenemos oportunidad de pasar tiempo en la noche, no entiendo dónde demonios está.

Escucho risas que salen de una de las aulas y me asomo con cuidado. Allí las encuentro, sentadas en los escritorios charlando alegremente.

Descaradamente me detengo a escuchar.

—No puedo creer que no me haya invitado al baile y a ti sí —dice Juliette.

No sé a quién le habla, pero es Azul quien responde, así que es seguro asumir que a ella.

—Ninguno tenía nada planeado, fue una decisión de último minuto.

¿Último minuto? Hace al menos dos meses que le pedí que viniera conmigo al baile, para que ningún idiota de los que están ahí fuera creyera tener la más remota posibilidad de pasar tiempo a solas con ella esta noche.

Ilusos.

—Igual, no lo entiendo, ¿segura que no hay nada entre vosotros?

El silencio en el grupo es incómodo y tenso. Mis oídos se afilan.

—¿Con Astor? ¡No! —Uno mis cejas—. Prefiero besar un cerdo antes que a Astor Walker.

Su comentario hace que todas exploten en carcajadas.

Y en esas risas ebrias siento que las piezas de golpe encajan.

Está... ¿avergonzada de mí?

¿Por eso me rogó mil veces mantener lo nuestro oculto en el colegio?

¡¿Qué coño está pasando?!

—¡Eres terrible, Az! —dice otra.

Es tanto el dolor que siento por sus palabras que me convenzo de que no es su voz, que es alguien más, en un universo paralelo donde esa Azul no siente nada por mí.

—No, tengo ojos —responde ella haciendo que todas exploten otra vez.

Mi garganta se tensa y cuando siento que las estúpidas lágrimas están a punto de asomarse, me doy la vuelta y me voy.

¿Cómo pude ser tan idiota?

¿Por qué le creí? Es una jodida mentirosa, una patética y jodida mentirosa.

Que busque alguien que no le dé asco para que la lleve a casa.

Porque, para mí, Azul Atwood acaba de morir.

Capítulo 14

Azul Atwood

No responde a su móvil y tras cuatro llamadas, preguntarle a todos mis compañeros, revisar el colegio de principio a fin y hasta el campo de fútbol, llamo a sus padres.

No quiero asustarlos, pero es mi último intento antes de llamar a la policía.

Oliver responde inmediatamente.

—¿Azul? ¿Qué ha ocurrido?

¿Qué ha ocurrido? ¿No «qué ocurre»? Algo sabe.

—¿Está Astor contigo? —pregunto sintiendo cómo late el corazón fuertemente en mi pecho.

Oliver suspira y comienza a hablar más bajo.

—Sí, está aquí y me dijo explícitamente que, si llamas que elimine tu teléfono, no quiere decirme qué ha pasado.

—No entiendo, estaba todo bien, de hecho, era hora de irnos y no podía encontrarlo, me alegra que esté bien, por un momento...

—Él está bien... pero como dije, no quiere decirme qué coño pasa, ¿tú no sabes nada?

—No, Oliver, lo juro, estoy aquí en el colegio, ya no queda nadie —miro a mi alrededor, el estacionamiento completamente vacío—, no entiendo qué ha pasado.

—Métete en el colegio, ahora voy por ti.

—No te preocupes, llamaré a mi madre, está más cerca que tú y no quiero molestarte, lamento involucrarte en algo así, solo estaba muy preocupada.

—Está bien, intenta hablar con él, seguro que fue un malentendido.

—Sí, lo haré, gracias.

Termino rápido la llamada, porque mi angustia comienza a crecer, no quiero que Oliver me escuche llorar, especialmente sin una razón clara.

Fue una gran noche, ¿qué pudo...?

¿Juliette? ¿Quizás le dijo algo o finalmente se dio cuenta de que ella estaba colada por él?

Oh, Dios...

No pienses así, dale un poco de confianza, dijo que te ama...

Pero si estoy tan segura, ¿por qué oculté mi gran miedo?

Cojo el móvil y llamo a mi madre, su voz preocupada hace que exploten mis lágrimas.

—¿Puedes venir a por mí? —apenas logro decir las palabras.

—¡¿Qué ocurre?! —Escucho sus pasos rápidos y el ruido de las llaves del coche.

—No lo sé, Astor se fue y no quiere hablarme, Oliver dice que está en su casa, pero yo estoy aquí, sin mi coche y...

—Estoy en camino hija, no llores.

Lo estoy intentando, pero no sé por qué estoy llorando tanto.

¿Es preocupación?

¿Miedo?

Nunca tuvimos una pelea y no me gusta que Astor esté enfadado conmigo.

No me gusta no entender qué ocurre.

Me siento en el bordillo de la calle, arruinando mi vestido azul, mi maquillaje y cargo con la sensación de que esto es algo mucho más grave que un malentendido.

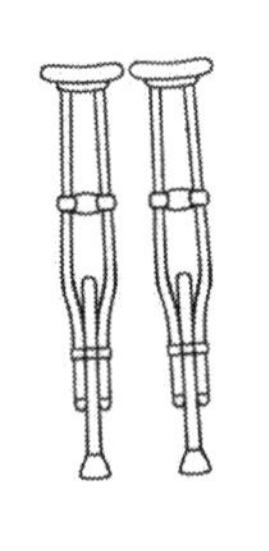
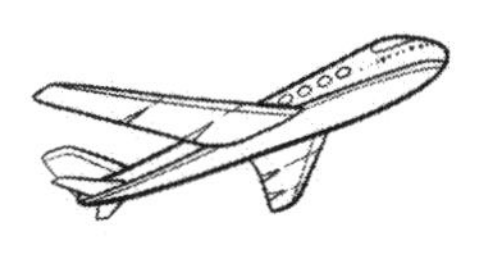

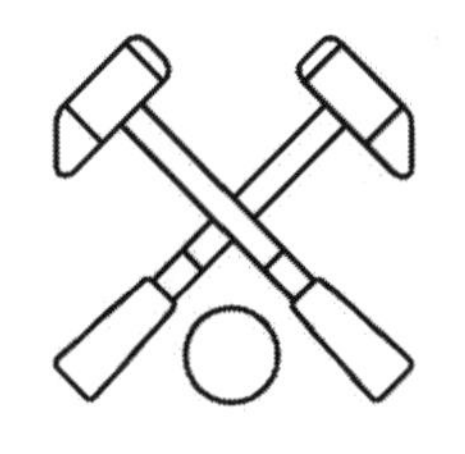

PASSPORT

28
AÑOS
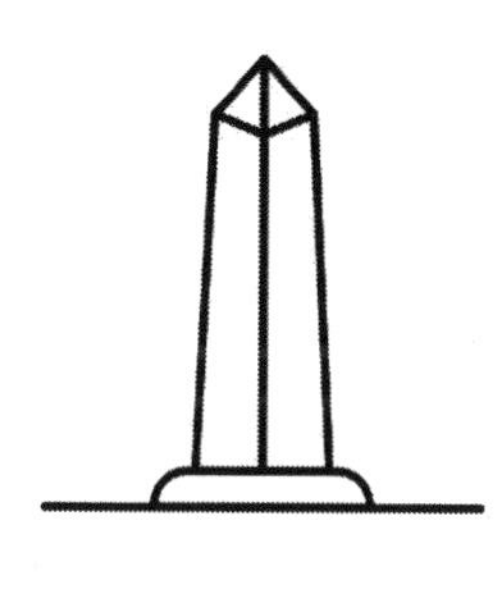
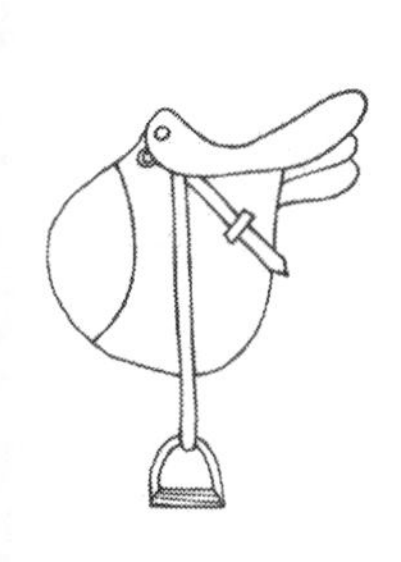

DALLAS POLO CLUB
SPORT CLUB
ESTD
1960
LOVE, PLAY
SPORT FOR LADIES

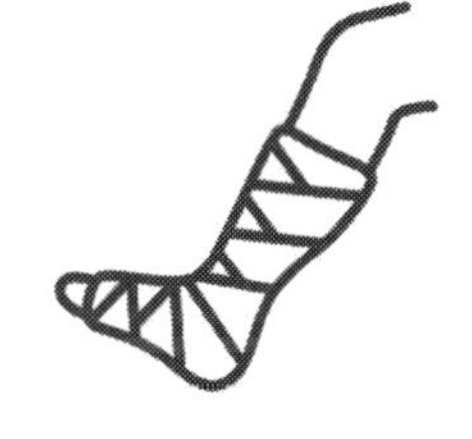

CAPÍTULO 15

AZUL ATWOOD

10 AÑOS DESPUÉS.

La Asociación de Polo organiza una gala benéfica a favor de los caballos maltratados en Estados Unidos, lamentablemente son muchos y no hay suficientes voluntarios para rescatarlos, como hacen Oliver y Cala Walker.

Ellos están aquí, incentivando a los dueños de los grandes ranchos a que hagan lo mismo y mi corazón duele cuando mi madre los llama desde el otro lado del salón para que se acerquen.

La ansiedad toma control porque sé que Astor está aquí también, solo que no tengo idea de dónde y eso me altera.

Cala me da un abrazo y Oliver hace lo mismo, luego se coloca al lado de su esposa y conversan con mi madre.

Desde el divorcio de mis padres y la ruptura entre Astor y yo, ya no existe la unión en esta casi familia que habíamos formado.

Mi vida pasó de ser frondosa a desolada en solo un chasquido, por eso es tan doloroso tenerlos conmigo en este momento.

—¡Az! —grita Fernando desde la muchedumbre—. ¡Ven con el equipo, quiero enseñaros algo!

Gracias a Dios por los pequeños milagros.

—Permiso… —susurro y me deslizo lejos de este momento.

Verónica, Lisa y Camila, las integrantes del equipo están juntas tomando una flauta de champán, todas ellas se ven increíbles con sus vestidos de gala.

Yo no me quedo atrás, lo sé, mi vestido rojo tiene un tajo que llega hasta el muslo y mi espalda está al desnudo.

Idea de mi madre, algo que no objeté sabiendo que Astor estaría por aquí dando vueltas probablemente.

—Chicas —dice Fernando—, la revista de Dallas Club quiere sacaros una foto y haceros una nota.

—Ahh… —gruñe Camila—, ¿tiene que ser ahora, papá?

—Sí —dice firmemente y nos empuja a todas un poco—, id a la sala de al lado.

Su hija susurra una maldición por lo bajo y yo me río mientras camino junto a ella.

—Si me hubieran dicho que para ser jugadora de polo tendría que igualmente usar tacones y vestido hubiese dicho que no.

—Lo mismo pienso —agrega Verónica—. Mi idea principal era no tener que estudiar matemáticas, pero ahora que lo pienso mejor, prefiero los números a tener que sonreírle a un patrocinador más.

—Chicas, no es tan…

Mi frase se diluye cuando a mi lado pasa Astor caminando.

Vestido de traje negro, sus manos en los bolsillos y corbata…aAzul.

Mis tripas se retuercen como un estropajo.

Nuestras miradas se cruzan por menos de un segundo, hasta que él la aleja y sigue su caminar, completamente inafectado por mi presencia.

Su cabello, de un tono marrón claro, está prolijamente arreglado hacia atrás. Sus cejas, anchas y definidas, resaltan sus penetrantes ojos oscuros, que parecen estar llenos de determinación y resentimiento. Una nariz ancha y masculina le otorga una apariencia sólida y decidida. La mandíbula, con un ángulo nítido, y su barba, cuidadosamente arreglada, añade un toque de sofisticación a su apariencia.

Su cuerpo alto y fornido, este hombre emana confianza y presencia, proyectando la imagen de un hombre seguro de sí mismo y en pleno control de su entorno.

Por eso no reacciona como yo.

No voltees.

No voltees.

Lo hago.

Y al hacerlo lo atrapo haciendo lo mismo.

Solo que él no parece entrar en pánico.

Él no parece sentir dolor con solo verme como me ocurre a mí.

—¿Listas? —pregunto con una sonrisa plasmada en mi rostro.

Siempre me emociona jugar, pero jugar el Campeonato Femenino de Polo es algo que me fascina.

La gente alentando, la excitación del juego, la incertidumbre, todo me eleva y me inunda de energía.

—Estoy a punto de vomitar —dice Camila asomándose para espiar el Campo Argentino de Polo, o *la Catedral del Polo de Palermo,* según los fanáticos de este país, está a rebosar.

Aquí se juegan los campeonatos más importantes y viajamos hasta Argentina con todo el equipo, los caballos y los petiseros (los encargados de nuestros caballos) para ganar este torneo y demostrar quiénes son las mejores polistas.

Nosotras, Dallas Polo Club.

Sabemos que en esta meca del polo entran al menos treinta mil personas, lo cual es un montón para un deporte no tan reconocido como el polo, mientras a mí me da emoción, puedo ver las caras de mis tres compañeras.

Como dijo Camila, su rostro está verde.

Lisa se está comiendo las uñas que precisamente cortó para no hacer eso.

Y Verónica se deshace y se vuelve a hacer la trenza inglesa que llevamos todas como parte del uniforme.

Bueno, llegó el momento de ser la líder y calmar a estas mujeres.

—Escuchad —digo en un tono más alto para llamar su atención—, esto es un partido más de los miles que llevamos jugando juntas, sí, no estamos acostumbradas a tanto público, pero valorad a la gente que vino a vernos, les debemos un gran espectáculo. —Algunas asienten, otras parecen poco convencidas—. ¡Quiero que os subáis a vuestros caballo y que os divirtáis! ¡Estamos en la cuna del polo, esta es nuestra gente!

—Bien dicho —dice Fernando, nuestro entrenador aplaudiendo—, no hacemos esto por la gloria, lo hacemos para pasar un buen rato. Ahora, salid al campo ¡y demostrad quiénes sois!

Las tres sonríen y aplauden, supongo que no estoy hecha para dar discursos antes de la batalla, pero aprecio que Fernando haya intervenido.

Él me guiña un ojo sabiendo que la situación era insalvable.

Las cuatro nos montamos en nuestras yeguas marrones, las cuatro tienen las patas vendadas con una cinta negra hasta la rodilla, que combina con nuestro uniforme.

Sus crines también están trenzadas.

—Estás hermosa, Atenea —digo acariciando su cuello, puedo sentir la emoción del animal. Entiende lo que está a punto de ocurrir.

Mis tres compañeras y amigas sonríen y el locutor dice el nombre del equipo por unos megáfonos que llevan el sonido a todos los rincones del lugar.

Las gradas a nuestro alrededor explotan en gritos alentadores y las cuatro saludamos con una sonrisa, yo le indico a Atenea que avance y comienza a trotar por el campo, necesitamos reconocerlo mientras el otro equipo entra.

Miro hacia el público, buscando a mi madre, pero hay tanta gente que no logro ver su rostro orgulloso.

Mi padre está viendo la transmisión por internet, para variar.

Las cuatro mujeres del otro equipo también son vitoreadas, pero ellas no sonríen, ellas se ven como amazonas a punto de entrar en guerra.

Mis tres amigas me miran con temor.

—Tranquilas, todo saldrá bien, solo intentemos pasar un buen rato, ¿sí?

—¡Sí! —gritan.

El juez sopla el silbato y comienza el juego.

Capítulo 16

Astor Walker

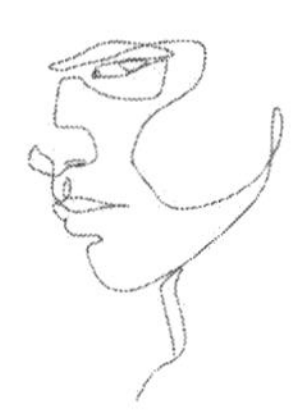

—No te confundas, Blas, solo estoy aquí para hacer negocios —digo con un tono aburrido, mientras mis ojos siguen el galope de Azul desde las gradas del Campo Argentino de Polo.

No viajé hasta Buenos Aires para verla jugar, estoy aquí en una misión, es una casualidad con desgracia que ella esté también aquí.

Su presencia no me afecta, si hace algo es *aburrirme*.

El problema más grande que tengo aquí es que no puedo convencer a Luis Castillo de venderme el puto embrión que necesito.

—No me confundo, pero qué casualidad que hayamos viajado al campeonato *femenino* en Buenos Aires solo por un embrión, después de escuchar tus quejas sin parar sobre que es hora de formar una familia y que tus padres te presionan con tener hijos y... bueno, aquí hay muchas mujeres y...

Lo miro de soslayo con una mirada irritada.

—No es solo un embrión, es *EL* embrión, Luis Castillo está aquí, ¿debo recordarte que es el criador número uno de caballos de polo? ¿Y que no consigo convencerlo de que me lo venda? Joder.

Sabía que era un error confesarle a Blas mi última conversación con mi padre.

Desde que Mila tuvo el segundo hijo, me persigue demandando

pequeños Walkers y yo solo puedo pensar en una cosa en estos momentos.

Mi meta.

El Campo de Polo Argentino tiene las gradas colmadas de gente animando al equipo de Azul.

No hace falta que aclare que de mi boca no sale una sola palabra alentadora.

Ella no sabe que estoy aquí y estoy agradecido, no vaya a ser que crea que su carrera me interesa o que la sigo de cerca.

Me importan una mierda sus torneos, las copas que lleva ganadas o las imágenes de ella empapelando toda la puta ciudad.

Desde que partimos caminos, Azul evolucionó al punto de ser una figura reconocida y respetada dentro del polo, por ende, todas las marcas asociadas al deporte quieren su rostro, su simétrico, perfecto y estúpido rostro.

—¿Por qué crees que no quiere vendértelo? —pregunta Blas distrayéndome del partido.

Nada interesante ocurría de todas maneras.

—No confía en la gente de Estados Unidos, por eso estoy aquí, para demostrarle…

—¿Que no eres un empresario frío y desalmado que busca clonar caballos para tener ventaja en el mercado estadounidense?

Arqueo una ceja.

—¿Quieres mantener tu trabajo?

—Sí.

—Pues, evita verbalizar tus opiniones a menos que las pida, Blas.

—Lo que digas, jefe.

Blas es el que me ayuda en el rancho, cuando hace cinco años le dije a mi padre que tenía el gran proyecto de perfeccionar la crianza de los caballos de polo, me recomendó a Blas, el hijo de su vecino.

Tenemos la misma edad, lo recuerdo del colegio, pero nunca fuimos amigos allí, ahora Blas es consagrado como un gran domador, por eso trabaja conmigo.

Tenemos un carácter similar, un ego desorbitante y venimos de la misma cultura de rancho. No fue difícil encajar con él cuándo mi negocio comenzó a crecer.

Es la primera vez que viene a un campeonato y parece estar muy entretenido, especialmente con las mujeres que caminan a nuestro alrededor y le guiñan un ojo.

El vaquero no sabe qué hacer más que sostener su gorra de Polo Ralph Lauren blanca en forma de saludo, definitivamente le falta ciudad, pero no ganas de encontrar un amor pasajero.

Blas... es buen tipo, no lo voy a negar, fiel, a pesar de venir de una familia millonaria inescrupulosa y no se merece mi mal humor. Valoro a alguien que quiere hacer algo distinto.

Solo mi familia sabe cuánto me costó dejar el negocio inmobiliario familiar y cumplir mi sueño.

Me apoyaron, seguro, pero sé que más de uno me creyó un idealista.

Te estoy mirando a ti, Julián.

Una brisa fresca de otoño se mueve por el recinto, Blas se cierra su cazadora hasta el cuello. No puede evitarlo, los texanos prácticamente no experimentamos nunca el frío húmedo como el de Buenos Aires.

—Me habían dicho que era buena —dice cuando Azul pasa galopando frente a nosotros—, pero no sabía que era *tan buena* jugando.

¿Creíste que era solo una cara bonita? Quiero preguntarle, después quiero arrancarle los ojos por notar *esa cara bonita.*

—Ajá...

El equipo de Azul, Dallas Polo Club, encabeza el marcador como lo llevan haciendo desde que Fernando Martínez las entrena.

No estoy desmereciendo el aporte de Azul, ella, después de todo, es la que más goles hace.

—¿No erais amigos Azul Atwood y tú? —susurra apoyando sus codos en las rodillas.

—No.

—¿Seguro? Recuerdo que..., bueno, quizás me esté confundiendo.

El silencio es mi mejor aliado en este momento.

Mis ojos la siguen, lleva el taco en lo alto, galopando hacia la bocha blanca que atraviesa el campo.

Todos vitorean sabiendo que es muy probable que haga un gol. Y lo hace, haciendo que todos aplaudan, excepto los del equipo contrario *y yo*.

—Ajá… —gruño sacando mi móvil, estoy harto de mirarla.

Me revuelve las putas tripas como cada vez que nuestros caminos se cruzan. Lamentablemente para mí, estamos involucrados en el mismo negocio y es inevitable coincidir.

Con el paso de los años ella desistió su desesperado intento de hablarme, al fin comprendió que no había nada que decir, o quizás fue el día que me vio salir de un evento con Juliette, nuestra vieja compañera de colegio, que decidió renunciar a lo que fuera que teníamos.

Un simple amor adolescente.

A Juliette la llevé a su casa, no ocurrió nada entre nosotros, pero sí sirvió para quitarla de encima, así que lo celebro.

Deja de pensar en ella, joder, no es el momento.

Debo mantener mi cabeza fría si quiero que Luis Castillo milagrosamente quiera hacer negocios conmigo.

Un «uhh» colectivo se escucha y levanto los ojos solo por instinto, dos caballos chocaron violentamente pero el partido sigue.

Odio buscarla entre los jugadores y comprobar que esté bien, como si ella fuese algo importante en mi vida, bah.

Azul es insignificante, una mancha oscura en un capítulo más de mi vida.

No volvimos a hablar desde esa nefasta noche, no importa cuánto rogó que le diera alguna explicación, cuántas emboscadas hizo para encontrarme en lugares que solía frecuentar. No se merecería una mierda de mí en ese momento y no se lo merece ahora.

Azul murió y yo seguí con mi vida, fin de la historia.

El móvil vibra con una llamada de Luis Castillo.

—Walker —digo formalmente, no puedo eliminar el empresario en mí.

Blas niega con la cabeza, decepcionado por alguna razón.

—Astor, estoy en el partido, cuando termine el segundo chukker podemos finalmente tener esa reunión que tanto quieres.

Maldito idiota, me hace sonar desesperado.

—Está bien, solo déjame saber dónde estás.

—En la zona VIP —dice engreídamente.

—Yo también —observo a mi alrededor y lo encuentro entre las personas, levanta una copa de vino hacia mí y me sonríe—. Me acerco entonces.

Le sonrío falsamente y termino la llamada.

—Que esté dispuesto a escucharte ya es un avance —susurra Blas —, ¿crees que aceptará?

—No lo sé… —susurro escuchando mi incertidumbre, ese hombre es el puente a mi meta, necesito hacer todo lo posible para caerle bien —. Estoy dispuesto a ponerme de rodillas con tal de tener ese embrión.

El plan es emular las técnicas argentinas de reproducción de caballos, perfeccionarlos para que sean los mejores caballos para este deporte.

Luis Castillo es altamente cuestionado dentro del ámbito del polo por ser uno de los criadores que impulsó la clonación de yeguas, él vende los mejores caballos de polo del mundo y eso es gracias a una simple mezcla entre los pura sangre y los mestizos, generando así, el caballo más dócil e inteligente del mercado.

Yo quiero ese caballo.

Sí, actualmente los míos son buenos, pero no son «calidad Luis Castillo».

El primer chukker termina, las jugadoras se retiran unos minutos a tomar agua y cambiar de caballo.

Al fin Azul deja de tener protagonismo en mis ojos y mis hombros se relajan.

Blas aparece con dos botellas de agua, aparentemente se levantó en algún momento y no lo noté, pero cojo la botella igualmente y le doy un sorbo.

—Gracias. —Puedo ser amigable cuando me esfuerzo.

—De nada. —Toma aire profundamente y mira a su alrededor—. Argentina realmente tiene interés por el polo, creí que era un mito.

—No lo es, se lo robaron a los ingleses y lo perfeccionaron.

Blas se ríe y se prepara para el siguiente chukker, el árbitro sopla el silbato y allí va ella.

Las cosas que hago por mis negocios.

Lo bueno es que cada chukker o tiempo dura poco, no tengo que esperar mucho más para poder enfocarme en Luis y finalmente convencerlo de que soy un buen candidato, o pretender serlo, en todo caso.

El tipo no le vende embriones a cualquiera, y tener millones en el banco no es suficiente para él, él busca un factor X que aparentemente no poseo.

¿Alma?

No lo sé.

La vida se burla de mí, ya que las ocho jugadoras se disputan la pelota delante de mi asiento. Mis ojos sombríos recaen en ella, el uniforme del equipo es un pantalón blanco, que estoy seguro de que odia, y una camiseta negra con el escudo en el pecho, los patrocinadores decoran su espalda y las mangas.

Su casco es negro y contrasta muy bien con su pelo color trigo, a pesar de tener una trenza inglesa que cae prolijamente sobre su espalda y que combina con la yegua que monta.

La bocha blanca se aleja del nudo de caballos y todas las jugadoras la siguen como un sabueso a un zorro. Ella está a punto de hacer el movimiento insignia, porque Azul es predecible y siempre va a lo seguro. Levanta su brazo para dar el gran golpe y mandar la bocha al otro extremo del campo cuando su taco se engancha con las riendas de un caballo, haciendo que caiga violentamente al suelo.

Nada nuevo, las jugadoras se caen todo el tiempo, el problema es que las polistas que vienen detrás de ella en búsqueda de la bocha no logran detener la velocidad del caballo a tiempo.

Me levanto de mi asiento nerviosamente cuando veo que Azul no se levanta del puto suelo.

—Joder… —susurro—, levántate.

El público completo se silencia.

Dos caballos pasan por encima de ella, haciendo que todo el lugar tome aire, impactados por la imagen.

Blas tira de mi chaqueta.

—¿¡A dónde coño vas?! ¿Estás loco? —susurra un grito cuando encuentro mi pierna saltando la valla—. ¡Astor! ¡Detente!

Miro de vuelta al campo, cuatro médicos entran corriendo y Azul no se mueve.

—¡Azul! —grito esperando que voltee su cabeza para mirarme.

Pero sus ojos están cerrados.

—¡Astor…! —susurra Blas una advertencia—. Astor, Luis viene hacia nosotros.

Luis Castillo está, efectivamente, caminando hacia mí, pero no puedo despegar la mirada de ella.

—Qué desafortunado —dice él guardando las manos en su chaleco —, tenía un gran futuro en el polo.

Mi corazón golpea mi pecho, todo en mi cuerpo pide a gritos que vaya hacia ella y la ayude.

Entra una ambulancia.

—Joder… *—esto es malo, muy muy malo.*

—¿Y, Walker? —escucho a Castillo decir detrás de mí—. ¿Estás listo para convencerme? Es ahora o nunca.

Asiento, pero mis ojos siguen el movimiento de los médicos, que ponen a Azul en una camilla y la suben a la ambulancia.

—Astor… —insiste Blas, su preocupación me despierta.

—Sí, sí. —Aparto la vista cuando la ambulancia se retira del campo —. Vamos.

Capítulo 17

Azul Atwood

Inmediatamente sé que no estoy en mi casa.

Ni en mi país.

—Hija… —Mi madre aparece en mi campo de visión, su rostro hinchado y sin maquillaje.

Eso ya me inquieta, mi madre siempre es muy coqueta.

—Hola… —susurro, mi voz no suena a la mía, es áspera y la boca está tan seca que parece que me tragué el Sáhara entero—. Agua…

—Sí, sí, claro. —Coge un vaso con una pajita y me lo acerca a mi boca, tomo todo el agua que puedo—. ¿Cómo te sientes?

—Como la alfombra elegida para el campeonato de estampidas de elefantes —digo levantando el brazo enyesado—. Oh no…

Recuperarse de un brazo roto puede llevar muchos meses, más de los que puedo darme el gusto de perder.

Pero el rostro de mi madre no equivale a la gravedad de la rotura, su rostro está absolutamente compungido, angustiado.

—No te preocupes, nadie ha pedido cancelar el contrato hasta ahora. —Mi madre es mi manager, título que le di hace unos años para que dejara de llorar por mi padre, que la reemplazó por una novia veinte años más joven.

—¿Por qué querrían…?

Mi madre mira mi cuerpo, sus ojos cargan con una angustia excesiva para ser únicamente un brazo roto.

Miro hacia abajo y mi estómago da un vuelco.

La máquina a mi lado comienza a hacer un ruido infernal.

—¡Enfermera! —grita mi madre.

Creo.

Yo no puedo dejar de mirar mi pierna con una herida que va desde la rodilla hasta mi cadera, subiendo en zigzag, roja e hinchada, oh no, mis costillas vendadas...

Una mujer entra corriendo.

—Azul... respira —dice la enfermera oprimiendo botones sobre mi cabeza—. Azul... escúchame, estarás bien...

Pero ella no lo entiende.

Ella no sabe lo que está pasando aquí.

Un brazo roto ya era mucho, ¿pero pierna y costillas?

Esto no es un percance, esto es una sentencia de muerte.

Mi madre insiste en trasladarme de vuelta a Estados Unidos. Dice que si estoy en suelo estadounidense mi espíritu se elevará y flotará feliz, como si nada hubiese ocurrido.

Tuve que contener las ganas de gritarle, ella no se merece mi autocompasión, mi furia por haberlo perdido todo en menos de tres segundos.

Hace un mes que estoy postrada en la cama.

Donde una enfermera me lava el culo como si fuese una anciana a punto de morir.

No recuerdo mucho del accidente, solo que cuando caí mi cabeza golpeo fuertemente contra el suelo, no podía escuchar ni ver y me paralicé.

Pensé que me había roto algo y que si me movía podía empeorar la situación.

Luego, poco a poco, el sonido comenzó a volver..., escuché las pisadas de caballo y... eso es todo.

Pasé por dos operaciones, mis huesos estaban rotos en varios lugares, no fue fácil pero las dos cirugías fueron un éxito, según los médicos.

Mi madre me da de comer cada día y dice frases trilladas como «nuevos caminos se abrirán», «el horizonte no está perdido»...

Yo solo quiero gritar.

Pero no grito, no, me limito a mirar por una ventana que tengo a mi izquierda donde solo veo la copa de un árbol moverse con el viento enfadado de Buenos Aires.

Mi carrera está acabada.

Mis contratos, mi independencia que tanto me costó encontrar.

El futuro que visualicé para mí, la casa que acabo de comprar probablemente tenga que venderla ya que dos marcas ya pidieron la cancelación del contrato.

Ya no soy la cara del polo femenino, ahora soy la representación del fracaso.

Mi madre hizo lo posible estos últimos años para convertirme en alguien.

No solo Azul, la hija de Jonathan Atwood, sino Azul Atwood, deportista, modelo, ídolo...

Ahora solo soy una persona en una cama, sin poder, sin vida.

Mis caballos lejos de mí, el equipo ya me ha reemplazado con una nueva integrante, que es buena jugadora, pero no hará que ganen...

Entonces.

¿Para qué volver a mi país si ya no soy la misma persona?

Prefiero esconderme aquí hasta que sanen mis heridas o el tiempo se acabe.

Capítulo 18

Astor Walker

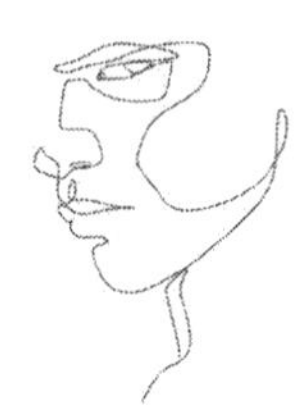

Algunos grillos rezagados siguen cantando a primera hora de la mañana. La tranquilidad en mi rancho es particularmente atractiva cuando el sol se asoma.

El cenador de la piscina suele ser mi lugar preferido de la casa, el agua refleja hondas en la pared de ladrillo detrás de mí.

Escucho algún relincho a la distancia, los caballos demandan comida, pero en este momento estoy ocupado con otra cosa.

Mi portátil está sobre mis muslos, la taza de café humeante en mi mano derecha mientras con la izquierda manejo el cursor para leer el artículo.

Azul Atwood y el fin de una carrera.

La consagrada polista de veintiocho años, reconocida por traer a los Estados Unidos múltiples medallas y ser el rostro de marcas reconocidas como Polo-Life y Carpincho, tuvo un accidente atroz en el partido más importante del Campeonato Femenino de Polo. Fuentes oficiales dijeron que la deportista tuvo fracturas en múltiples lugares de su cuerpo, como el brazo, la pierna y las costillas.

Su madre y mánager, Claudia Rosso, dio un comunicado la mañana siguiente al accidente: «Azul está bien, sabe que no será un camino fácil de recorrer, pero está convencida que con esfuerzo podrá volver a subirse a un caballo en menos de lo esperado».
La polista sigue internada en el Hospital Austral de la ciudad de Buenos Aires y pasó por dos intervenciones quirúrgicas.
Aunque nuestras fuentes afirman que este nefasto accidente puede costarle la carrera, creen que se recuperará, pero dudan que pueda volver a jugar al mismo nivel competitivo.

Cierro el artículo con irritación.

Es el decimosexto que leo en esta última semana, no sé bien qué busco, quizás información nueva, algo que me diga cómo está realmente sin el filtro asquerosamente positivo de su madre.

Claudia, desde que encontró a Jonathan con su secretaria sobre su escritorio, se enfocó en Azul, usándola como distracción para no asesinarlo.

No la culpo.

Pero claramente controla a Azul como un títere, porque esas no son las palabras que usaría ella.

Supongo que esta intriga morirá lentamente como mi interés por ella.

Le doy un sorbo a la taza y observo mi campo.

El olor a oxígeno me despeja la mente y me prepara para comenzar con la jornada.

La conversación con Luis Castillo fue exactamente lo que esperaba que fuera.

Yo lamiendo la suela de su zapato como un perro desesperado por la atención de su dueño.

Intenté dejar de pensar en el horror que había visto, sin embargo, la imagen de Azul cayendo y siendo pisoteada por dos caballos no pude borrarla de mi memoria.

La gente que pasaba cerca de nuestra reunión susurraba con ojos angustiados sobre lo que había ocurrido y mi cerebro se partió en dos para escuchar cada murmuro, cada especulación.

Luis no lo notó, pero hay partes de la conversación de las que no tengo registro.

Se hace rogar, le encanta ver a otro empresario ponerse de rodillas por sus putos caballos.

A veces me pregunto por qué hago esto, si mis caballos son muy demandados en mi país, pero entiendo que pueden mejorar.

Quiero ser el mejor.

Quiero que cuando se hable de excelencia, se hable de Astor Walker.

Por esa razón me levanto con el alba, y en vez de ponerme un traje y corbata como hice hace unos años, me pongo mis botas y unos vaqueros.

Es un camino largo hasta las caballerizas, pero caminar me ayuda a pensar, lamentablemente para mí, mis pensamientos últimamente suelen navegar hacia ella. Pero la razón es simple, todos en el mundillo estamos consternados por este accidente y como toda noticia, se esfumará hasta que llegue otra que robe toda nuestra atención.

Los caballos comienzan a despertar cuando escuchan mis botas sobre el ladrillo, algunos hasta están acostados y, cualquiera sabe que esa es una muy buena señal.

Un caballo acostado es un caballo tranquilo, uno que se siente a salvo y eso es algo que me realiza.

Aparte, estos caballos están siendo entrenados para jugar y cuanto más dóciles más vendibles.

Oh vamos, ¿sueno como un empresario inescrupuloso como dijo Blas? Yo me veo como alguien que vende vehículos de calidad para que la gente no termine como… Azul… Joder, ¿otra vez?

Blas aparece minutos después, listo para entrenar a dos yeguas que en poco tiempo estarán a punto para competir y viajarán a España.

Lleva tiempo domar un caballo, pero este tipo hace un buen trabajo, así cobra también.

Quizás su ropa gastada y sus botas sucias no lo denoten, pero Blas Young es un hombre que pertenece a las altas alcurnias, tan solo su sueldo lo coloca ahí arriba, y no hablemos de la fortuna que heredará cuando sus padres toquen el arpa.

Mis otros empleados pasan muchas horas en el laboratorio, ellos están tan ansiosos como yo por que llegue ese embrión.

—Oye —llama Blas cuando me retiro hacia mi hogar—, ¿todavía haces rehabilitación aquí?

—Así es, ¿por qué?

Los sábados y domingos, cuando los caballos descansan y Blas y su equipo también, le cedo el campo a una asociación sin ánimo de lucro para que traiga chicos con necesidades especiales a hacer terapia ecuestre.

—Conocí a una señora que su sobrina necesita algo así, le dije que iba a preguntar primero.

—Ponla en contacto con Jen, ella es la que se encarga, te enviaré su número.

—Gracias, estoy seguro de que vendrá.

Asiento sin agregar más.

El móvil suena con una notificación.

Un nuevo artículo.

Sí, hice que Google me informe cada vez que el nombre de Azul Atwood aparezca en internet, soy competente, nada más.

Solo que esta vez no es un artículo serio, sino que es del TMS, el portal de cotilleos más leído de este país, donde la mayoría de los ciudadanos viven pendientes de lo que hacen las estrellas, como si ellos no cagaran, por Dios.

La foto de Azul me revuelve las tripas.

Es empujada en una silla de ruedas por un hombre que no conozco, pero podría ser su guardaespaldas, su madre camina al lado llevando unas muletas.

Azul lleva gafas oscuras y gorra, y mira hacia al suelo, mientras que su madre levanta la barbilla aprovechando sus cinco minutos de fama.

¿Podría pensar que esto es el karma? Sí, pero esta caída no se la deseo a nadie.

Ni a mi peor enemiga.

Capítulo 19

Azul Atwood

Cuatro meses después del accidente.

Mi madre abre las cortinas de mi habitación deslumbrando mis ojos.

—Arriba Azul, no puedes seguir en la cama.

La observo con ojos resentidos abrir todas las malditas ventanas que dan al parque de mi casa.

El cielo está cubierto de nubes grises, estamos en época de lluvia, lo cual es perfecto para espejar mi estado de ánimo.

—No tengo nada que hacer, ¿para qué levantarme? —digo entre broma y verdad.

Es algo terrible levantarse y sentir absolutamente nada.

Todos a mi alrededor parecen moverse en cámara rápida mientras yo sigo en cámara lenta. Sigo estancada en este estado mental vacío.

—Claro que tienes cosas que hacer, para empezar, rehabilitación en cuarenta minutos, luego cogí cita con la doctora Tess.

—¿Tess? ¿La psicóloga a la que me mandaste cuando te divorciaste de papá?

—Sí, la llamé ayer y acordamos que necesitas hacer terapia.

Creí que mi madre no tenía la capacidad de percatarse de que alguien pasaba por depresión.

Nunca fue buena observando a la gente.

Sin embargo, cuando se divorciaron insistió en que debía hacer terapia, me sirvió, sí, pero no por la razón que ella cree.

En todos esos meses de lo único que hablé fue del *fantasma.*

Así comencé a llamar a Astor cuando desapareció de mi vida, la doctora Tess dijo que no era un gran mecanismo llamarlo así, pero me pareció divertido. Fue la única manera, reírme de mí misma.

Quizás debería aplicar eso ahora.

La diferencia entre aquel golpe y este, es que este me derribó por completo.

Esta vez no tengo energía para reinventarme como lo hice cuando Astor dejó de ser parte de mi vida. Ahora todo está acabado.

No tengo fuerza de voluntad.

Ni ganas de comenzar otra vez.

—Quizás deberías preguntarme primero, mamá, antes de tomar una decisión así, no quiero hacer terapia.

—No estoy de acuerdo, entiendo que lo que ocurrió fue muy fuerte para ti y estoy segura de que es algo que debes procesar para seguir con tu carrera.

Me siento en la cama, mis puños están cerrados sobre las mantas.

—No hay carrera mamá. No hay nada más.

Hazte a la idea de una vez.

—No seas dramática. —Aleja las mantas de mis piernas y me ayuda a sentarme.

No solo tuve una rotura, sino que se rompieron los ligamentos cruzados, por eso hago kinesiología una vez por semana.

Una vez satisfecha de que estoy fuera de las mantas, camina hacia mi vestidor y elige la ropa que debo ponerme.

Me ayuda a ponerme el pantalón y las zapatillas.

—Vamos al baño.

—Yo puedo… —digo alejándola.

—No me maltrates, Azul, solo estoy ayudándote —pelea.

—¡¿Cuándo te he maltratado?! —mi voz se eleva—. Digo que puedo sola y me ignoras.

Mi madre levanta las manos en rendición y se aleja de mí.

—Está bien, llámame si me necesitas, estaré limpiando los cacharros de anoche, que, por cierto, dejaste tirados. Verás hormigas en tu casa, yo se lo que te digo y...

Dejo de escucharla y con una cojera camino hasta el baño y cierro la puerta fuertemente.

Cuando volví al país sentí una profunda vergüenza.

Los medios me esperaban en el aeropuerto de Dallas-Fort Worth con cámaras, flashes sofocantes y preguntas que no tenían respuesta.

¿Qué harás cuando te recuperes?

¿Cómo te sientes?

¿Quién te ayudará?

Bajé la mirada y le rogué a mi madre que no se detuviera a hablar con los medios, sin embargo, lo hizo de todas maneras.

—¡Az! —grita Jessie cuando me ve llegar a su sesión de fisioterapia.

Secretamente odio venir aquí, él tiene demasiada energía que contrasta perfectamente con la que me falta.

—Hola Jessie —digo con una sonrisa de labios apretados y voz apagada.

No importa cuánto intente pretender estar mejor, pareciera que mi cuerpo no quiere fingir, no tiene la fuerza para ocultar al resto esta imagen que estoy segura de que no debe ser fácil de ver.

—¿Lista para la sesión de hoy? ¿Hiciste los ejercicios que te dije?

No.

—Por supuesto. —Sonrío y miro a mi madre que asiente contenta por mi respuesta.

Ella se sienta en un sillón a unos metros de nosotros y saca su móvil, mientras yo hago todos los ejercicios que Jessie indica para mi brazo y pierna.

Para el alma no tiene nada aún.

Después de una hora estoy agotada, de mal humor y lista para volver a mi casa.

—Vamos, Azul… —dice mi madre sin dejar de mirar el móvil—, tú puedes.

Inténtalo tú, madre…

Jessie la ignora, sospecho que entiende que no quiero escucharla hablar en estos momentos, el tipo es bastante empático.

Fue Fernando quien nos lo recomendó, es el fisioterapeuta que trabajaba para el equipo hace años. Nunca tuvimos mucha relación porque yo no solía tener accidentes.

Ahora los tuve todos juntos parece.

—Lo estás haciendo bien —miente Jessie con sus ojos cálidos, siempre fue un hombre muy positivo.

—Gracias —digo estirando mi pierna. Le doy una pequeña sonrisa porque no se merece mi descontento.

Nadie se lo merece, por eso prefiero encerrarme en mi casa y dejar que pasen los días, hasta que parezcan uno solo, largo y monótono.

Dentro de la cámara lenta es donde quiero estar.

Donde pertenezco.

La siguiente parada la reconozco.

El consultorio de la doctora René Tess, sigue exactamente igual que hace años atrás.

Con plantas de plástico cubiertas de polvo, muebles anticuados y pesados visualmente y un perfume particular a humedad que me recuerda a aquellos días de caos cuando mi madre lloraba sin consuelo y mi padre me pedía perdón a mí, en vez de a ella.

Esa época de caos donde lo que era familia dejó de serlo. Después de la pérdida de Astor, este fue un golpe de esos que te dejan sin aire en los pulmones.

Por eso la depresión no es algo nuevo en mi vida, es un microorganismo silencioso que habita en mi cuerpo y sale a la luz cuando quiere tomar aire.

La doctora me mira tras unas gafas gruesas y me sonríe con complicidad como si fuésemos amigas de toda la vida. No entiende que ella representa la turbulencia.

—Tu madre llamó.

El sonido del antiguo reloj de pared, de agujas doradas, suena dentro de la habitación como un estruendo.

Tic.

Tac.

Tic.

Tac.

—Así es… —digo—, parece que se le ha olvidado que tengo veintiocho años.

Se ríe.

—Solo quiere ayudarte.

—Imponiéndose no es la manera —devuelvo.

Joder, no reconozco ni mi propia voz.

Débil, cansada, furiosa, últimamente esos son los únicos tonos que tengo.

No son los únicos.

La tristeza es, al fin y al cabo, lo único constante.

—Hay situaciones que a veces nos superan, Az y cuando la gente no sabe cómo ayudarnos, toma decisiones precipitadas.

—¿Eso fue lo que te dijo? ¿No dijo nada sobre cuánto necesita que siga produciendo dinero para mantenerse entretenida?

—No creo que sea esa la razón, una madre es una madre después de todo.

Qué sabiduría, doctora, qué sabiduría.

Chisto por lo bajo.

Mi madre dejó de ser mi madre en el momento que la familia se disolvió, pasó a ser mi mánager casi al instante.

Y con esa frase pierdo toda mi fuerza de contención.

—Está claro que pensamos diferente, pero no pasa nada por estar en desacuerdo —expreso para detener esta farsa con educación.

—Está bien, ¿quieres hablar del accidente?

—La verdad, no.

—Bueno, ¿de qué quieres hablar entonces?

—De nada.

—Perfecto, podemos quedarnos en silencio entonces.

Tic.

Tac.

Tic.

Tac.

—Estoy mejorando.

Estoy llenando el silencio en realidad.

—Me alegro mucho, ¿qué estás haciendo para mejorar?

Nada.

Absolutamente nada.

—Estoy haciendo fisioterapia.

—¿Extrañas tus caballos?

Más que nada en la vida.

Bueno, eso no es verdad, Astor quizás sea el número uno en mi lista, pero nunca se lo diré a nadie.

—Sí, planeo volver pronto.

Sí, claro.

No puedo pensar en un caballo sin sentir que las palmas de mis manos se humedecen y mi cuerpo comienza a temblar incontrolablemente.

—¿Qué piensa tu médico? ¿Estás lista para volver?

—Sí, eso dijo hace un mes.

—¿Y a qué estás esperando?

A que la vida se detenga.

A que todos dejen de correr en cámara rápida a mi alrededor hasta que pueda entender qué es lo que me pasa.

Capítulo 20

Astor Walker

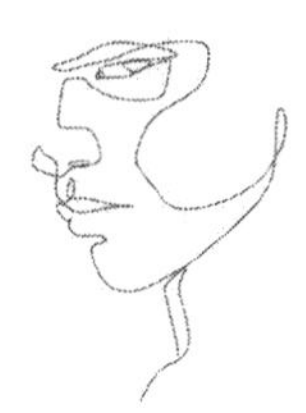

Hoy fue un gran día.

No suelo tener de esos, pero cuando los tengo no puedo evitar notarlos y celebrarlos.

Los dos caballos llegaron bien y sus dueños están extasiados de felicidad por tener un caballo tan sensible y atento.

Ese es el trabajo que me llena, crear una relación entre el caballo y su dueño, ver a ese caballo competir y, principalmente, estar aquí, en el campo, en el aire libre de Texas.

Es donde quiero estar.

No podía usar traje todos los días, ir a una oficina con ruido de teclados e impresoras.

No entiendo cómo hace Julián para encontrar satisfacción en eso, pero cuando viene aquí con su esposa, Raven, se les nota incómodos en algo que no sea una jungla de cemento como lo es Nueva York.

Verlos aplastando mosquitos y quejarse del calor es algo que llena mi alma.

Yo prefiero el campo, el silencio de este lugar, convivir con la naturaleza, ser parte de ella.

Fui así desde pequeño y quizás no me di cuenta de lo afortunado que fui en aquella época donde tenía a alguien igual de salvaje con quien compartir esos momentos.

Sí, Bernardo, mi primo, no se queda atrás, pero él no es texano, él es californiano y hay una gran diferencia entre los dos.

Él vive su vida a través de una lente, siendo fotógrafo y todo eso, yo uso mis sentidos.

Veo la inmensidad de mi estado.

Huelo la mañana como si fuese mi plato preferido.

Siento orgullo por este lugar, su gente.

Bernardo siente que el mundo no es suficiente, su fobia es quedarse en un solo lugar durante mucho tiempo, yo, sin embargo, estoy bien aquí.

En mi campo, en mi soledad.

Aunque por momentos quizás sí sea… demasiada.

Hablando de Bernardo… Marco su número mientras vuelvo a mi casa.

—¡Espera! —es lo primero que dice. Lo siguiente que escucho es el móvil siendo sacudido por algún lugar, o al menos eso me imagino hasta que vuelvo a escuchar su voz—. Listo.

—Qué coño…

—Lo siento, necesitaba encontrar una pieza de la cámara que se había perdido entre las sábanas.

—¿Dónde estás?

—Jordania, hasta mañana, luego vuelvo a California, ya sabes, por el cumpleaños.

—¿Qué cumpleaños?

Bernardo suspira.

—¡Astor! ¡El cumpleaños del hijo de Mila! Le prometí que estaría, soy el padrino después de todo.

—Oh… sí, no pienso ir a esa ciudad horrenda solo por el cumpleaños de…

—¿Disculpa? Retira lo dicho.

—¡Es solo un cumpleaños!

—¡Eso no!, ¡lo que dijiste sobre mi ciudad!

Pongo los ojos en blanco y paso la mano por mi rostro.

—Odio San Francisco, lo sabes.

—Lo que odias es la gente que habita esa ciudad.

—Lo que odio es la gente.

—Buen punto. Dime algo, ¿hace cuánto que no...? Ya sabes *ñiqui-ñiqui.*

Niego con la cabeza, no puedo creer que hable así.

—No voy a hablar de eso, Bernardo.

Hace tres años comencé a salir con una muchacha, Erica se llamaba, parecía interesada en la idea de pasar tiempo en mi rancho, hasta que pasó tiempo real aquí.

Se quejaba de las cicadas por las noches, el barro y el olor a caballo que se impregnaba en su cuerpo, en su ropa y en su nariz, específicamente.

Al menos tuvo la decencia de no hacerme elegir entre mi vida y ella, simplemente se fue, como se fueron todas las que intentaron algo conmigo.

—Y ese es mi punto, estar en ese rancho te ha convertido en un ermitaño, por eso odias a la gente, no conoces a nadie que valga la pena para salir de allí.

—Mi padre es igual que yo y no le fue mal.

—Corrección, tú eres igual que el tío Oli, y eso fue porque cayó la tía Cala del cielo. —Vuelve a suspirar—. Al menos eso es lo que dice mi padre. Mira, no estoy diciendo que debas estar con alguien fijo, solo pasar un buen rato de vez en cuando, ya sabes, descargarte.

Me río.

—Estoy bien así, no necesito «descargar» nada. ¿Cuándo vendrás a visitarme?

—Mmm —murmura—. Déjame mirar mi calendario.

Escucho cómo con su dedo de chorizo toca la pantalla del móvil bruscamente.

—La semana que viene tengo el evento de mi madre, me pidió que asistiera esta vez —suspira pesadamente—, pero..., sí, hasta fin de año estaré en california.

—Bueno, avísame, así preparo la cabaña, desde la última vez que viniste nadie ha vuelto a entrar.

—¡Eso es porque no tienes amigos!

—Te tengo a ti y eso es suficiente.

—Ahhhh ¡Qué dulce, As!

—No fue con esa intención, debo irme, buen viaje mañana.

—¡Adiós primito!

Inspiro el oxígeno del atardecer mientras camino de vuelta a mi casa. El día está terminado, los caballos alimentados, probablemente durmiendo y yo estoy a punto de hacer lo mismo.

La diferencia entre el campo de mi padre y el mío es que el mío lo habitan pocas personas.

Básicamente Blas, su equipo de dos personas y yo.

En mi casa no entra absolutamente nadie sin mi permiso, yo soy el encargado de alimentarme, de limpiar y mantener todo como me gusta.

No me gusta que haya gente en mi espacio personal.

No importa que haya crecido en una casa llena de gente, valoro mucho mi privacidad.

El móvil suena con la melodía que elegí para mi padre y sonrío cuando respondo la llamada.

—El Vaquero millonario de Dallas… —digo para molestarlo.

Así lo llamó la revista Forbes hace unos años cuando mi padre expandió su negocio a la construcción masiva de barrios exclusivos.

En la portada de la revista aparecía con un gran sombrero blanco, vaqueros desgastados y una camisa negra, se hizo viral y todo el mundo comenzó a llamarlo así en las redes.

Mis tíos le hacen burla constantemente con eso y yo no me quedo atrás.

—Odio ese sobrenombre.

—Lo sé. —Sonrío y abro la puerta de mi casa.

Que está abierta, por cierto, ya que nadie viene hasta las orillas de la ciudad, de todas maneras, se necesita un código para cruzar los portones de mi rancho.

—Heredaste el sentido del humor de tus tíos, creo que tendría que haber intervenido más en tu crianza —puedo escuchar la sonrisa en su voz.

—Sin embargo, recuerdo a mamá gritándote por enseñarme todas las cosas que «ponían en riesgo mi vida», así que no te quedas atrás.

—Pero quién nos quita lo bailado, hijo...

Me río y quito mis botas polvorientas para dejarlas al lado de la puerta.

—¿Cuál era el propósito de tu llamada, padre? —camino hacia la nevera y la abro en busca de algo.

—Escucha hijo...

Oh no.

Ese tono cambió por completo.

Me quedo de pie frente a la nevera, esperando que lo diga.

—Qué...

Estiro mi mano buscando una cerveza y cuando estoy a punto de cogerla, lo dice.

—Tu madre sigue en contacto con Claudia *—joderrrr,* mi corazón comienza a desbocarse— y le dijo que...

—No quiero saberlo. —La nevera comienza a chillar pidiendo que la cierre y lo hago.

De un golpe, haciendo que todas las botellas y frascos choquen entre sí.

—Escúchame...

—No, papá.

—Astor Walker —dice firmemente—, no te crié para que seas esta persona. Ahora, déjame hablar y no me interrumpas, ¿entendido? —Suspiro en respuesta—. Bien, Claudia le dijo a tu madre que está muy preocupada por Azul, según ella está desesperada porque no sabe qué hacer.

Escuchar su nombre me revuelve las tripas.

—¿En qué sentido?

—Dice que Azul no ve la luz del día, que desde que volvió de Argentina, solo hace fisioterapia y eso es todo, no come, no habla con nadie excepto con Claudia, ni al padre quiere ver.

No me extraña que lo ignore, el padre arruinó a su familia y no creo que se haya olvidado de ese pequeño escándalo.

Me siento en el sofá del salón y pienso.

Pienso en ella como lo hago todo el puto tiempo, es agotador.

—¿Y yo qué tengo que ver aquí?

—Tu madre cree que es buena idea si tú la ayudas, ya sabes, por los viejos tiempos.

—No.

—Astor…

—No —repito abandonando el sofá para caminar sin sentido por mi casa—. Necesita ir a terapia si tiene depresión, no a mí.

—Tu madre y yo realmente creemos que la conexión entre vosotros es especial, quizás si retomáis eso…

Puedo visualizar a mi madre diciéndole esa frase para que me la diga a mí, tal cual, sin alteraciones.

—¿Papá, qué te dije ese día? —Sabe a qué día me refiero, el día que todo cambió en mi vida, el día que comencé un duelo al que sigo enfrentándome en el presente.

—Que no debía volver a nombrarla, pero…

—Más claro agua.

Mi padre suspira y por alguna razón me hace sentir culpable.

¡Odio sentirme culpable, ella no es mi responsabilidad!

—Bueno, intentarlo era lo mínimo que podía hacer, me apena que su vida haya cambiado tan drásticamente y que no encuentre una red de contención que la ayude.

—Así es la vida —respondo como un idiota.

No soy un hombre frio, no intento menospreciar la gravedad de la situación, a fin de cuentas, yo también he tenido que pelear los obstáculos que la vida me ha presentado.

—Está bien Astor, eso era todo, luego te llamo.

Mi padre termina la llamada dejándome de pie en medio del salón, lugar donde no estaba hace unos minutos, pero aparentemente ahora camino sin sentido.

Siento furia.

Y un dolor de cabeza horrendo.

No es justo.

No debería recaer en mí esto, ella me mintió, estuvo avergonzada de mí durante años y yo como un idiota me creí todas sus mentiras sobre por qué debíamos mantener nuestra relación oculta.

Si necesita ayuda que vaya al maldito psicólogo, mi vida está fuera de servicio para ella.

Las *putas* cuatro de la mañana y sigo mirando el *puto* techo como un *puto* idiota.

Joder.

El día terminó de una manera horrible gracias a esa llamada que solo dejó culpa y una inquietud difícil de eliminar en mi pecho.

Azul volvió a instalarse en mi mente y no puedo dejar de pensar en ella, en lo que está atravesando y en por qué coño me siento responsable.

Ella no es más que un error del pasado.

Una piedra con la que tropecé una vez.

Fue bueno mientras duro, pero eso es todo.

Me cago en la puta mierda.

Me encuentro leyendo sobre la depresión, qué es, qué provoca en la persona y, especialmente, cómo ayudar.

No debería estar informándome, es un espacio en mi mente que nunca voy a recuperar porque no pienso ayudarla.

No somos nada, ella es nadie.

Froto mis ojos fuertemente y enciendo la luz en la mesa de noche.

Veo mi reflejo en el televisor frente a mí y con rabia agarro un cojín y lo golpeo contra la cama.

—¡Joder, Astor!

Capítulo 21

Azul Atwood

Mágicamente mi madre me deja en la puerta de mi casa en vez de entrar y revisar que tenga una «vida normal».

¿Qué es una vida normal?

¿Una casa limpia como de revista? ¿Una dieta saludable?

¿Qué pasa si yo tengo un TOC y debo limpiar toda mi casa cada quince minutos? ¿Eso es normal?

¿Qué pasa si mi dieta es tan estricta y «saludable» que comienzo a descuidar otros factores claves para tener energía?

No existe lo normal.

Nadie sabe cómo es la vida del resto para poder compararse y saber si uno está haciéndolo bien, no todos tenemos las mismas prioridades.

Lo sé, lo sé, mi vida hoy no es ideal tampoco.

Los platos se acumulan y ni siquiera tengo que lavarlos, tengo un lavavajillas que lo hace por mí y, sin embargo, cargarlo parece una tarea ardua. Mi uniforme ya no es un polo con los sponsors en el pecho, ahora es un pijama viejo.

Quizás fue eso, el hecho de que fui en pijama a la sesión de fisioterapia lo que terminó de molestarle a mi madre, o el hecho de que después de la sesión fui a mi ginecóloga a hablar de algo de lo que ella no fue parte porque cerré la puerta del consultorio en su cara.

Durante mis largos meses de recuperación en Buenos Aires, los doctores me hicieron mil estudios diferentes, uno de ellos dio como resultado que tengo el síndrome de ovario poliquístico. Ocurre cuando los ovarios producen más hormonas masculinas de lo normal. Esto causa la aparición de quistes en los ovarios.

El médico lo explicó a la perfección, mencionando síntomas con los que lidié durante toda mi vida sin saber que lo que tenía era SOP. Menstruaciones irregulares, dolor pélvico, o vello en zonas masculinas como la barbilla y el abdomen.

Oculté todo eso en silencio, depilándome a escondidas, creyendo que mis dolores intensos eran normales.

Finalmente entendí que todo tenía una razón.

Cinco meses después de enterarme de ese diagnóstico, decidí hablar con mi ginecóloga y hoy escuché lo que más temía.

Infertilidad.

Una palabra que nunca había tenido en cuenta durante mis años de adolescencia y principios de los veinte, por una simple razón, no crees que sea algo que te vaya a pasar a ti.

Mi mente estaba puesta en los caballos, el polo, mi carrera, no en hijos, no podía perder el tiempo imaginando un futuro cuando estaba viviendo mi sueño.

Y una cosa es decir no quiero, pero otra muy diferente es decir «no puedo».

Y eso es lo que más me duele.

Sí, la ginecóloga me presentó diferentes alternativas, como intervención quirúrgica, medicina y, como última instancia, fecundación in vitro.

No puedo pensar en esas alternativas ahora sin hundirme más en mi propio vértigo. No puedo pensar en alguien más si no puedo pensar en mí misma primero.

Quito mis zapatillas en la puerta y marcho directa al sofá del salón, donde paso horas viendo realities que hacen que mi cerebro se apague y no piense.

Se distraiga.

Con cosas superficiales, guionizadas y absurdas.

En algún momento aparece un bol lleno de palomitas de maíz sobre mi estómago que serán mi almuerzo y probablemente la cena también.

La pesadez que mi cuerpo conoce bien me mantiene presionada contra el sofá, en algún momento el sol cayó y la casa se mantiene a oscuras excepto por la televisión que ilumina con destellos caóticos mi entorno.

No es nueva la sensación vacía que siento al estar en mi casa, que solía ser mi lugar favorito en el mundo, ahora es silenciosa, cavernosa...

Pareciera que mis pensamientos hacen eco en un espacio tan vacío.

No importa que predominen los espacios amplios, el blanco, los muebles de madera clara o las ventanas que específicamente encargué amplias y con un marco muy finito para poder ver el parque tan hermoso que tengo en frente.

Ahora están ocultas tras cortinas que bloquean la vista, de todas formas, los árboles otoñales me deprimen.

Extraño sentirme emocionada por algo, lo que sea, pero algo. Creo que lo que más me emociona en estos momentos es volver a mi casa, ponerme mi pijama preferido y sentarme en el sofá del salón hasta dejar la marca de mi culo, luego trasladarme a mi cama y perder horas en las redes sociales, observando cómo la vida de todas esas personas avanza, evoluciona, mientras que la mía flota en la nebulosa.

Estoy ansiosa por dejar de sentirme así, quisiera estar lista para dejar esta sensación de pesadez atrás, encontrar mi vida, mi persona, sin embargo, no llega ese momento.

Y si llega, ¿podré ver con ojos claros la oportunidad de salir de esta caja oscura o lo dejaré pasar?

Todas preguntas sin respuesta, como siempre.

Me meto en la cama y cubro mi cuerpo hasta la nariz.

Buenas noches.

Escucho las cortinas de mi habitación abrirse violentamente.

Toda la calma que tenía mi madre ayer aparentemente se evaporó.

Gruño con mal humor y entierro mi rostro en la almohada, quizás si me siente enfadada se retire sin insistir demasiado.

Pero las cortinas siguen abriéndose hasta que la habitación está tan iluminada que puedo ver la luz incluso con los ojos cerrados.

Vuelvo a gruñir.

—Deja de quejarte, Blue Jay y levanta el culo de la cama.

Capítulo 22

Azul Atwood

La voz profunda y hostil hace que salte de la cama, creyendo que es un error.

No puede estar Astor en mi casa, en mi habitación, viéndome en pijama, con baba seca corriendo por mi mejilla y los pelos locos.

Pero no es un error.

El cuerpo masivo de Astor Walker está a los pies de mi cama, de brazos cruzados y una mirada severa e irritada.

—¡¿Qué haces aquí?! —pregunto acariciando mi pelo con la mano para intentar peinarlo—. ¿Cómo entraste a mi casa?

Pone los ojos en blanco con fastidio y camina hacia la puerta dando zancadas firmes.

—Pondré a hacer café, prepárate para salir.

—¿Salir a dónde? —grito, pero Astor ya no está, puedo escucharlo en la cocina abrir armarios y cerrarlos furiosamente, en busca de algo, probablemente una taza.

Cojo mi móvil y le escribo a mi madre.

«¡¿Por qué esta Astor en mi casa?!»

No hay respuesta de ella y golpeo el móvil contra la cama.

Bajo con rapidez, el dolor aparece de nuevo, como cada vez que hago un movimiento rápido, pero lo ignoro para caminar furiosamente hasta la cocina.

O lo más furioso que puedo con una cojera.

—Astor… —llamo.

Está lavando las tazas con una esponja, murmurando palabras por lo bajo.

—¡Astor!

—¿Qué…?

—Te he preguntado qué haces aquí, respóndeme.

Cierra el agua y se dispone a secar dos tazas con un paño.

—¿Puedes conducir?

—No.

—Bueno, ahí tienes la razón, vine a buscarte, iremos a mi rancho, comenzarás a trabajar allí a partir de hoy.

—¡Pero…!

Apoya las tazas con fuerza sobre la encimera.

—Azul… ve a prepararte.

—¡No voy a ir!

Se acerca con una tranquilidad inquietante y cuando se detiene frente a mí, inspecciona mi rostro.

Todos estos años ignorándome y ahora está aquí, dándose el gusto de mirarme, juzgando mi imagen probablemente.

—Dos opciones, o te pones ropa apropiada para trabajar en el campo o te subo a mi pick-up tal como vas ahora y a la fuerza.

Entrecierro los ojos y cruzo mis brazos, no pienso ir a ningún lado con una persona como él.

El fantasma.

Al verme dubitativa amaga un movimiento rápido y me aparto con un grito.

—Ve a cambiarte. —Sonríe engreídamente porque sabe que me asustó.

Y sabe, que yo sé, que él sabe, que es capaz de subirme al coche a la fuerza.

Es la primera vez que me visto sola en meses, me lleva tiempo, los movimientos son tiesos y restringidos por ahora, sin embargo, me rehúso a permitir que esa razón me atrase un segundo más, Astor podría entrar por esa puerta en cualquier momento como una estampida de elefantes y encontrarme lidiando con el simple movimiento de ponerme un calcetín.

Joder, ¿qué hace aquí?

No quiero que me vea así, tan derrotada, tan fuera de mí.

Voy a matar a mi madre, estoy segura de que está involucrada en esto.

Aparezco en el salón y encuentro a Astor tirado en mi sofá donde suelo sumergirme.

Así llamo al momento donde me dejo llevar por el vacío que carga mi pecho.

Hay dos tazas en la mesa de café. Él mira su móvil con atención, sin darse cuenta de que estoy aquí, observándolo.

Durante mis años de polo, Astor abandonó su carrera para cambiar y tener renombre en el mundillo, fue una sorpresa honestamente, ya que él estaba convencido que iba a seguir los pasos de su padre.

Hoy es reconocido por muchos por tener buenos caballos de polo en los Estados Unidos, secretamente seguí su carrera, verlo progresar es algo que me gusta, pero nunca se lo admitiría a nadie.

Especialmente cuando siento que Astor quería una sola cosa de mí y en cuanto la obtuvo se fue de mi vida.

Sigue siendo atractivo, lo cual detesto.

Su barba marrón es prolija y al ras, su pelo liso y con el corte del momento, su nariz ancha como la de su padre y su cuerpo… joder.

Hombros anchos y piernas tres veces más grandes que las mías, y eso que yo trabajo mucho esos músculos.

Bueno, trabajaba.

Por primera vez en meses siento que mi libido no está absolutamente muerta, algo ocurre en mí, un hormigueo general.

Astor coge una taza y estira su brazo por sobre el respaldo del sofá para dármela.

—Ya que piensas quedarte ahí, ten.

Joder.

Camino hacia él y la cojo con cuidado, observando sus movimientos como si fuese un animal salvaje a punto de saltarme a los huesos.

No digo nada y él tampoco, sigue mirando su móvil.

—Mi madre te pidió esto, ¿no?

—Nop.

—¿Quién entonces?

Sé que este es el último intento de mi madre para que vuelva a ser la hija que tenía, pero solo sentirá frustración cuando se dé cuenta de que esto tampoco funciona.

—Nadie.

—Astor...

—Azul... —Su pulgar sigue deslizándose por la pantalla.

El olor a café me distrae por un momento y le doy un sorbo a la taza, disfrutando de la sensación, hace meses que no tomo café.

Tenía pánico de que la cafeína me mantuviera despierta durante la noche y me obligara a coexistir con mis pensamientos más de lo necesario.

Me siento en una silla de diseñador en la esquina, una que mi madre insistió que comprara para mostrarla en Instagram, pero es incómoda y muy dura. Cuando levanto la mirada, lo atrapo observándome.

Abro la boca para decirle una vez más que se vaya, pero me interrumpe.

—Trabajarás de lunes a sábado —dice fríamente—, desde las ocho a las cuatro de la tarde, sin excepciones, mi personal sabe que mi única regla es llegar puntual, pero ya que no puedes conducir, supongo que seré el encargado de que lo cumplas.

—Astor —digo mirando a la taza—, no puedo hacer ningún trabajo, seré un estorbo.

Sus ojos negros me miran más enfadados que antes.

—Siempre hay trabajo que hacer en el campo, lo sabes perfectamente. Las excusas las dejas aquí.

Tomo aire un poco irritada, no quiero lidiar con esta situación en este momento y lo peor es que no me acerco a un caballo desde el día del accidente, no sé cómo reaccionaré.

—¿Serás mi jefe entonces?

Astor arquea una ceja, dándome un desafío.

—Seré tu sargento, Blue.

Capítulo 23

Astor Walker

La pick-up va en silencio.

No solo es eléctrica y no hace ruido, sino que deliberadamente bajé el volumen de la música para que Azul lidie con esta incomodidad.

No, no soy un canalla.

Azul fue mimada durante demasiado tiempo, ya es hora de que salga de su zona de confort. Y si tengo que usar métodos no convencionales, entonces lo haré.

Este es mi intento de ayudarla y tengo que hacerle entrar en la cabeza, con fuerza bruta, que la vida no termina por este accidente y que ella no es una víctima.

Ella vive en un barrio exclusivo en Dallas, llamado Highland Park, donde residen los millonarios de este estado, en casas delirantes en diseño, tamaño y ostentación.

La casa de ella es tan imponente como las del resto, pero algo le faltaba.

Sí, la decoración era bonita, los colores del momento, pero la energía de ese lugar era drenante.

Sacarla de allí quizás sea lo mejor que puedo hacer por ella.

Joder, alimentarla es lo mejor que puedo hacer por ella, verla tan cadavérica es muy duro, definitivamente no era la última imagen que tenía en mi memoria, sus mejillas son cóncavas y sus ojos parecen cansados, a medio abrir.

No entiendo cómo Claudia permitió que esto se fuera de las manos, «tocar fondo» como diría mi madre.

La observo de reojo mirar con curiosidad la entrada de mi rancho, el cartel en la puerta dice «Rancho-A.» y me pregunto si asume que la A es por Astor.

No lo es.

El camino es largo y asfaltado, con árboles recorriendo ambos lados con sus copas unidas generando una sombra espesa. Al fondo se puede ver mi hogar dulce hogar, pero pasamos de largo. Dije que iba a ayudarla, no que iba a permitirle invadir mi lugar sagrado. *Otra vez.*

Continúo camino hacia las caballerizas.

Cuando detengo la pick-up bajo sin decir nada y espero por ella, le doy la espalda cuando desciende, porque sé cuán orgullosa es y cuánto debe odiar que la mire mientras lucha con sus nuevas limitaciones.

Escucho sus pisadas y me giro, pero no la miro a los ojos.

—Hay dos caballos que necesitan un baño, puedes comenzar con eso… —ladro.

Ella abre la boca para responder algo que inmediatamente nos hará gritar, cuando alguien nos interrumpe.

Blas, por supuesto, y con nada más y nada menos que una media sonrisa cómplice como si él supiera algo que yo no.

—¡Azul! —exclama caminando hacia ella.

Azul pone sus ojos sobre él y puedo ver los segundos que le toma reconocer a nuestro viejo compañero de colegio.

—¿Blas Young?

—El mismo, ven aquí —dice apretándola fuertemente en un abrazo.

Ella responde, pero con menos intensidad y yo carraspeo la garganta para hacerle notar a Blas mis ganas de enterrarlo dos metros bajo tierra en este mismo instante.

Sin embargo, soy completamente ignorado por los dos.

—¿Qué haces aquí? —pregunta Blas—. Lamento mucho lo que ocurrió en Buenos Aires, estábamos allí con…

Blas me mira y yo niego con la cabeza, a Azul no se le escapa nada. Decide pretender que no lo ha visto.

—Gracias, Astor me trajo aquí a la fuerza —dice ella haciendo como que no estoy aquí parado viéndolos interactuar como si fuesen amigos de toda la vida—. Me va a poner a trabajar, aparentemente.

—¿Ah sí? —responde Blas mirándome con esa confabulación que odio—. Qué interesante.

—Lo es… —responde ella.

—Bueno, me alegra mucho tenerte como colega, espero que podamos compartir más momentos juntos, en el colegio siempre te me escapabas.

—Oh, por Dios… voy a vomitar —bufo interrumpiendo por completo esta conversación—. Primero, cálmate, segundo, ve a hacer tu puto trabajo. No hay tiempo para socializar en este rancho.

Azul muerde sus labios para ocultar su risa y eso me lleva a miles de años atrás, cuando podíamos burlarnos y reírnos juntos.

Blas le da un abrazo más y le susurra algo al oído haciéndola sonreír.

No parece estar luchando con sus problemas en ese momento, sonríe, es receptiva, cortés, la misma Azul de siempre, pero debo recordar que la gente que pasa por una depresión rara vez lo demuestra, más bien lo contrario, la sonrisa siempre está pintada en su rostro.

Cuando Blas nos deja solos vuelvo a comandar tareas.

—Como dije antes, esos caballos necesitan…

—No puedo —interrumpe haciendo que arquee una ceja, ella cambia la dirección de su mirada y la pone en el suelo de ladrillo—. No estoy lista.

—¿Para qué? ¿Trabajar de verdad?

Eso la enfurece y sus ojos resentidos caen sobre mí otra vez.

—No quiero estar cerca de un caballo, no me obligues —su frase comienza poderosa, pero termina tímida, algo que nunca creí ver en Azul.

Me deja desconcertado durante al menos tres segundos.

Por supuesto que el accidente le provocó algún tipo de fobia, quién no la tendría después de sentir cómo dos caballos pasan por encima de tu cuerpo a toda velocidad.

—En algún momento volverás a subirte —digo con énfasis.

—Lo dudo.

—Yo no lo dudo, sé que lo harás, quizás no hoy o mañana, pero lo harás. —Suena como una amenaza y en algún punto creo que lo es—. Puedes cambiar las camas de los caballos cuando Blas termine de entrenarlos, ¿recuerdas cómo se hace?

A no confundir la frase con el tono, no fue amigable, más bien pedante, burlón.

Azul asiente mirando hacia la caballeriza, probablemente analizando la cantidad de trabajo que tiene por delante.

Señalo el lugar y Azul me sigue.

El aroma dulce del heno fresco se mezcla con el olor a madera y cuero desgastado de las sillas de montar. El sonido alejado de los relinchos y el suave murmullo de los caballos llena el aire.

Estoy seguro de que estas sensaciones son algo que reconoce.

Grandes abrevaderos de agua fresca y cubos de acero reluciente se alinean a lo largo del pasillo central, asegurando que los caballos nunca tengan sed. En las esquinas hay montones de heno recolectado de esta madrugada.

Azul mira a su alrededor, reconociendo su vida pasada.

Blas aparece y lleva a una de mis yeguas de las riendas.

La madera cruje bajo los cascos de la yegua mientras salen de su box.

Azul da pasos disimulados hacia atrás. Observo sus pies moverse y debo controlar el impulso de agarrarla y pedirle que despierte, que vuelva a ser quien era.

Pero solo observo.

—Esperaré aquí —dice caminando hacia la entrada hasta llegar a un banco lejos de la puerta—. Puedes irte.

Me río.

—¿Crees que puedes darme órdenes, Blue?

—Aparentemente tú sí crees eso.

—Soy tu jefe.

—Ponte de acuerdo, esta mañana dijiste sargento.

—Lo que sea.

Deja de molestarla, no servirá de nada.

—En esta realidad alternativa quizás, que no se te suba a la cabeza que tienes autoridad sobre mí. —Sonríe con labios apretados y ojos crueles.

Recuerdo lo que leí anoche, la defensiva, la rudeza cuando se sienten vulnerables y asiento pretendiendo estar inafectado, no importa cuán lejos de la realidad esté esa declaración.

—Vuelvo en unas horas —advierto caminando hacia mi camioneta —. Oh, cámbiales el agua también y recuerda el slogan de este rancho.

Señalo el cartel en la puerta de la caballeriza mientras me alejo a la fuerza.

"El caballo y su jinete son un equipo, y en su unión, encuentran la libertad y la grandeza"

Capítulo 24

Azul Atwood

Todavía no puedo creer todo lo que acontece desde que desperté, creyendo con ingenuidad que este sería un día más de lo miles de mi vida.

Pues no.

No lo es.

Es el peor de todos.

No hay un solo caballo en los boxes, pero solo el olor y los sonidos de esta caballeriza ponen mis pelos de punta.

No pienso romperme, me niego a hacerlo.

Especialmente dentro de este rancho.

Especialmente frente a él.

Cuando acabo con la preparación de las camas, me siento en un banco en la puerta de la caballeriza para descansar la pierna. Está molesta por tanto movimiento, siento unas punzadas tras la rodilla y un malestar general que usualmente hace que termine acostada en el sofá durante horas sin fin.

Blas en ese momento vuelve con una de las yeguas que se llevó esta mañana y me observa con una sonrisa genuina.

—No se está portando bien —dice mirando a la hermosa bestia a su lado—, acaba de perder su derecho a pastar el resto del día.

—¿Por qué? —pregunto estirando disimuladamente la pierna como me explicó Jessie.

—Me mordió —responde entre risas—, nadie muerde a Blas a menos que sea algo acordado entre los dos.

Libero una carcajada y él se ríe conmigo.

Se siente raro... como que soy yo quien ríe, pero a la vez una persona completamente diferente.

Blas sigue su camino y aparece minutos más tarde.

—¿Quieres que te presente al resto del equipo? —Señala un hombre y una mujer de nuestra edad que doman a los caballos que siguen en el corral.

—Están muy lejos... —digo mirando mi pierna.

Blas asiente pensativamente.

—Qué lástima que no existan los medios de transporte...

Lo miro de soslayo con cara de pocos amigos.

—Oye, no recuerdo este atrevimiento en el colegio.

Lo empujo con mi hombro y él apoya sus codos sobre las rodillas.

Blas definitivamente ha cambiado estos últimos años. Siempre fue atractivo, muchas de las chicas de mi colegio tenían fotos de él en su móvil y las intercambiaban como si de un tesoro se tratara.

Él tenía algo que Astor no, carisma, y siempre llevaba una sonrisa en su rostro.

Ahora definitivamente dejó atrás esa imagen de muchacho para ser un hombre. Su cuerpo es atlético y bien definido, su piel está bronceada tras el verano intenso que tuvimos en Dallas, su barba es una sombra que cubre casi toda su quijada bien definida.

—Lo sé, es una enfermedad que emergió ahora en la adultez por pasar tantas horas con Astor, ven, ya es hora de almorzar —se levanta y espera por mí.

—Pero, no traje nada...

—No creo que debas preocuparte por eso. —Señala detrás de mí.

Encuentro a Astor bajando de un buggy con dos bolsas blancas en la mano.

Blas limpia sus pantalones liberando polvo y disimuladamente susurra.

—Ojalá logre algún día que me traiga el almuerzo, se ve que no soy lo suficientemente guapo para él.

Observo a Astor caminar hacia nosotros con el entrecejo muy fruncido, un sombrero vaquero negro y unas botas marrones que tienen la punta gastada.

—Asumo que no tienes nada para almorzar… —dice a medida que se acerca, estira su brazo esperando que coja la bolsa.

—Gracias —devuelvo mirándola con curiosidad.

Blas hace un comentario que no escucho porque mi mente está concentrada en la bolsa, reconozco el logo, es The Lone Star BBQ, el lugar donde solíamos comer cuando éramos…*algo.*

—¿Azul? —pregunta Blas interrumpiendo mi espiral de pensamientos—. ¿Vienes? Aprovechemos que el sol no nos odia en esta época del año.

Septiembre está acabándose, eso significa que el calor no es tan agobiante como en los meses de verano, Dallas puede ser intenso cuando quiere.

Blas señala el camino, hay una pérgola al otro lado del corral, sus dos asistentes están allí sentados.

Astor mira hacia otro lado con un poco de incomodidad, intento entender qué es lo que ocurre cuando ato cabos y veo que él también tiene una bolsa en su mano.

Claro, trajo comida para él también, ¿esperaba que almorzáramos juntos? ¿Los dos solos? ¿Acaba Blas de arruinar su plan?

Blas parece entender que algo ocurre.

—Jefe, tú también, vamos… —dice golpeando con la palma de su mano el hombro de Astor, este lo mira de muy mala manera, pero parece aceptar una derrota.

—Vamos Azul —dice suspirando con irritación—, te llevaré hasta la pérgola con el buggy.

Astor espera por mí mientras camino con gran lentitud hasta el buggy, él pretende no prestarme atención mientras mira su móvil distraídamente.

Cuando me siento, deja el dispositivo en el espacio entre los dos y acelera a toda velocidad.

Había olvidado lo rápido que conduce este hombre.

Me sostengo de donde puedo, pero mi cuerpo se zarandea en cada curva hasta que llegamos a lo que ellos llamaron pérgola.

Pero el lugar es mucho más que solo una pérgola, es un rincón mágico.

La estructura está cubierta enteramente por una enredadera, es como una explosión de hojas verdes y flores blancas que se entrelazan armoniosamente en las, ofreciendo una sombra fresca y un techo natural que filtra la luz del sol, creando un juego de luces y sombras.

Debajo hay una mesa rectangular de madera, situada en el centro del espacio. Está adornada con un mantel de lino blanco que ondea suavemente con la brisa.

Inmediatamente amo este lugar.

—¿Ya conociste a Daniela y Zach? —pregunta bruscamente Astor sacándome del momento.

—No…

Se ríe por lo bajo.

—Suerte entonces…

Mi cojera está peor que esta mañana, me cuesta llegar hasta la mesa, pero cuando lo hago, me siento bien conmigo misma.

Solamente hoy hice más cosas que en los últimos cuatro meses, joder.

—Zach, Dani, tened cuidado con esta persona —dice Blas sentándose en la mesa—. La otra es Azul Atwood.

Astor resopla por lo bajo y lanza dardos envenenados con sus ojos hacia Blas.

Espera a que me siente y luego se desploma a mi lado, en un banco de madera que se queja bajo su peso.

Levanto la mano y saludo a los dos.

Daniela clava los codos sobre la mesa inmediatamente y se inclina un poco.

—¿Es verdad que se te rompieron veinticuatro huesos?

Astor, que estaba sacando la comida de su bolsa levanta la mirada, con una ceja arqueada, claramente desaprobando el comentario de Daniela.

Yo, en cambio, me río por su exageración.

—No… fueron tres y, si cuentas las costillas, cuatro.

Daniela golpea la mesa con irritación y le da un táper lleno de comida a Zach que lo recibe con una sonrisa victoriosa.

—Te lo dije… —susurra Astor recordándome su advertencia.

Zach estira la mano sobre la mesa y la estrecha conmigo.

—Es un placer trabajar contigo, Azul.

—Pero si todavía no habéis trabajado juntos —se queja Blas preparando su almuerzo.

Zach me sonríe ampliamente.

—Sé que lo será…

Astor niega con la cabeza en silencio y clava sus dientes en el sandwich.

Yo abro mi paquete con cierta expectativa, ¿habrá comprado mi sandwich preferido? ¿Fue una casualidad? ¿Cuántas veces volvió a ese lugar después de que lo nuestro acabara?

Yo nunca volví, era demasiado doloroso.

Cuando abro el paquete lo contemplo como si fuese un libro imposible de entender.

—¿Ocurre algo? —pregunta Astor mirando de reojo.

—Nada —miento.

Probablemente ni se acuerde de que nuestra primera cita fue en este mismo lugar y que este fue el sandwich que elegí, el de pastrami, mi preferido.

Astor asiente y se une a la conversación del grupo, mientras yo me quedo pensando en un pasado que parece imaginado por mi mente, porque el hombre a mi lado no es el mismo del que me enamoré hace años.

Pero si soy sincera, puedo decir con certeza que yo tampoco soy la misma mujer que él amó.

Capítulo 25

Astor Walker

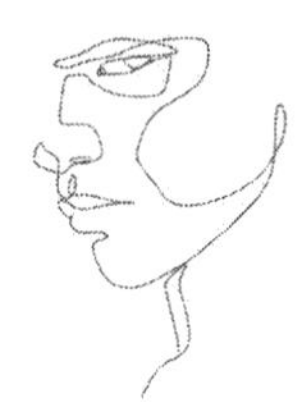

Azul come lento.

No sé si es una característica nueva de ella o qué.

No me gusta.

No me gusta encontrar cosas nuevas en ella, odio esta persona tímida, con un tono de voz bajo y complaciente.

Es vomitivo.

Descubrí que tiene lunares nuevos también, en la frente tiene tres que nunca había notado y en el mentón dos más.

Sí, su cuerpo es otro, más… maduro de lo que recordaba, hasta quizás sea más alta. Nunca será alta como yo, pero ahora me llega a los hombros.

Siempre odió que yo fuera más alto, decía que le daba desventaja en nuestros juegos, bueno, mis piernas ayudaban a ir más rápido, a subir más rápido la escalera de la casa del árbol.

Debo reprimir la risa cuando recuerdo su rostro enfadado y cuánto me gustaba llenarlo de besos.

Qué idiota.

Qué obnubilado.

Después de dejarla en la caballeriza estaba tan perdido en tiempo y espacio que fui a mi casa e hice algo que no hacía desde hace mucho.

Observación de paredes.

Sí, me senté a los pies de la cama, con mis manos sobre las rodillas y miré la pared con los ojos perdidos.

Así pase el primer verano sin ella.

Mi madre me llamaba con entusiasmo para que fuera a ver el nacimiento de un novillo, algo que siempre me gustó hacer, pero parecía que mi culo estaba pegado a la cama.

La tristeza de perderla era asfixiante.

Detuve todos los impulsos de mandarle mensajes, de meterme el ego en el culo y rogarle que volviéramos.

Nunca cedí, ni un poco, porque al instante de escuchar su voz de nuevo, sabía que desaparecería toda mi fuerza de voluntad.

Me recordaba todos los días que debía ser fuerte, ignorar mis síntomas de abstención de Azul y mantenerme en el camino del amor propio.

Esto que estoy haciendo es un momento en el tiempo único e irrepetible, porque cuando considere que está recuperada, volveré a mi vida.

Sin ella.

En algún momento se unió a la conversación, parece poder con Zach y Daniela que son un dúo loco y complicado.

Le dije a Blas que esos dos son las personas más raras que encontré en esta vida y él dijo que eso es lo que hace que sean tan buenos con los animales.

Eso es innegable, su capacidad de doma y la conexión que tienen con los caballos es envidiable.

Me pregunto cómo es la conexión entre ellos dos, son ese tipo de personas que acaban la frase del otro, se ríen al mismo tiempo y hasta de una manera similar.

Miro a Azul y reprimo toda la nostalgia dolorosa que me trae esta situación.

Me pregunto si ella también está notando la similitud en la amistad con Zach y Daniela o, en todo caso, las diferencias mías ahora que somos adultos y los dos pasamos por demasiadas cosas.

Por ejemplo, ahora me crece barba de verdad, no la sombra que tenía cuando era pequeño. De hecho, controlarla es una pesadilla y si me descuido paso de ser un vaquero al Yeti en tan solo una semana.

¿Qué más?

Los millones a mi nombre en el banco, ¿quizás?

¿Mi cara de pocos amigos?

¿El odio que siento cuando la miro?

Bah...

—¿Lista para volver? —pregunto recogiendo mis cosas, los demás hacen lo mismo y vuelven al corral a seguir con los caballos.

Azul asiente, pero con desconfianza.

—¿Qué pasa ahora, Azul...? —pregunto con irritación.

No por su actitud, sino porque detesto estar pendiente de todo lo que hace. De sus gestos, del mínimo movimiento.

—Necesito estirar un poco —dice dándole masajes a su pierna.

Y... me siento inmediatamente culpable porque me estoy comportando como un grosero y la mujer no tiene la culpa, yo la traje aquí.

Yo acepté ese reto.

Ella se levanta y camina hacia una de las columnas de la pérgola para hacer sus ejercicios.

Yo la observo desde la mesa.

—¿Te duele? —finalmente pregunto.

—Un poco —dice ella—, no suelo... moverla mucho, es normal que me duela.

Joder.

—¿Haces... algo para mejorar?

—Sí, una vez por semana... aunque no hago todos los ejercicios que Jessie quiere que haga. La última parte parece decirla en un tono más bajo.

Pero la escuché igual.

Me levanto y con las manos en los bolsillos de mi vaquero camino a la columna frente a ella, apoyándome allí.

—¿Jessie?

Mi tono hace que levante la mirada, ¿cuál habrá sido?

—Mi fisioterapeuta —responde.

Asiento pensativamente.

—Enséñame.

Ella se detiene para mirarme con ojos confusos.

—¿Enseñarte? ¿El qué?

—Los ejercicios, muéstrame qué tienes que hacer, si tú no piensas hacer lo que el profesional *—no «Jessie»—* pautó, entonces me encargaré yo de que los hagas.

—No necesito que…

—Claramente sí, Blue Jay, ya observé el primero, muéstrame el segundo.

Azul suspira con pesadez, sin embargo, procede a mostrar las diferentes técnicas y ejercicios físicos que debe hacer.

Dije que sería su sargento, no sé por qué no me creyó.

Cuando termina, acerco el buggy y espero mientras se sube.

—¿Cuál es mi siguiente tarea?

—Observar.

La yegua frente a mí es de un tono marrón profundo y reluciente. Cada mechón de su pelaje parece acariciado por los rayos dorados, creando un resplandor natural que realza su cuerpo esbelto y poderoso.

Sus patas son largas y esbeltas, lo que le da una apariencia noble y equilibrada. Cada paso que da es firme y decidido, revelando una coordinación y una gracia que solo los caballos verdaderamente especiales poseen.

No es que quiera alardear, pero estoy muy orgulloso de lo que hacemos aquí.

Me subo a la yegua sujetándome del pomo de la silla y acomodo mis pies en los estribos.

Sujeto las riendas y hago un sonido para que avance y comience la sesión donde la pongo a prueba dando comandos específicos para ver cómo reacciona la yegua ante ellos.

Blas observa, analiza y anota en un cuaderno cosas que asumo que tienen que ver con el entrenamiento. No importa cuánto le ruegue que use una tablet como el resto de la humanidad, Blas quiere un cuaderno y un bolígrafo.

Daniela y Zach deben estar en los establos.

Y Azul... *joder*.

No puedo creer que esté en mi campo, siendo parte de una rutina, observando desde el asiento del buggy cómo me muevo por el corral.

Solía ser al revés, yo era quien la observaba.

Me pregunto qué está pensando, ¿me odia por verme sobre un caballo? ¿Le da alivio saber que no es ella quien tiene que hacer esta tarea?

Intento no mirarla, pero mis ojos recaen sobre ella más veces de las que me gustaría.

No puedo leerla, no lleva expresión alguna en su rostro.

—¡Prueba a dar marcha atrás! —grita Blas desde la cerca.

Tiro de las riendas y la yegua responde inmediatamente, dando pasos suaves hacia atrás y eso me enfoca en lo que debo hacer.

Al galope recorro el corral, la crin de la yegua ondea en el viento mientras se mueve con una elegancia natural, y su cola, enmarca su figura con un toque de majestuosidad. Cada músculo de su cuerpo se tensa y relaja con cada paso, creando una sinfonía de movimiento.

Uso el taco característico del polo para ver la reacción del caballo al ruido que hago cuando golpeo la bocha blanca ubicada en el centro del corral y a la cercanía de mis movimientos cerca de su zona perimetral.

Una vez satisfecho me detengo frente a Blas.

—Está lista —digo mientras desmonto.

—Lo sé —dice Blas con orgullo, anota algunas cosas y sujeta las riendas por mí—. Tiene descanso la semana que viene, luego comenzamos la segunda parte del entrenamiento, ¿y el dueño?

—Vendrá a verla en tres semanas.

Miro sobre el hombro de Blas a Azul, que sigue en el mismo lugar, el sol le da directo en su rostro, sin embargo, no parece molestarle, sus ojos están cerrados, sí, pero están pacíficos.

Está disfrutando del momento.

Blas sigue la dirección de mis ojos y sonríe.

—Ni se te ocurra... —gruño enfocándome en él.

—Dijiste que no erais tan amigos.

—No lo somos.

—Entonces me das luz verde para...

Engancho el taco en su tobillo, haciéndolo perder el equilibrio.

Blas cae de culo al suelo.

Adiós a ese pantalón blanco impoluto.

—Espero que seas bueno leyendo indirectas, Blas Young —susurro mientras paso caminando a su lado.

—Alto y claro, jefe —dice desde la tierra.

Azul mira con desaprobación nuestra interacción, pero ignoro sus ojos críticos y me siento en el buggy haciendo que se mueva con mi peso.

—¿Por qué...?

Coloco mi mano en el asiento del acompañante para retroceder.

—Los hombres de rancho nos comunicamos así, Blue Jay.

—¿Como cavernícolas?

—Exacto.

Me detengo frente a las caballerizas y antes de que apague el motor, Azul se baja con esa tardanza que la caracteriza.

—¿Cómo reconectaste con Blas? —pregunta mientras la espero en la puerta.

Suspiro por lo bajo.

Ella también no, qué pasa con estos dos, años sin verse ¿y de golpe están interesados?

—Me lo recomendaron —respondo caminando sobre el suelo de madera hasta llegar a una puerta verde oscura—. Ven.

Entro al guadarnés e inmediatamente siento el aire impregnado de una mezcla única de olores, una armonía terrosa y reconfortante que solo puede encontrarse en el mundo ecuestre.

Azul entra y observa a su alrededor con cierta admiración y reprimo el orgullo que siento por ello.

Trabajé más que duro para que este rancho provoque exactamente eso que ella tiene en el rostro.

Las sillas de montar cuelgan en las paredes como obras de arte, cada una de ellas una joya de cuero gastado por los años de entrenamiento y buenos momentos que pasé aquí.

Las riendas, las fustas, los estribos, todo lo que necesitamos para montar está en esta habitación.

—Había olvidado el aroma del cuero —susurra mirando a su alrededor.

Pretendo que no me duele lo que dice.

Supongo que habrá pocas personas en el mundo que entiendan el desarraigo que está experimentando.

—¿Qué te genera?

Sus ojos caramelo me miran y se escudan. No se dio cuenta quizás que había exteriorizado algo que no era rudeza.

—No importa.

Está bien, pasemos página entonces.

—Necesito que te encargues de las monturas —digo caminando alrededor de una mesa alta en medio de la habitación—. En un rato, Zach y Daniela traerán los caballos de vuelta y necesitarán que los ayudes.

—No... yo...

—No tienes que interactuar con el caballo, Azul —me adelanto al ver su cara de espanto—, solo esperarlos con todo listo, aparecerán por esta puerta.

—Está bien —dice pasando el dedo por una montura de cuero negro, viejo y agrietado—. Necesitan mantenimiento.

—Te invito a que lo hagas —digo sin emoción alguna, aunque lo presiento, la reincorporación a este mundo fantástico será lenta, pero será—. Ahí tienes todo lo que necesitas.

Señalo las herramientas y las pomadas.

—Perfecto. —Mira la hora en su reloj.

—¿Tienes prisa? —pregunto con un tono de burla.

—Dijiste hasta las cuatro, son las tres, no sé cuánto esperas que haga aquí.

Camino hacia ella, el taco de mi bota hace ruido sobre el suelo de madera.

Azul levanta la mirada, siempre fui más alto que ella, pero ahora que lo soy aún más, me gusta.

Sus ojos color caramelo quieren aparentar fortaleza, pero yo los conozco bien y solo veo desánimo allí.

—No me importa cuánto hagas, Azul, me importa que hagas algo que…

—¿Que me den ganas de montar? —interrumpe—. ¿Ese es el gran plan de mi madre? Encender la máquina de dinero para…

La empujo solo un poco hacia atrás, haciendo que choque con la mesa y cierre la puta boca.

Azul se exalta, no está acostumbrada a que no la traten como si fuese de cristal.

—Tu madre no me dice lo que tengo que hacer y, por cierto, que se vaya a la mierda Claudia por convertirte en una marca en vez de un ser humano —expongo firmemente—. No me importa tu fama, ni tu habilidad, ni tu puto dinero.

—¿Entonces? ¿Qué te hizo ponerte en este papel, Hawk?

Hawk.

Hace años que no escuchaba ese apodo.

La pregunta del millón.

La que todos estamos haciendo, especialmente yo.

—*Mano de obra gratis* —sonrío con maldad—. Si piensas desperdiciar tu tiempo en tu casa, prefiero que lo hagas aquí y que colabores.

Azul señala a su alrededor.

—Claramente no necesitas recortar en gastos, págale a alguien para que haga este trabajo.

—Está bien —cruzo mis brazos sobre mi pecho, ella hace lo mismo y nuestros brazos se rozan, pero ninguno hace alusión alguna a la energía que circula en ese punto exacto entre los dos—. ¿Cuánto quieres ganar, Azul?

—Mil dólares la hora —dice con suficiencia, sabe que es un número estrafalario.

Sonrío porque me gusta verla batallar.

Pero cuando se trata de negociaciones ella sale perdiendo. Debería saber que aprendí del mejor negociador de Texas.

Oliver Walker.

—Por mil dólares la hora, espero mucho más que solo limpiar las camas de los caballos y las monturas. —Mis ojos recorren su cuerpo y cuando me encuentro con sus ojos otra vez, están más furiosos que antes.

Sí, sus orejas están muy coloradas.

Me empuja con toda la fuerza que tiene, apenas me mueve.

—Puerco.

—Burra —respondo rápidamente.

Abre la boca para gritar algún insulto cuando Zach entra cargando una montura.

Se detiene en el umbral de la puerta.

—Eh… vengo a dejar esto…

Azul camina hacia él y la coge, el sonido de las hebillas chocando resuena en el silencio tenso del pequeño lugar.

—Yo me hago cargo, gracias, Zach. —Le sonríe tiernamente y cuando se da la vuelta me insulta solo con su mirada.

Quedarme aquí puede ser un error.

La tensión es demasiada y me conozco, puede que todos estos años de control se vayan al garete si sigo empujándola, si sigo viendo sus reacciones y enfados.

Que de por sí son mucho mejores que sus gestos indiferentes.

Sin decir más, camino tras Zach que huye de la tensión del lugar.

Yo también.

—Vengo a por ti en una hora, *mano de obra gratis.*

Y como un cobarde desaparezco, dejando una bomba a punto de estallar tras de mí.

Capítulo 26

Azul Atwood

Las hebillas y las correas gastadas por los años ceden a mis toques con familiaridad, como un abrazo cálido del pasado. Cada pasada de esponja sobre el cuero trae recuerdos, una conexión con los días en los que galopaba por campos abiertos y competía en pistas repletas de espectadores que vitoreaban mi nombre, esos días en los que el mundo estaba lleno de posibilidades.

A pesar de querer boicotear esta actividad con toda mi alma, continúo con la tarea que Astor me encomendó con devoción, manipulando cada parte de la montura con respeto.

Recuerdo los primeros meses de entrenamiento cuando todos mis compañeros del colegio partían a las universidades más prestigiosas del país, yo aprendía los secretos de la doma y profundizaba en mi relación con los caballos.

En esa época de tempestad donde mi familia se derrumbaba y me encontraba sola, hallé en los caballos una guarida donde volcar todo lo que me ocurría en ese momento.

Mientras limpio, una sonrisa melancólica cruza mi rostro, porque, aunque el tiempo pueda haberme alejado de los días de competición, mi amor por los caballos y mi pasión por la equitación siguen ardiendo en mi corazón, aunque mi cuerpo se niegue a volver a esos días.

Mi mente también juega el papel de carcelero.

«En algún momento volverás a subirte», dijo Astor con una resolución que conozco bien.

Es el único hombre tan cabezota que es capaz de todo para lograr las promesas que hace.

Excepto quizás, la que me involucraba en su futuro.

Cuando llegamos a la puerta de mi casa, Astor espera a que baje sin siquiera mirarme.

Y así es mejor, porque si no vería la rabia que llevo por dentro.

No me gusta que todos los que me rodean sean partícipes de este complot contra mí, no soy una vasija que hay que reparar.

Esta soy yo ahora, espero que se acostumbren y eso es exactamente lo que pienso decirle a Astor.

Que gracias por todo, pero adiós, esta mujer no necesita a nadie y que por favor me devuelva las llaves de *mi casa* porque no dormiré tranquila sabiendo que un extraño las tiene.

Abro la boca para arrojarle todo el discurso que llevo preparando desde que salimos del rancho, pero me interrumpe con un gruñido.

¡Un gruñido! Como un animal que advierte que no dé un paso más.

—Mañana a las ocho, Azul. —Es una amenaza, sin duda.

Entrecierro mis ojos con antipatía y busco desesperadamente decirle todo eso que tengo en mi mente y más, algo para herirlo. ¡Lo que sea!

Dile, Az, ¡dile!

—Está bien.

¡¿Qué?!

¡No! ¡Eso no, idiota!

Astor asiente y espera a que baje.

Lo hago, odiando cada segundo de mi existencia y cuando cierro la puerta de mi casa, escucho el vehículo alejándose, solo entonces logro respirar profundamente.

¿Qué demonios acaba de pasar? ¿Por qué accedí de vuelta?

Mi casa está igual a como la dejé esta mañana.

Es raro incluso, después de todo lo que ocurrió, de los sonidos, los olores, que todo siga intacto, quieto, permanente cuando mi mente parece ser un torbellino de pensamientos.

El dolor de mi cuerpo parece vibrar en mí y el reconocido tirón por desplomarme en el sofá comienza a llamarme a gritos.

Sí, tendría que irme a duchar y pensar en la cena.

Sí, tendría que organizar el almuerzo para mañana porque Astor no va a alimentarme todos los malditos días.

Tendría.

El silencio de la casa penetra cada poro de mi piel y lentamente ese *tendría* se convierte en quizás.

El quizás en mañana.

Arrastro mis pies hasta el sofá, inmediatamente siento gusto, la sensación de estar en mi guarida.

Cojo el control remoto, tomo aire y me sumerjo.

Capítulo 27

Astor Walker

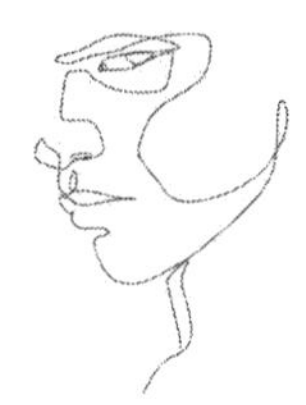

Cargo el último plato en el lavavajillas y lo enciendo.

Pasó mucho tiempo desde que dejé a Blue Jay en su casa, más de cinco horas aproximadamente, y a pesar de que me di un baño, cociné y completé mi rutina de noche, ella sigue hincada en mi mente, enraizando lentamente, penetrando cada rincón de mi cerebro como una mala hierba.

Yo sabía que traerla no era buena idea, ¿por qué coño accedí a esta locura? Lo peor de todo esto es que no puedo dejar de pensar si ser duro con ella es una buena estrategia, si beneficia o perjudica, por momentos parece ceder, otras veces parece que su muro de contención la protege y no hay manera de derribarlo.

Especialmente si yo la sigo atacando.

—No era mi responsabilidad… —susurro en el momento justo que suena mi móvil.

> «Gracias por hacer esto, significa mucho para mí»

Mi madre, Cala Walker, haciéndome sentir culpable, qué bien.

Bueno, eso no es verdad, es mucho más complejo que simplemente «culpable», es algo en el pecho que no puedo identificar, una mezcla de furia con preocupación y una pizca de empatía.

¿Qué pasaría conmigo si ya no pudiera subirme a un caballo? Es fácil pensar que mi vida seguiría como lo es ahora, pero la realidad es que yo no reaccionaría muy diferente a Azul en este momento de su vida.

Y si ocurriese, ¿con quién cuento para salir de ahí? Soy testarudo, sé que me cerraría ante todos y me aislaría del mundo con tal de no recordar lo que ocurrió en mi vida. Sería agresivo con todos hasta que la gente se aburriera de mí, hasta que ya no lucharan por mantenerme en sus vidas.

Por eso hago esto, porque quiero creer que alguien está dispuesto a hacerlo por mí si ese fuera el caso.

No es porque sea Azul.

No es porque ella fue alguien importante en mi pasado, alguien que dejó una marca en mi corazón, si fuera por eso no la ayudaría, la ignoraría para siempre.

Suspiro y miro el techo… ¿A quién quiero engañar?

Lo hago porque es *ella,* tengo que dejar de mentirme a mí mismo, nunca se me dio bien.

A pesar de que hoy reaccionó con pánico ante su animal preferido, creo que vi añoranza y eso solo hace que no me dé por vencido.

Ella necesita que la empuje, entonces eso es lo que haré.

Me siento en el sillón del salón y apoyo los pies sobre la mesa de café.

La botella fría descansa en mi rodilla, mientras con mi mano izquierda respondo el mensaje de mi madre.

«Me debéis una».

«Algo me dice, que al final de todo esto, serás tú quien me deba una».

La esperanza perpetua de mi madre, qué asco.

El día que todo terminó con Azul, mi madre dejó de hablarme

durante un mes, estaba cabreada conmigo porque la había dejado sola en mitad de la noche en un colegio desolado.

A los dieciocho no me pareció que era peligroso, ni siquiera se cruzó por mi mente que ella iba a preocuparse por mi bienestar, terminé sacando esa conclusión cuando llamó a mi padre con desesperación porque no podía encontrarme.

Sí, sentí un poco de culpa, pero el odio fue más fuerte.

Hoy, con veintiocho años, joder, si Azul fuese mi hija, me habría buscado con un rifle y puesto a dormir esa misma noche.

Qué chaval más idiota fui.

Dejo el móvil a mi lado y enciendo la televisión, encuentro un documental de autoayuda y busco cómo ayudarla.

A las cinco salgo despedido de la cama con energía desmedida.

Hoy hay mucho que hacer y siento un entusiasmo patético por comenzar.

A las siete comienzo el trayecto hasta la casa de Azul y reprimo la excitación que tengo en estos momentos.

Cuando llego una hora después encuentro las ventanas totalmente cerradas. Pareciera que nadie habitó este lugar en años y, cuando entro, me encuentro en un espacio oscuro, gigantesco y silencioso.

Igual que ayer.

¿En qué estaba pensando esta mujer cuando decidió comprar esta casa? No quiero imaginar la cantidad de habitaciones que tiene acumulando polvo, ni lo solitaria que se debe sentir cuando está sola aquí dentro.

Me pregunto si sigue en contacto con su equipo, según las redes sociales sus compañeras y ella estaban muy unidas, sin embargo, no encuentro fotos de ellas aquí, solo trofeos expuestos en vitrinas, imágenes de Azul en torneos y decoración incolora.

Con pasos decididos camino hasta su habitación, que ayer, por cierto, me costó mucho encontrar porque esta casa lo que más tiene son puertas.

Como esperaba, Azul duerme profundamente con la boca medio abierta y los pelos desparramados por su almohada.

Si no sintiera este resentimiento hasta me daría ternura con su pijama, tiene un patrón de pequeños caballitos.

Miro el reloj una vez más, 07:59.

Espero…

Veo su pecho subir y bajar lentamente, con sus ojos cerrados no es tan difícil observarla, no hay tristeza o vacío.

Y espero…

08:00.

—¡Azul! —grito al lado de su cara.

Ni un gato salta en el lugar tan alto como lo acaba de hacer ella.

—¡Astor! ¡Joder! —grita y reprimo la risa mientras abro las cortinas—. ¿Quién te traumó en la vida para que tengas que despertarme así?!

—No es un trauma, es un hobby y estoy seguro de que recuerdas a mi padre despertarnos en la madrugada en el rancho para que lo ayudáramos con el ganado.

Eso suaviza su mirada furiosa.

—Lo odiabas.

Encojo mis hombros.

—No fue tan malo, me hizo puntual, algo que obviamente no funcionó en ti, prepárate.

Giro sobre mis talones y a medida que salgo escucho:

—No te hizo puntual, te hizo un idiota.

Me río sintiendo un golpe fuerte en el pecho, supongo que es la añoranza de tener a alguien a quien molestar.

Vivir en el campo te hace inevitablemente un ermitaño, sé que se lo discuto a Bernardo, pero es un poco cierto, así que tener a alguien a quien hacerle la vida difícil es refrescante.

Las cortinas del salón se conectan con la cocina y comienzo a abrir todo, la luz se derrama por la casa y siento la necesidad de abrir las ventanas.

Algo aquí apesta.

—¿Hace cuánto que no sacas la basura? —pregunto buscando el cubo de la basura en la cocina.

—¡No recuerdo cuándo fue la última vez! —grita desde su habitación.

Finalmente lo encuentro, repleto de basura hasta arriba, tanto así que la tapa no cierra del todo.

—Joder... ¿No tienes a alguien que limpie aquí? —Cierro la bolsa y saco la basura.

Cuando vuelvo está en el sofá, poniéndose las zapatillas.

—Tenía —responde.

—¿Y qué le pasó?

—Renunció —dice sin mirarme.

Yo también lo hubiese hecho si tuviera que lidiar con esta mansión.

Encuentro las mismas tazas usadas de ayer y las lavo antes de preparar el café.

—Mañana te quiero despierta cuando llegue, Azul —digo mientras se la entrego con el líquido humeante—. Mi tiempo es muy preciado, no puedo perderlo en ser tu niñera.

—Nadie te pide que vengas —gruñe con los labios en la taza.

Eso me detiene.

Si supiera que hay dos familias empujándome para que haga esto. ¿No ve ella cuánto le importa a la gente?

—Tienes razón —digo ligeramente—, lo hago porque me apasiona.

Eso fue todo sarcasmo.

Y lo entiende, porque pone los ojos en blanco.

Le da el último sorbo a la taza mientras echo un vistazo la cocina, no veo rastros de comida excepto un bote de yogur a medio comer.

—Listo, ya podemos irnos —dice con un suspiro irritado.

Asiento sin decir nada, si abro la boca probablemente termine interrogándola sobre qué come y cuánto, pero acorralarla no es lo mejor en este momento.

Una vez dentro del coche la miro de reojo.

Hoy su ropa está mejor pensada que ayer, con unos leggins y una camiseta que le queda enorme, en pocos días el clima comenzará a enfriarse, espero que lo tenga en cuenta.

—¿Lista para trabajar para mí, Blue?

—No puedo esperar... —responde usando el mismo tono sarcástico que usé antes.

—Zach llamó diciendo que está enfermo —informa Blas cuando me encuentra reparando la puerta de la caballeriza.

—Ajá... —Acabo de dejar a Azul limpiando las camas y ahora planeaba volver a mi hogar para seguir con mi plan de seducir de alguna manera a Luis Castillo.

La primera etapa fue presentarme en Buenos Aires, mostrar mi rostro, hacerme ver. Su conclusión fue errónea, no soy un hombre de negocios despiadado como él cree, amo a los caballos, es algo en lo que soy muy bueno y estoy dispuesto a hacer lo que sea para hacerle ver cómo son las cosas por aquí.

Por eso planeo mostrarle cuán «family friendly» somos en Rancho-A, invitándolo a pasar un fin de semana en mis instalaciones. Enseñarle Dallas y cuán humano, y para nada despiadado, soy.

—¿Puedo usar a Azul?

Mis dos cejas se levantan al unísono.

—¿Usar?

—Estoy seguro de que ella puede sustituirlo, solo por hoy.

Miro hacia dentro de las caballerizas y la encuentro moviendo la paja de un lado a otro.

—Solo si usa el buggy para movilizarse.

Ella disimula su cojera, pero la puedo ver a kilómetros de distancia.

—Claro —asiente Blas girando sobre sus talones.

—Y no la presiones para acercarse a los caballos, no está lista.

—Hecho —dice dando un paso lejos de mí, pero lo sostengo del hombro ejerciendo un poco más de fuerza de lo normal, deteniendo su caminar tan relajado.

—Solo trabajo, Blas.

Mira sobre su hombro, tenemos la misma estatura, pero mi mano cae pesada sobre él.

—Quedó más que claro ayer, jefe.

—Bien, vuelvo en un rato.

—¿A mediodía?

—En un rato… —gruño y me alejo antes de que me haga decir algo de lo que me arrepienta.

Capítulo 28

Azul Atwood

El caballo que Blas está entrenando hoy no está listo para jugar.

¿Se lo digo? Pues no, claro, tendría que tener energía e interés para hacerlo y hoy no tengo ninguna de las dos.

El hombre hace un buen trabajo, es innegable, pero él no es jugador profesional y no ve pequeñas cosas que a mí me molestarían de este caballo.

Dejo una fusta a su lado y él la coge sin dejar de mirar al caballo.

—¿Qué piensas, Az? —dice sobre su hombro.

Sus brazos ahora están cruzados y desde atrás puedo ver cómo se marca la espalda triangular.

—¿Sobre? —Apoyo mis brazos sobre la cerca del corral mientras veo al animal galopar rápidamente.

—Sobre el calentamiento global… —Finalmente me mira con ojos aburridos—. ¡Sobre esta yegua!

No puedo evitar decirle todo lo que creo.

—Tiene resistencia al frenar, sin mencionar que tiene periodos de mucha energía y luego se fatiga muy rápido.

Blas voltea y me mira con ojos entrecerrados.

—Oh, no te guardes nada eh…, por favor.

—¡Tú preguntaste! —me defiendo encogiendo mis hombros.

—Es verdad, lo hice, ¿algo más?

—La vi morder a otra yegua esta mañana, eso es malo.

—Mmm… —dice mirando de vuelta a la yegua que se detuvo del lado opuesto al corral—. Eres buena en esto.

—Fueron muchos años de carrera —me excuso preparando una silla de montar que cuelga de la cerca.

Blas se acerca a mí y apoya su cuerpo en la empalizada.

—Recuerdo cómo eras en el colegio y ahora pareces otra persona.

—¿Cómo era en el colegio? —pregunto ajustando una hebilla.

—Pues… introvertida, ahora no me parece que seas así.

Eso es porque pude eliminar de mi vida a las personas que me hacían sentir pequeña e insignificante.

—¿Gracias?

Blas se ríe y cuando ve a Daniela aproximarse se le desaparece la risa y una tensión espantosa se acumula en sus hombros.

—No lo encuentro —dice ella—. Fueron los duendes de este rancho, lo juro.

Blas libera una carcajada y deja la mirada sobre ella más tiempo de lo normal.

—¿Qué perdiste? —pregunto.

—Los aros de colores, los que usamos para los obstáculos.

—¿Te refieres a esos? —señalo a unos metros de nosotros, cuatro aros de plástico descansan contra la cerca.

Daniela abre los ojos y los señala.

—¡Ves Blas! ¡Te lo dije! Duendes.

—Es la única explicación lógica. —Se ríe por lo bajo y suspira.

¿Acaso Blas está… enamorado de Daniela?

Sobre el mediodía estamos sentados bajo la pérgola, Astor trajo comida otra vez y sin decir nada la dejó delante de mí.

Daniela come mirando su móvil hoy, parece que, si Zach no está aquí, no está tan interesada en la conversación y Blas hace algo similar, tras intentar generar conversación más de una vez con ella y ser absolutamente rechazado por un móvil.

Me pregunto si Astor alguna vez se dio cuenta de que Blas tiene sentimientos hacia ella.

Yo, por otro lado, tengo un hombre que mira fijamente cómo estoy comiendo y cuando aparto el plato delante de mí, arquea una ceja en desaprobación.

—No, sigue comiendo.

—Estoy llena, Astor...

Astor se levanta y se sienta a mi lado, señala el plato con toda la palma de su mano abierta.

—Dos mordiscos le diste, espero que al menos comas la mitad.

Daniela levanta la mirada de su móvil finalmente y observa nuestra interacción con curiosidad.

Blas reprime una risa.

Por vergüenza lo hago y clavo el tenedor en el plato de plástico que apareció aquí cuando llegó Astor.

—Deja de mirarme... —digo por lo bajo al sentir sus ojos sobre mí.

—¿Por qué? ¿Te inhibo?

Pongo los ojos en blanco exageradamente. Astor engreído es la peor versión de Astor.

—Ya quisieras...

Daniela se levanta lentamente.

—Bueno, es hora de seguir...

—¡Estoy de acuerdo! —agrega Blas desapareciendo de la escena a la velocidad de la luz.

—¡Mira lo que has hecho! ¡Los has espantado!

Astor me mira con una expresión de aburrimiento insufrible.

—Sabes que no me importa lo que la gente piense de mí.

—¡Yo estoy involucrada! —lo empujo y me doy cuenta de que es la primera vez que hago contacto físico con Astor.

Es como empujar una pared de cemento.

¿En qué momento generó todo ese músculo?

El mero pensamiento hace que suba un calor por mi cuerpo y se deposite en mis mejillas.

Y por supuesto que lo nota, porque la comisura de sus labios se eleva y sus ojos recorren mis mejillas. Luego se pone serio y dice:

—Es hora de tus estiramientos, vamos. —Extiende su mano esperando que la coja y la quito del medio.

Me levanto sola y camino hacia la columna.

Él camina detrás de mí como si fuese mi sombra y, una vez más, observa todo.

Quiero alejarlo, pedirle a gritos que no me analice más, que no busque ayudarme, pero me silencio y pongo los ojos en los caballos lejos de mí.

—¿Recuerdas el momento? —escucho su pregunta y volteo.

Me encuentro con un Astor que mira mis pies.

Sé de qué momento me habla.

El momento en que todo cambió.

—Sí, lo recuerdo. —Sus ojos se elevan y esperan a que me explaye. Transmite interés y no puedo evitar querer contarle lo que me ocurrió, ¿por qué? Porque el día que desperté lo primero que pensé fue en cuánto deseaba contarle a mi amigo mis penas.

Cuánto le necesitaba a pesar de ser una de las personas que más dolor me había generado—. Recuerdo el empujón del taco enganchado en las riendas del otro caballo, lo primero que pensé fue que iba a perder una jugada perfecta.

—Tu vida estaba en riesgo ¿y eso fue lo primero que pensaste? —resopla disgustado.

—Creí que iba a levantarme y seguir la jugada, pero cuando lo intenté no podía moverme. El dolor en las costillas y el brazo era agonizante, sabía que algo más había pasado porque nunca había sentido un dolor semejante.

Astor toma aire como si mis palabras le pesaran, como si pudiera acordarse del momento con la misma angustia que yo.

Estoy segura de que lo vio en un video, ya que mi caída se hizo viral en internet.

—Luego escuché el galope de un caballo, el primer golpe en la cabeza lo amortiguó el casco, pero el segundo hizo que perdiera la conciencia.

Astor se mantiene en silencio por un tiempo y sus ojos parecen mirar hacia todos lados menos hacia mi dirección.

Cuando los levanta me encuentro con él, con mi amigo, el pilar que tuve durante tantos años y luego dice con firmeza:

—Volverás a montar.

Quiero creerle, pero una voz dentro de mí dice que no busque esperanza, de eso ya no hay.

Está agotado.

Exhausta tras este largo día, me dirijo directamente hacia el sofá, sin embargo, el recordatorio de la capa de polvo que cubre mi piel y la sensación pegajosa del calor del día hacen que cambie el rumbo.

Con un suspiro de resignación me encamino hacia el baño.

El agua de la ducha corre sobre mi cabeza y masajeo mi pelo disfrutando del perfume del champú.

¿Siempre tuvo ese perfume tan maravilloso? No lo recordaba.

Cierro los ojos, dejando que la tensión del día se evapore, puedo sentir mis hombros relajarse, mi cuello está más flexible que esta mañana.

Una vez fuera, me envuelvo en una toalla esponjosa, la sensación de renovación es ineludible, revitalizante.

Analizo el cargamento de cremas y sérums en la encimera con ojos inseguros. Aquellos que compré en Sephora compulsivamente cuando comprar cosas me daba satisfacción instantánea. Hace meses que no uso nada de eso y se nota, cuando miro mi piel en el espejo está estresada, con ojeras profundas, sin vida.

—Sólo me llevará unos minutos, ¿qué puede pasar?

Comienzo con la rutina, con las puntas de mis dedos masajeo mi piel y siento el perfume floral de los productos, no hago esto desde hace mucho y algo en mí parece resucitar.

Encuentro mi reflejo en el espejo, sí, encuentro errores, quizás no sea exactamente quien solía ser, pero sonrío un poco.

—Hola, Azul… —digo mirando los diferentes ángulos de mi rostro —. Un placer volver a verte.

Camino hacia el vestidor y busco entre mis pijamas el que más me gusta, uno con unicornios.

La siguiente parada es el salón, me desplomo sobre el sofá, dejando apoyar mi cabeza en un cojín.

El control remoto parece estar lejos y ese es el último pensamiento que recuerdo hasta que me sobresalto y me despierto.

Enciendo una luz y cuando miro la hora son las tres de la mañana. La casa está totalmente a oscuras, el silencio es estrepitoso y me provoca una extraña sensación en el pecho y en los oídos.

El vacío que sentí disminuir hoy vuelve a expandirse.

Y ese cansancio que conozco bien está en mi cuerpo, porque no es el tipo de cansancio que me permite descansar, es el que hace que no deje de pensar.

Y de repensar.

Y recuerda momentos que me atormentan.

Así que vuelvo al sofá y esta vez sí enciendo el televisor y me pierdo en algo que me adormece la mente.

Vuelvo a sobresaltarme cuando escucho un portazo.

Levanto la cabeza y lo veo entrar como si fuese el dueño de la casa. Hoy lleva una cazadora verde militar y unos vaqueros con zapatillas.

Joder.

Lo que más odio de todo esto es cuánto les gusta a mis ojos mirarlo.

Me encuentra en el sofá, sus ojos pasean sobre mí por unos segundos.

—Te has quedado dormida.

Miro la hora una vez más, las ocho en punto.

Gruñendo, me siento y masajeo mi cuello, que está tieso otra vez por dormir sobre un cojín de plumas casi toda la noche, no sé en qué momento volví a dormirme, pero recuerdo escuchar algunos pájaros cantar alegremente con los primeros rayos de la mañana.

Astor marcha directamente a la cocina y comienza a lavar las tazas que ayer usó por la mañana.

Joder, olvidé lavarlas, otra vez.

Y olvidé comer, otra vez.

Astor deja una taza frente a mí y se cruza de brazos.

—Bebe —ordena—. ¿Tienes algo que comer aquí? —vuelve a la cocina y abre los armarios sin pudor.

—Hay unas galletas… —refunfuño al escuchar los ruidos de las puertas cerrándose bruscamente.

Son mejores que el silencio ensordecedor, Az. Recuerda eso.

—¿Galletas? ¿Qué tienes, cuatro? —devuelve—. ¿Qué cenaste anoche, Azul?

—Nada… —respondo mirando mi móvil, mi madre parece estar decidida a ignorarme. Astor voltea con ojos furiosos—. ¡Lo olvidé! Me quedé dormida y luego ya era muy tarde.

Astor libera aire de sus pulmones y coge las llaves *DE MI CASA* una vez más.

—Vamos, deja ese café, es horrible de todas maneras.

—¡Ponte de acuerdo! —Me levanto y mi pierna se vence ante el movimiento rápido, el sofá me atrapa, pero Astor también.

—¿Qué fue eso? —Su rostro está tan cerca del mío que puedo sentir su aliento de menta sobre mis labios.

Lo alejo inmediatamente.

Chista por lo bajo, pero da dos pasos hacia atrás.

—Nada, mi pierna a veces hace eso.

No parece gustarle mi respuesta.

—Ve a cambiarte de ropa, modelo de pijamas —dice mirando el pantalón de unicornios—, iremos a desayunar.

La cafetería es un rincón encantador que parece haberse detenido en el tiempo. Aunque es nueva, está meticulosamente diseñada para evocar la elegancia y el encanto de una época pasada. Las paredes están forradas de madera oscura y paneles de nogal, adornadas con molduras que representan la opulencia de su público.

Solía venir a menudo a este lugar tan elegante para desayunar con mi madre, la única razón por la que veníamos aquí era porque le encantaba pavonearse con sus amigas adineradas del barrio.

«Ella es mi hija Azul, la polista»

«¿Recuerdas a Azul? Si te resulta familiar es porque su rostro está empapelando toda la ciudad»

Siempre sonreí tiesamente y dejé que me exhibiera como si fuese un pavo real enseñando las plumas.

La dejé.

Parecía hacerla feliz.

Ahora que ya no tengo ningún valor, ya no tengo esos momentos, aparentemente ya no tengo una madre tampoco...

—Blue Jay... —dice Astor trayéndome al presente.

La atmósfera es similar a un salón de té en un antiguo palacio, donde la conversación entre la alta sociedad fluye con la misma elegancia que los adornos del lugar.

Quizás la única diferencia irrevocable es que las miradas hoy son diferentes a las del ayer.

Casi puedo escuchar sus pensamientos, «la pobre joven que perdió su carrera», los murmullos crecen mientras esperamos al lado del mostrador.

Astor me observa con preocupación y luego analiza nuestro alrededor. Da un paso más cerca invadiendo con su altura todo mi espacio personal, su boca se aproxima a mi oído.

—¿Por qué te importa la opinión de esta gente? La mayoría estará muerta en menos de un año.

Cuando su rostro está frente a mí, tiene una pequeña sonrisa que es imposible no espejar, no admirar, no desear.

—Sí..., sí lo siento —digo recomponiéndome.

Tiene razón, estas personas son nadie en mi vida, ¿por qué me dejo influenciar por ellos?

Un muchacho vestido elegantemente con camisa y pantalón negro nos lleva a una mesa cubierta por un mantel negro, las sillas son de terciopelo rojo, un poco incómodas para mi gusto. Astor lee el menú con atención.

—¿Por qué esta gente come salmón ahumado por la mañana? —murmura mientras lee.

—«Esta gente» dices, como si tú no fueras uno de ellos.

Baja el menú repentinamente, su rostro exageradamente furioso y ofendido.

—Yo no soy un pomposo y no desayuno salmón...

—Es cierto —admito—, no eres pomposo, eres engreído, que es peor —digo dejando que la risa tome control de mí.

Molestarnos se siente normal, la rutina que teníamos antes.

Astor parece ofenderse, pero sé que no lo hace y cuando el mesero llega, pide salmón ahumado mirándome fijamente con una sonrisa maliciosa.

Yo lo imito en el pedido y se ríe por lo bajo, su mirada estaciona en mi rostro durante algunos segundos hasta que comienza a hablar.

—¿Qué hacías durmiendo en el sofá? —pregunta jugando con el salero moviéndolo con su mano de la base hasta la punta y luego lo voltea.

Repite el movimiento hasta que respondo.

Mis ojos miran hacia la ventana a nuestro lado, los coches pasan rápidamente para llegar al trabajo, ya que en este bendito país nadie usa las piernas.

—Me quedé dormida anoche —digo dándole una media verdad.

Astor me mira como si no me creyese, pero me deja salir con la mía.

—Entrégame el móvil...

Físicamente me alejo un poco. ¿Escuché bien? ¿Mi móvil?

—No.

—Tu móvil, Azul Atwood —repite estirando la mano sobre la mesa que nos separa—. Voy a mostrarte lo que es tener una alarma.

A regañadientes busco en el bolsillo de la chaqueta y lo deslizo por la mesa.

Por más que esté siendo un idiota ahora mismo, sé que es momento de que me ponga una alarma.

Despertarme a gritos no es para nada atractivo.

En silencio pone la alarma y me devuelve el móvil justo cuando nuestros platos aparecen.

Sin prestarle atención, lo guardo y me empujo a comer por más que sea lo último que tengo en la cabeza.

Mi ginecóloga dijo que una dieta saludable ayudaría mucho a los síntomas de SOP y no puse a prueba su teoría, en absoluto.

Lo único que como son palomitas, algo que se recaliente en el microondas o chocolate.

Este plato me lo recuerda, ya que hace mucho que no tengo tanta comida tan elaborada y delicada frente a mí.

—¿Del uno al diez, cuánto te duele la pierna hoy? —pregunta mientras se mete un tenedor muy cargado de comida a la boca.

Nueve.

—Cinco.

—Nueve entonces... —agrega y cuando levanta la mirada lo hacen también sus cejas—. Te conozco.

—Corrección, me conocías... —me defiendo.

Su rostro muta a algo irascible, pero luego acomoda su garganta y continúa con la charla.

—Esas cosas nunca cambian, Azul. Tengo que ir a varios sitios hoy, puedes venir conmigo si quieres descansar.

—¿Qué sitios?

—Laboratorio, primero, luego tengo una reunión con un nuevo proveedor y posible cliente en Dallas.

Miro hacia abajo, mi ropa deportiva difiere con todas las actividades que acaba de mencionar.

—Astor... —digo señalándome el pecho.

—Sudadera —comienza—, no, ¡negro! No, ¡ropa!

—¿Qué haces?

—Creí que querías que adivinara.

—¡Nooo! Mírame cómo estoy vestida, podrías haberme avisado y me ponía algo acorde.

—Eso es algo acorde.

—No, no lo es. —La irritación sube y sube.

Sus ojos recorren mi torso y luego se agacha para mirarme por debajo de la mesa.

—Estás elegante-sport.

—¿Y desde cuándo sabes algo de moda?

—Desde que eres modelo —responde, pero antes de que pueda cuestionar más se llena la boca de comida.

Nunca creí estar en un laboratorio.

Esta es una práctica altamente criticada en el mundo del polo. Sin embargo, Astor Walker parece estar orgulloso de su negocio y no lo culpo, la gente que está en contra suelen ser personas conservadoras que no ven el beneficio de este sistema.

Las paredes blancas y brillantes se mantienen impecables y asépticas. Hay imágenes prolijamente encuadradas de caballos de competición y partidos de polo que no reconozco.

La imagen del caballo frente a mí es impactante, un cuadro en blanco y negro de un caballo corriendo sobre las orillas del océano.

—Blue... —La mano de Astor cae sobre mi hombro. Su tacto enciende todo mi cuerpo de golpe y cuando miro sobre mi hombro, encuentro su mirara saturada con algo que no reconozco y su nuez de Adán se mueve cuando traga saliva duramente—. Ven.

Las piernas de Astor siempre fueron más largas que las mías y cuando camina rápido me cuesta seguirle el ritmo, por eso doy largas zancadas y parece desaprobar el movimiento.

—No corras.

Pongo los ojos en blanco y entro a la sala de reuniones donde nos espera un hombre de unos cuarenta años, con una bata blanca, gafas sin marco y una barba que hace juego con su bata de hombre inteligente.

Cuando me ve, se levanta y extiende su mano.

—Un placer conocerte, Azul, soy Kevin —dice con una sonrisa amable.

Busco a Astor con la mirada y él se despega de la situación con su móvil.

—¿Nos hemos visto antes?

—Oh, no, solo soy un apasionado del polo y mi hija, Sam, tiene una obsesión contigo. No puedo confirmar ni negar que su habitación está empapelada con tu rostro.

Sonrío, extrañada, no suelo tener contacto con fans, ni suelo ser reconocida.

—¿Cuántos años tiene?

—Diez.

—¿Diez años y ya le fascina el polo? —digo encantada.

Astor se sienta y tira de mi muñeca para que haga lo mismo y dice:

—Tú naciste en el polo, ¿por qué te llama la atención?

Entre los tres hay un escritorio que nos separa, Kevin está de un lado y nosotros en dos sillones frente a él.

—No lo sé —reconozco preguntándome eso mismo—. Tienes razón, mi interés despertó mucho antes.

—¿Sería demasiado pedir un autógrafo? —dice Kevin buscando un papel y lápiz en el bolsillo frontal de su bata.

—¿Qué tal una llamada? —propone Astor—. Estoy seguro de que Sam se volverá loca.

—Oh, no quiero robar el tiempo de Azul.

—No lo haces, llámala —digo intentando reprimir la emoción que me da hablar con esta niña.

Kevin coge el móvil con entusiasmo en sus ojos y no puedo evitar sonreír.

—Con esto definitivamente seré el mejor padre del mundo.

Centro la mirada en Astor y lo encuentro observándome, con sus manos entrelazadas sobre su estómago, pareciera que tiene orgullo en su mirada.

La esposa de Kevin atiende la llamada y él le pide que traiga a su hija a la cámara.

—Samantha —dice—. Sam, tengo a alguien aquí que quiere conocerte. —Me mira con entusiasmo.

—¿Quién? —pregunta una vocecita adorable.

Kevin voltea el móvil y lo cojo entre mis manos.

—¡Hola Sam!

La pequeña de pelo rubio y dos trenzas me mira con ojos muy abiertos.

—¿Azul? —cuestiona.

—Sí, ¿cómo estás?

—¡Mamááá! —de golpe grita, la imagen se mueve frenéticamente —. ¡Mamá! ¡Es Azul! ¡Es Azul!

—¡Lo sé! ¡Háblale!

Eso hace que se detenga la cámara.

—Hola —dice con vergüenza.

Astor se inclina sobre mi hombro para ver la imagen de la niña, su perfume toma protagonismo y su cercanía de golpe me pone alerta.

—¿Me dijo tu papá que te gusta mucho el polo?

—¡Sííí! —dice con entusiasmo—. Quiero ser polista como tú, pero mi entrenador se fue.

—¿Se fue? —pregunto confundida, miro a Kevin quien aclara:

—Fue contratado en Inglaterra, por el momento no tiene entrenador.

—¡Oh! Sam, ¡qué pena! Estoy segura de que alguien podrá enseñarte pronto.

—¿Quizás tú? —susurra Astor para que la pequeña no escuche.

Mi respuesta es clavarle el codo en las costillas y su respuesta es reírse de mi reacción.

La imagen vuelve a moverse frenéticamente, pisadas eufóricas y de golpe aparezco en su habitación.

Efectivamente hay imágenes mías que hacen que me duela el estómago. De campeonatos, sesiones de fotos..., con el equipo.

Joder, mis compañeras intentaron reunirse conmigo millones de veces y lo único que hice fue ignorar sus mensajes.

Debería contactarlas, decirles que estoy viva.

—¡Estás ahí! ¡Y ahí y ahí! —dice señalando con su índice todas las imágenes—. Tengo todas tus fotos.

—Puedo verlo —digo con un poco de incomodidad.

—¿Todavía te duele? ¿Cuándo vuelves a jugar? Al equipo no le va tan bien ya.

Sonrío y los otros dos hombres también.

Pero la puntada en el estómago la siento solo yo.

—Ya no me duele Sam, gracias por preguntar —respondo evitando las otras preguntas.

Astor de golpe interrumpe.

—Sam, le voy a decir a tu papi que te lleve a mi rancho, así puedes montar con Azul ¿qué te parece?

Mis ojos se clavan en su sien y Astor me lanza una pequeña sonrisa maliciosa.

Será capullo.

—¡Sííí! —grita entusiasmada—. ¡Porfis!

—Está bien. *—¿Cómo decirle que no a esta niña?—*. Luego lo organizamos con tu papá, ¿vale?

—Sí. —Me mira fijamente y luego sonríe otra vez—. Espero que te recuperes pronto, Azul.

Mi corazón explota de golpe.

Mis ojos se inundan de lágrimas, pero las mantengo a raya.

La mano de Astor aparece en mi hombro, otra vez, la diferencia con la anterior es que ahora se siente más liviana.

—Bueno Sam, lamentablemente para tu padre, es hora de trabajar, dile adiós a Azul.

—¡Adiós Azul! ¡Te quiero!

Y allí se fue todo el control.

—¡Yo también! —respondo limpiando mis lágrimas.

Astor quita el móvil de mi mano y se lo devuelve a Kevin.

—Es muy adorable —explico al mismo tiempo que Astor me entrega una caja de pañuelos.

—Lo sé, eso lo heredó de la madre.

Durante el resto de la reunión, la mano de Astor sigue sobre mí, a veces sujeta mi mano, a veces descansa sobre mi pierna, pero nunca la quita.

¿Lo peor de todo? No quiero que lo haga.

Capítulo 29

Astor Walker

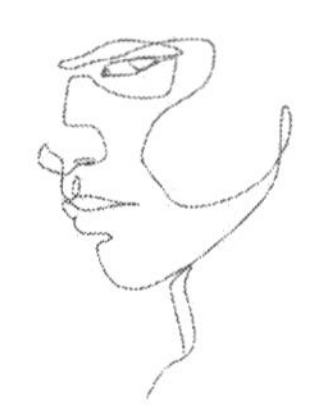

Siguiente parada: almuerzo.

Y sí, no voy a perder la oportunidad de alimentar a esta mujer, es la excusa perfecta, ya que tengo que hacer tiempo en Dallas hasta reunirme con Roy Vega.

El lugar está repleto, así que guío a Azul hasta la barra donde hay dos sitios libres para sentarse.

Del techo caen helechos que parecen fascinarle porque no para de examinarlos.

Me pregunto si extraña las plantas, ahora muertas, que tiene por la casa. Vi al menos cuatro en los rincones, secas, muertas y con la tierra pálida.

Imagino que son solo una representación de lo que está pasando con ella, solo que todavía no lo ve con claridad.

Los taburetes son absolutamente incómodos y demasiado pequeños para mi tamaño, pero finalmente la convencí de entrar a un lugar, no pienso decir nada.

—¿Comerás salmón otra vez? —pregunta con cara de pícara.

A ti quiero comerte.

¿De dónde salió eso?

—No suelo comer fuera, así que cuando lo hago, pido cosas que normalmente no cocino en casa —explico.

—Mmm —observa el menú—, ¿qué pedirás entonces?

—El sandwich de pastrami, igual que tú.

Inmediatamente apoya su mano sobre mi brazo, su rostro carga sorpresa y una sonrisa radiante que hace que clave la mirada en sus labios rojos.

Reconozco su forma de todas las veces que los miré famélico, encuentro que su labio superior sigue siendo un poco más fino que el de abajo, el que solía morder compulsivamente.

—¡Sabía que te acordabas de que era mi sandwich favorito!

Lo siguiente que distingo son sus dedos sujetando mi brazo, la sensación de su piel contra la mía es conocida.

Familiar.

Anhelada.

Aprieto mis muelas hasta que la mandíbula me duele.

Joder.

—Claro que me acuerdo, Blue —indico mirando su mano, pero entonces la quita con rapidez al notar la tensión en mí—. Era lo único que comías.

Sí, un movimiento completamente idiota decir eso en vez de decir la verdad, pero tenía que salvar la conversación antes de que se diera cuenta de que no hay nada de ella que se haya borrado en mi memoria.

Nada.

Ninguna anécdota, caída, risa, carcajada, llanto o dolor, y algo me dice que ocurre lo mismo con ella.

Una vez que tenemos los platos frente a nosotros, la cosa parece relajarse.

La comida siempre tiene ese efecto en la gente, por eso me gusta tanto.

—¿Asumo que el codazo en mis costillas en el laboratorio significa que no estás de acuerdo con mi idea? —pregunto pretendiendo mostrar poco interés en el tema.

Yo, personalmente creo que es una gran idea.

—Nunca podría enseñar —responde con una mirada perdida en la televisión frente a nosotros, no sé qué coño mira si es un partido de fútbol americano y ella odia ese tipo de deportes—. Fernando era bueno en eso.

—Pff... —resoplo cubriendo mi boca, ella me examina con curiosidad—. Fernando era un idiota y tú lo idolatrabas.

Estupefacta se queda.

Yo le doy la respuesta más madura que tengo y encojo mis hombros.

—Fernando era...

—Sí, sí, uno de los mejores polistas. Pero luego tú llegaste a la escena, te puedo asegurar que él sabe que tú eres diez mil veces mejor polista que él. Por eso creo que es un gran momento para comenzar a enseñar, tienes el conocimiento, el renombre y el tiempo, ¿cómo andas de dinero?

La pregunta que Claudia nunca le respondió a mi madre. Sabíamos que los mayores ingresos de Azul provenían de las campañas publicitarias y que, tras el accidente, todas, y cuando digo todas es TODAS, le dieron la espalda.

Hijos de puta.

Azul niega con la cabeza.

—Tengo ahorros, planeaba resolver mi futuro antes de que se me acaben.

—¿Desde el sofá? Buena suerte con eso.

Eso definitivamente la enfada, sus orejas están rojas como nunca y me dan ganas de morderlas.

—Estoy haciendo lo que puedo, Astor.

Me giro para estar frente a frente con ella, su taburete sigue apuntando hacia la barra así que cojo sus piernas y la giro hasta que está frente a mí.

—Lo sé —digo mirándola a los ojos—. Pero me gustaría que consideraras mi propuesta.

—No tengo dónde enseñar.

—En mi rancho.

—¡No sé por dónde empezar!

—Solo deja correr la voz, hay niñas ahí fuera que se mueren por ser entrenadas por la mujer que ganó tres campeonatos seguidos.

—¿Cómo sabes eso?

Vuelvo su taburete hacia la posición original y el mío también.

—Trabajo en el mundo del polo, por supuesto que sé esas cosas.

No porque haya seguido tu carrera tan de cerca que necesitaba un microscopio para no perderme ningún detalle, no, eso no.

ROY VEGA SOLÍA CAERME BIEN.

Era buen tipo, gracioso por momentos, carismático seguro. Bastó con que conociera a Azul para que me entraran ganas de saltarle cada diente de su sonrisa perfecta.

Estamos en sus oficinas, el tipo trabaja en una de las petroleras más reconocidas de Texas, su despacho tiene la vista más privilegiada de Dallas, pero sus ojos están clavados en Azul, que está sentada a mi lado.

Sabe quién es, lo que no sabe es quién es para mí.

Ni cuánto me molesta esta situación.

—Como decía —aclaro la garganta buscando arrancar su atención de ella para ponerla en mí—, la yegua está siendo entrenada por Blas Young, tuve la suerte de ponerla a prueba y estará lista en poco tiempo.

Roy es un tipo de unos cuarenta años, casado, con dos hijas, esta actitud de reptil cachondo me está molestando inmensamente.

Sus ojos zafiro me encuentran como si fuesen la primera vez que me ve en el despacho.

—Estoy muy emocionado por tenerla, mi equipo —sus ojos vuelven a Azul— es pequeño todavía —explica como si a Azul le importara una mierda—, pero tenemos el incentivo suficiente para convertirnos en algo importante.

Ella le sonríe incómodamente y asiente, sin decir una palabra más.

Buena chica.

—Puedes venir a ver el progreso, siempre recomiendo a nuestros clientes que se relacionen con la yegua cuanto antes.

—No lo sé, depende, ¿estará Azul allí?

Mi ex me mira sin saber qué decir, pero puedo ver su incomodidad y el único hijo de puta que puede ponerla incómoda soy yo, joder.

—¿Puedes ir al coche? Olvidé un papel importante para Roy, está en el compartimento del medio. —Busco las llaves del Mercedes en mi bolsillo y se las entrego.

—Claro —responde levantándose inmediatamente.

Roy la sigue con la mirada hasta que cierra la puerta tras ella, luego suspira y vuelve a mí.

Parece sorprenderle mi mirada asesina y fija en él.

—¿Qué tan lejos estás dispuesto a ir, Roy?

—¿A qué te refieres?

La quietud del despacho se puede palpar.

—¿Darías tu vida por ella?

Roy une sus cejas, no comprende a dónde voy con la pregunta hasta que de golpe lo hace y esa confusión desaparece y se vuelve algo temeroso.

Traducción: ¿Estás dispuesto a morir por una mujer que apenas conoces? Porque eso es lo que ocurrirá.

—Oye, Walker… —levanta sus manos en rendición.

—Sí o no.

—No.

Le sonrío y finalmente volvemos a hablar del proceso de compra de su caballo de polo como si no acabara de amenazar su vida.

Cuando Azul vuelve, trae ese papel completamente innecesario en su mano, una vez sentada a mi lado lo deja cerca de mi mano y yo lo arrastro por la mesa hasta que Roy lo coge.

—Solo firma ahí para decir que estás de acuerdo con la fecha de entrega, Roy.

El magnate lo hace sin chistar y cuando termina estrecho la mano con él.

—¿Vendrás al rancho entonces, aunque no esté Azul? —Mi sonrisa falsa, mis ojos asesinos.

—Claro —carraspea—, estaré allí.

—Genial.

EL SÁBADO me levanto menos exigente.

Así que cuando llego a su casa a las nueve de la mañana, la encuentro despierta.

Por supuesto está desparramada en el sofá, mirando su móvil con ojos fastidiosos, al menos no lleva el pijama.

—Vamos... —digo por lo bajo—. Quiero presentarte a alguien.

—¿A quién? —cuestiona levantándose, recoge su pelo con una coleta alta, su camiseta se levanta un poco, enseñándome su estómago.

Imágenes pasadas de mi boca recorriendo cada centímetro de su piel aparecen, mis dedos clavados en su cadera..., *los gemidos.*

Instintivamente miro hacia otro lado, para que no lea mi rostro, sé que soy cristalino en situaciones como estas.

—Alguien que trabaja en mi rancho los sábados.

Jen es una mujer de unos cincuenta años, amiga de mi madre.

Se conocieron en una gala benéfica y mi madre descubrió que Jen tenía una organización sin ánimo de lucro donde impartía terapia ecuestre a pequeños y ancianos. Lamentablemente, el rancho donde llevaba a cabo estas prácticas cambió de dueño y convirtieron el lugar en un espacio turístico donde la gente puede alquilar horas de rutas a caballo, comidas caseras y hasta hospedaje.

Aquí es donde mi madre, sin mucho disimulo, relató cuán desafortunado fue lo que le pasó a Jen.

Así que hice la llamada y le ofrecí mi espacio los sábados, con la condición de que fuera solo por la mañana y que nadie entrara a mi casa u otras zonas privadas de mi propiedad.

Mi intimidad es primordial.

Jen estaba extasiada y aceptó sin ninguna queja, hace un año que todos los sábados da clases en diferentes turnos, comienza muy temprano y termina al mediodía.

Creo que se llevará muy bien con Azul.

Entramos a Rancho-A.

La piedra cruje bajo los neumáticos de la pick-up, mi brazo está apoyado en la puerta, la brisa de octubre entra por la ventanilla.

Miro a Azul de soslayo, su ventanilla también está bajada, su nuca apoyada en el respaldar del asiento y sus ojos cerrados.

No parece estar dormida, más bien relajada y debo admitir que me gusta ver cómo baja la guardia poco a poco.

Pasamos por el costado de mi casa y al fin la atrapo espiando con interés, todos estos días pretendió que no existía y sé que se muere por conocerla.

Es una lástima que nunca lo vaya a hacer, ya que ese territorio está prohibido para ella y cualquier otro ser humano.

Jen está dentro del corral.

Su alumno es un chico de unos veinte años que nació con trastornos del neurodesarrollo, el pequeño parece disfrutar muchísimo de su tiempo sobre la yegua.

Cuando apago el motor le cuento a Blue de qué se trata.

—Jen hace terapia ecuestre —explico mirándola con atención, sin embargo, los ojos de Azul están clavados allí—. Le presto el rancho unas horas los sábados, no suele tener muchos voluntarios por eso…

—Yo puedo ayudarla —dice desabrochando su cinturón de seguridad.

Debo recordarme que no tengo que sentirme victorioso, pero la sonrisa no se borra de mis labios.

Jen está ayudando al muchacho a bajar con la ayuda del padre, yo apuro mis pasos para sujetar a la yegua y alejarla un poco cuando lo sientan en una silla de ruedas.

—Astor, gracias —dice con su voz amable de siempre—. ¿Lo tienes? —le pregunta al padre.

—Sí, Jen, gracias, nos vemos el próximo sábado.

—Claro que sí —sonríe y saluda con su mano—. ¡Adiós Felipe!

Felipe la saluda con una sonrisa y luego saluda a la yegua.

Jen lleva un chaleco verde con unos pantalones oscuros, sobre su pecho cuelgan muchos collares que hacen ruido entre ellos. Ella es una persona mística que cree en las piedras que absorben energía y todas esas cosas.

—Jen, quisiera presentarte a Azul —digo empujando a Blue para que esté más cerca.

—Hola —dice tímidamente levantando una mano escondida en su cazadora.

Pero Jen no se anda con tonterías y le da un abrazo bien fuerte.

—¡Un gusto, Azul! —dice con una sonrisa brillante.

—Azul quiere ser voluntaria, así que, si necesitas una mano, ella puede ser una gran candidata.

Azul da un paso hacia atrás y yo la contemplo, liado.

—No creo poder interactuar con el caballo… —se defiende con un poco de temor, por eso cojo su muñeca y la atraigo a donde estaba antes.

—Azul tuvo un accidente, por eso prefiere mantener distancia, pero puede ayudarte con el resto de las cosas.

—No te preocupes —dice Jen enlazando sus manos—. Hay mucho trabajo que hacer que no involucra caballos, ¿quieres que te muestre?

Capítulo 30

Azul Atwood

En la noche del sábado siento que un camión me pasó por encima y luego metió reversa.

Estoy tirada en el sofá, comiendo un bol de ramen que descansa sobre mi estómago. En la televisión hay una serie que apenas sigo la trama.

Tengo la mente demasiado activa para concentrarme en solo una cosa, en solo un pensamiento.

El móvil suena y lo busco entre los cojines del sofá.

«Como te está yendo?»

«Oh, al fin me hablas, qué afortunada»

No puedo evitar responderle con resentimiento.

«Sabía que estabas enfadada conmigo...»

En vez de responderle, la llamo y lo coge inmediatamente.

—¡Por supuesto que estoy enfadada! ¡Le diste las llaves de mi casa a un desconocido!

—Ay hija, no es un desconocido, ¡es tu amigo!

Ya no es mi amigo, no es mi novio, ni amante.

—No tenías derecho a hacerlo.

—Puede ser que haya sido una medida drástica, pero mira, sales de tu casa todos los días.

Eso no equivale a dejar de sentir depresión.

Podría estar riendo en el suelo sin control y, aun así, seguiría depresiva. Pero mi madre parece no entenderlo y ya no tiene sentido que siga intentándolo.

Suspiro pesadamente y apoyo la cabeza en el respaldo.

—¿Cómo estás, mamá?

—Oh, ya sabes, ocupada, ocupada, ocupada.

¿Haciendo qué? Quiero preguntarle, *si tu única actividad está pasando por una recesión en este momento.*

—Me alegro.

—Solo quería comprobar que estaba todo bien, ¿necesitas que te lleve a las citas la semana que viene?

Cierro los ojos.

—No, no, iré en Uber, no te preocupes.

—Excelente, bueno, debo irme, si me necesitas estoy…

—A una llamada de distancia, lo sé.

Odio los domingos.

Son días terribles para personas como yo, no hay nada que hacer, no hay energía y no hay Azul.

Me despierto tarde, lo suficientemente tarde como para que a Astor le dé un ataque, sin embargo, nada me detiene.

Anoche, durante mi búsqueda interminable en Netflix, vi que hay una nueva película romántica sobre un tipo que se enamora de su vecina, quizás la vea en algún momento del día, si es que no trae como consecuencia una inmersión extrema por no tener nada de todo ese amor mostrado en la pantalla. Por el momento, me tiro en el sofá y cojo el móvil para ver esos videos de ocho segundos que arruinan por completo mi concentración.

Oye, es sonido y gente hablando, suficiente para mí, aparte, eso es mucho mejor que el silencio de mi casa.

De manera inesperada, un mensaje llega a mi móvil e interrumpe el video de la mujer que pretende horriblemente ser un robot.

«¿Qué soñaste anoche?»

Astor Walker tiene mi número, por qué no me sorprende.

Su pregunta hace que intente recordar.

«Soñé que me graduaba del colegio y que todos mis compañeros tenían una llave para poder atravesar una puerta que solo se abría con una llave única que tenía cada uno. Por alguna razón no encontraba la mía.»

«¿Nunca pudiste entrar?»

«No, lo único que recuerdo del sueño es buscarla desesperadamente y no encontrarla nunca.»

La aguda frustración del sueño se traslada a la vida real y me enfado al recordar cómo buscaba frenéticamente por todos lados esa estúpida llave.

Acomodo el cojín bajo mi cuello y posiciono mis brazos para poder responderle más cómoda.

«¿Por qué crees que soñaste eso?»

«No lo sé, se lo podría contar a mi psicóloga.»

«Yo no tengo un título de psicología, pero creo que lo que ocurrió en tu sueño es que crees que todo el mundo avanza en la vida menos tú.»

Uno mis cejas mirando la pantalla.

El cursor titila esperando que escriba algo en respuesta, pero no tengo nada, porque creo que tiene razón.

Mi silencio hace que Astor vuelva a escribir.

«Y eso que sientes es algo pasajero, no te sentirás así toda la vida, la pierna no dolerá para siempre, tu miedo algún día desaparecerá.»

«¿Y si no lo hace?»

«Lo hará, yo me encargaré de que eso ocurra.»

Lo que Astor no sabe es mi otro problema, el que en realidad causó este sueño. Ayer descubrí en Instagram que una compañera de colegio está embarazada y eso me recordó quién no lo estará nunca.

Según él, creo que todos avanzan menos yo, pero quizás no sea mi carrera lo que me haga sentir así, sino mi necesidad por ser madre.

Saber que es probable que nunca ocurra hace que quiera gritar.

Llorar.

Patalear.

«¿Qué pasa si no es algo que se pueda cambiar?»

«¿Qué quieres decir?»

Tomo aire y miro al techo, preguntándome si es buena idea confesarle algo que no le he confesado a nadie.

Los minutos pasan y todavía contemplo una respuesta, pero Astor no me da tiempo y el móvil suena de golpe con una videollamada. El chillido en el silencio hace que el móvil salte por los aires.

—¡Joder!

La cámara se enciende cuando estoy buscándolo en el suelo, el ángulo que Astor ve es el de mi cara embobada, con todos los pelos alocados, doble barbilla y un pijama desbocado.

Ah, la mancha de helado de chocolate en el pecho también se ve.

—¿Qué quieres decir, Azul?

¿No hay comentarios sobre mi apariencia? Genial.

Pretendamos que nada ocurrió entonces.

Acomodo el pelo y subo la cámara para buscar un ángulo mejor.

—Nada, no importa.

—No, dime. —La imagen de fondo es un color plano, blanco, una vez más, Astor es celoso de su espacio personal.

Maldición.

Niego con la cabeza.

—No quiero decirlo en voz alta —confieso.

Se hace real.

Palpable.

Un hecho.

—Está bien —acepta—. ¿Qué estabas haciendo?

Recorría una espiral de pensamientos tóxicos que terminan haciéndome más daño que el golpe que terminó con mi carrera.

—Viendo una película —miento—, ¿tú?

Sus ojos escrutan mi imagen durante algunos segundos antes de responder.

—Finalmente me toca descansar después de haber soltado los caballos por el rancho. Muéstrame la película que estás viendo.

Oh no.

—¿¡Para qué!? No es tu estilo de película.

—Quizás la vea, Blue. Muéstrame.

—La quité hace unos minutos.

Astor no me cree y no oculta el sentimiento.

—Quiero que pongas una canción, Blue, la enviaré por aquí.

Su dedo se mueve por la pantalla.

—No, Astor, no estoy para escuchar música.

—Me hizo acordarme de ti —confiesa en el momento que llega un enlace azul al móvil.

Y sabe que eso despierta intriga, por supuesto que lo sabe.

—Bueno, después la escucho.

—No, ahora, Blue, quiero saber si te gusta.

Bufando abro el enlace y lo envío a los altavoces de la casa.

Hace meses que no escucho música.

La canción se llama *Dog Days Are Over* de Florence + The Machine.

Y en el momento que pulso el play, la puerta se abre y entra Astor con el móvil en su mano. Termina la videollamada.

—¿Qué haces aquí?

—Escucha la música, Blue.

La canción comienza con una melodía rítmica y la voz de una mujer armónica y tranquila comienza a cantar.

Astor se detiene frente a mí, que sigo en el sofá, y se cruza de brazos, analizando mi reacción.

No voy a mentir, estoy nerviosa por la letra, qué dirá la mujer que…

Aplausos rítmicos suenan de fondo y cierro los ojos cuando siento que la música comienza a llenarse de energía y penetra mi piel.

La batería constante marca el pulso de la canción, y puedo sentir mi corazón latir al compás.

La letra resuena en mi mente, y encuentro consuelo en su mensaje de superación y renovación. Cada palabra habla de dejar atrás los momentos difíciles, como si los «días de perros» hubieran quedado en el pasado, y me siento inspirada por la promesa de un nuevo comienzo. La voz de Florence, llena de pasión y fervor, parece tocar mi alma y me llena de ilusión.

Mientras escucho la canción, una sonrisa se forma en mis labios, y una sensación de alivio y optimismo me envuelve por completo.

Cuando abro los ojos, Astor sonríe y estira la mano para que la sujete.

La canción hace una parada silenciosa de dos segundos y cuando comienza de nuevo, empezamos a bailar sin sentido y sin vergüenza.

Yo sobre el sofá y Astor en el suelo a mi lado, moviendo la cabeza hacia un lado y otro, los brazos también, sin importarle un comino el ritmo o las apariencias.

La energía que siento inunda mi cuerpo y siento que quiero chillar y festejar y sonreír.

Extraño sentirme así, extraño sentirme feliz.

Astor me lleva al suelo y la canción comienza otra vez, él canta sobre la voz de Florence y yo poco a poco la repito como si me supiera la letra de memoria.

Los días de perros se acabaron.

Los días de perros ya terminaron.

Y lo creo.

Lo siento.

Y Astor sonríe y baila conmigo hasta que los dos quedamos sin aliento y nos desplomamos en el sofá en el momento que la canción termina.

Capítulo 31

Astor Walker

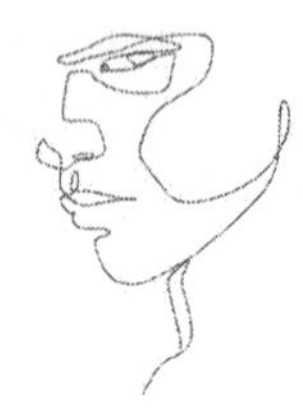

Luis Castillo aceptó mi oferta.

Claro, no es ningún idiota, no solo lo invité a pasar tiempo en mi rancho, sino que le compré un vuelo en primera clase y se hospedará en la cabaña, lugar que mandé a construir hace unos años para no tener que lidiar con los familiares que quieran pasar tiempo en mi rancho.

Meramente Bernardo.

Intenté convivir con él una vez, pero su energía positiva y sus comentarios sobre cuán «bajo vibro» me enervan.

Por ende, cabaña.

Nada muy lujoso, simplemente un lugar agradable, para que el invitado no desee entrar a mi casa.

La puerta cruje cuando entro, porque la última vez que la abrí fue hace exactamente un año, cuando Bernardo me hizo una visita sorpresa.

Azul viene detrás de mí y se queda con la boca abierta bajo el marco.

—¿¡Y no vives aquí?!

Mis cejas se unen en confusión.

—Es mi cabaña de invitados.

—Sí, pero... es increíble.

Su mirada cada día deja de ser un poco menos neutra y de golpe tiene expresión, a veces es enfado, otra es calma, ahora está impresionada y eso es difícil de lograr con esta mujer.

La pregunta inevitable en este momento es si mi casa le provocaría la misma expresión y por qué me genera tanta intriga.

Nunca lo sabré porque nadie entra allí, excepto mis padres, esporádicamente.

La cabaña es mediana, de techos altos, paredes de piedra, grandes ventanales y, según mi madre, una «decoración extraordinaria» ya que la eligió ella.

Sí, el lugar es acogedor, tiene una chimenea en el salón que puede ser muy seductora en las tardes de invierno, una cocina completamente equipada, dos habitaciones y dos baños.

Pero como nadie vive aquí, la utilizo como almacén cuando mi negocio se desborda.

—Mi madre te agradece el cumplido —digo mirando a mi alrededor, intentando ver todo desde los ojos de Azul—. Ven.

Una de las habitaciones tiene cajas y cajas de papeles, trámites, ventas, inspecciones veterinarias... Cosas que no tiene sentido seguir guardando.

—No mentías cuando dijiste que necesitas ayuda.

—Nunca miento —digo mirando sobre mi hombro, ella se asoma detrás de mí—. Necesito esta habitación presentable cuanto antes.

Azul mira a su alrededor, puedo oler el chiste que quiere formular y duda si decirlo o no.

—¿Por qué? ¿Tienes visitas? —su cara de pícara hace que quiera gritar por todo lo que le provoca a mi pecho.

Pero no lo hago, mi rostro se mantiene estoico.

—Sí.

—Es una...

—No, no es una chica, madura de una vez, Azul —digo entrando a la habitación.

¿Cómo se atreve a hacer chistes sobre mi vida romántica? Ella..., de todas las personas, es la que más debería mantener la boca cerrada.

Porque... porque no... no tengo nada que decirle, ni tampoco quiero que lo imagine, al igual que yo no conjeturo sobre cómo es su vida romántica ahora.

No quiero saberlo.

No quiero saber si tiene un amor perdido, si se enamoró de alguien después de... de nosotros.

Porque sé muy bien mi respuesta.

Cojo una caja y cuando volteo la analizo, busco algo en ella, no sé exactamente qué, ¿algo que me dé esa respuesta? Algo que muestre el paso de otros amantes... o novios sobre su cuerpo, en su mirada.

Nada, por supuesto que no hay nada, joder Astor, en qué te has convertido.

Azul asiente con cuidado, quizás demasiado consciente de mi repentino mal humor y se aleja de mi camino cuando paso por su lado.

Segundos después viene con una caja en sus manos.

—Todo lo que tenga fecha de hace más de tres años puedes tirarlo a la chimenea, lo que necesito es sobre los últimos dos.

—¿Y dónde dejo las cajas que sirven?

—Yo las recogeré más tarde. —Hago tres viajes a la habitación y dejo las cajas sobre la mesa del comedor.

Azul me sigue, haciendo lo mismo en un silencio insoportable.

Mi temperamento explosivo una vez más sale a relucir, no debería haberle gritado.

Mucho menos pedirle que madure, cuando fui yo quien reaccionó mal ante un comentario inofensivo, joder, probablemente lo que en realidad me molestó fue que hablara de compañeras románticas sin querer arrancarles las cabezas como probablemente yo lo hubiera hecho con los suyos.

Joder.

—Luis Castillo —finalmente digo—. Él es quien viene a pasar un fin de semana en mi rancho.

Azul levanta esos ojos caramelo.

—¿El criador de caballos?

—El mismo. —Me cruzo de brazos y me apoyo contra la mesa—. Estoy esperando que me venda un embrión.

La mandíbula de Azul se cae en conmoción y me acerco a ella para cerrarla con el índice.

—¿Tendrás la famosa yegua de Luis? —dice como si se conociesen.

Me molesta un poco, solo un poco, como aquellas botas que compré el verano pasado que no dan de sí y me hacen heridas en los pies cuando las uso.

Ese tipo de molestia.

—Eso intento, pero el muy perro se hace el difícil, dice que tiene que pensarlo bien.

—¿Por qué?

—Tiene esa filosofía de que solo le vende a personas que él considera «aptas». Aparentemente, yo soy un caso dudoso.

Azul piensa durante unos segundos y saca una conclusión.

—Eres demasiado frío.

Una conclusión errónea.

Abro mis brazos y los golpeo en mis muslos con irritación.

¿Otra vez con eso? Blas me dijo lo mismo.

—¡Soy estadounidense, somos naturalmente fríos! —me defiendo con exasperación.

—No... tú eres un poco más frío que los demás, ¿lo traerás aquí para que vea quién eres?

—Era la idea, sí.

Azul se ríe, ocultando su boca bajo su mano.

No se me escapa su sonrisa y no me molesta que sea a mis expensas.

—Oh Dios..., necesitarás mucha ayuda.

Señalo a mi alrededor con rabia.

—¡Esto es ayuda! Ayúdame a dejar este lugar en condiciones.

Azul se levanta de la mesa, acomodando su pierna para no dejar caer el peso sobre ella.

—No, esto es organizar, necesitas otro tipo de ayuda, a tu madre, por ejemplo, ella siempre hechiza a todo el mundo con su sonrisa.

Suspiro, considerando su idea.

—Por el momento enfoquémonos en hacer este lugar habitable, luego lo demás.

No le pedí permiso, pero cuando me fui de la cabaña dejé la música encendida.

Después de la liberación que vivió con Florence + The Machine, entendí que la música es algo fundamental para enriquecer el alma de Azul.

Y eso pienso hacer.

Me dio tranquilidad saber que cuando volví dos horas después seguía sonando.

Sospecho que su peor enemiga es su propia mente y distraerse quizás sea la terapia perfecta.

Como esperaba, la chimenea está encendida, los papeles quemándose silenciosamente con una llama cálida, ella parece estar muy concentrada en el trabajo y no se da cuenta de que estoy en la misma habitación que ella.

Después de tantos años distanciados sigue sorprendiéndome verla aquí, en mi territorio, pero al mismo tiempo pareciera que es un día más de los días eternos que solíamos pasar juntos.

Es fácil extrañar esos días, ya que no hubo nada en mi vida a partir de ese momento que se asemejara a esos grandes momentos de libertad, de romance y pasión.

Detesto eso.

Detesto que la persona que más me hirió en esta vida, haya sido la que más felicidad me dio.

Hago mi presencia evidente cuando camino haciendo ruido de más con mis botas sobre el suelo de madera hasta el frigorífico, cojo dos botellas de agua y dejo una delante de ella, me siento enfrente y colaboro con la quema de papeles.

Nadie dice nada y es como escuchar una canción que escuché mil veces, conozco el acorde, el ritmo.

Todo con ella es tan sincronizado que inclusive el silencio parece unirnos.

Niego con la cabeza al recordarme quién es Azul y qué le hizo a mi vida.

La destruyó.

La convirtió en algo insignificante cuando me di cuenta de que mi vida no iba a construirse en torno a ella.

—No, ¿qué? —pregunta.

Cuando levanto la mirada, la encuentro observándome.

—¿Eh?

—Moviste la cabeza negativamente.

Joder, Astor.

—Estaba pensando en trabajo —miento.

Ella asiente y sigue leyendo las fechas de las hojas desparramadas sobre la mesa. Mis ojos pasean sobre ella un poco más, sintiéndome culpable por mentirle.

No debería mentirle a alguien que está confiando en mí.

Estoy a punto de abrir la boca para confesarme cuando me interrumpe.

—Mañana no podré venir.

Cojo el agua y le doy un trago como un hombre sediento.

—¿Y por qué no?

Mi tono resentido hace que se enfoque en mí.

—Tengo sesión de kinesiología y después terapia.

—¿Con Jessie?

Une las cejas, probablemente sorprendida por mi memoria.

—Sí… con Jessie.

Asiento lentamente.

—Bueno, yo te llevo.

—No, Astor, cogeré un Uber.

—Los Uber son poco fiables —respondo a la defensiva.

—Bueno, se lo pediré a mi madre entonces.

—Tu madre no está en Texas —explico—, ergo, yo te llevo.

Sus cejas se profundizan un poco más y coge su móvil.

—¿Cómo que no está en Texas?

Encojo mis hombros.

—Mi madre dijo algo sobre un viaje a México, debe estar tomando margaritas en la playa.

Expectante espero su reacción.

Se siente traicionada, un poco dolida ¿y aliviada?

—¿Por qué tú sabes esto y yo no? ¿No debería haberme avisado?

Sí, debería, pero Claudia tiene un comportamiento ecléctico desde su divorcio.

—Lo importante aquí es que acabo de ganar esta conversación…

Azul resopla irritada, se levanta de su silla y camina directamente hacia la puerta.

Su velocidad no es supersónica, por eso llego a ella antes de que toque el picaporte de la puerta.

—Azul…

Oculta su rostro, dejando caer su pelo hacia los lados de la cara, por eso tomo su barbilla para que me mire.

—Astor, déjame en paz.

Las lágrimas caen todas de golpe por su rostro y quita mi agarre violentamente, limpiándolas.

—¿Por qué te avergüenza llorar?

—No quiero verte regocijarte —gruñe intentando abrir una vez más, lo logra, sin embargo, cierro la puerta de golpe—. Joder Astor, déjame ir.

—¿Crees que me alegra verte llorar?

Eso la enfurece aún más por alguna razón.

—¿No es lo que quieres ver? ¡Azul Atwood, rota, maltrecha y deprimida! —mueve sus brazos pretendiendo plasmar el título del periódico en el aire—. No sé por qué todos conspiran contra mí ¡en vez de dejarme en paz!

—¿Conspirar? —repito—. ¡Estamos intentando ayudarte!

—No quiero tu puta ayuda —dice en mi rostro, nunca vi sus ojos tan llenos de ira—. Ni tu tiempo, ni tu estúpido trabajo, abre la puerta.

Obviamente ignoro su petición.

—Dime algo bueno que haya ocurrido. —Mi frase la descoloca—. Algo, lo que sea, una victoria.

Esta no es ella, lo sé, es un reflejo por sentirse tan vulnerable de golpe.

—Dios... —pasa la mano por su pelo y mira al suelo—. No quiero hacer esto, Astor.

—Dame el gusto, dime una victoria, por más pequeña que sea.

Por un segundo creo que no lograré romper ese muro repentino, pero luego susurra:

—Comencé mi rutina facial, otra vez.

Sujeto sus brazos y los aprieto con cariño.

¡No tiene idea de lo aliviado que estoy por escuchar eso!

—Eso es una gran victoria —sonrío.

Ella analiza mi boca curiosa por mi repentina alegría, debo estar sonriendo y eso quizás la asuste después de tanta quietud en esa zona de mi cuerpo.

—No lo es, es patético, hace meses que no...

—Blue, es gigante, ¿cómo te sentiste después?

—Bien, supongo.

—Me conformo con «bien», bien es todo.

Capítulo 32

Azul Atwood

Astor se detiene en seco cuando me ve en la mesa de la cocina, desayunando, con la ropa deportiva que necesito para mi sesión y cara de «estoy esperando hace rato».

—Debo estar soñando porque esto no puede ser real. —Comienza a pellizcarse el brazo derecho.

Hago un gesto de fastidio.

—Imposible quedarme dormida con esa alarma. Por cierto, no era necesario poner el sonido de *La Purga* para despertarme.

Casi me aferro al techo cuando comenzó a sonar.

—Claramente fue efectiva, mírate, despierta y lista para mí.

La frase me desencaja y creo que a Astor le pasa lo mismo por la inesperada incomodidad entre los dos.

No debo ser la única que recuerda esa frase en situaciones acaloradas, con mis piernas abiertas y los ojos lascivos de Astor sobre mí.

Acomoda su garganta nerviosamente y mira a cualquier lado menos a mí.

—¿Vamos?

Sí, por Dios.

Una vez que el coche tiene la dirección en el GPS, Astor sube el volumen de la radio, la canción es alegre, *About Damn Time* de Lizzo según la pantalla. Y mi mano golpea el muslo disimuladamente al ritmo de los graves.

Ir a la sesión se siente como un obstáculo cuando solo en estos últimos días hice más ejercicio que en los últimos cuatro meses.

Cuando llegamos, Astor apaga la pick-up y hace el amago de bajar.

—¿Qué haces?

Él mira confundido hacia mí y luego a la puerta del consultorio.

—Te acompaño.

—No... —Me muero si Astor me ve haciendo todos esos ejercicios. Una cosa es mi madre y otra completamente distinta es...

—Sí, vamos Blue. —Ignorando mi plegaria de que se quede aquí, baja y me espera en la puerta ansiosamente.

Saco todo el aire de mis pulmones y cuento hasta veinte antes de abrir la puerta y comenzar con esto.

Astor espera donde mi madre solía esperar, a unos metros de la zona de estiramiento, eso es normalmente el final de la sesión donde Jessie se enfoca en mis músculos.

La diferencia entre mi madre y Astor es que Astor no me quita los ojos de encima y yo me voy sintiendo más incómoda cada minuto.

Jessie me atrapa observando a Astor de soslayo y se ríe disimuladamente.

—¿Siempre da esa vibra? —pregunta por lo bajo mientras estira mi pierna con cuidado, me sostengo de la camilla para no perder el equilibrio.

—¿Qué vibra?

—La del alfa cuidando su posesión.

Observo a Astor una vez más, según mis ojos parece aburrido.

—No creo que sea eso lo que esté haciendo.

Jessie se ríe.

—Yo creo que estoy pensando en cómo estirar tus músculos sin tocarte, Azul. Tu novio es intenso.

Y, aparentemente, tiene un oído biónico porque Astor se ríe por lo bajo con una expresión astuta en su hermoso rostro.

—Es… un amigo.

Jessie detiene el movimiento y levanta sus cejas hasta la línea del pelo.

—Claro que sí —dice ignorándome—. Puedo sentir lo flexibles que están los músculos, se nota que hiciste los ejercicios esta vez. —Asiento, recordando a Astor obligándome a estirar en el rancho, la cantidad de pasos por día y todo lo que hago en general, que es mil veces más movimiento del que hacía en mi casa.

Lo espío una vez más, esta vez está distraído con su móvil, gracias a Dios puedo darme el lujo de ver a este hombre, ya no es un adolescente y sus hombros lo demuestran, sus piernas son muy anchas y esa mandíbula, ¿en qué maldito momento consiguió esa mandíbula de superhéroe?

De todas maneras, bajo todo ese cuerpo, músculos y barba, puedo encontrar rastros de mi amigo.

—Alguien me estuvo ayudando… —digo pensativamente.

Como si él me sintiera, levanta la mirada y la conecta conmigo.

Es como vernos de nuevo, con otros ojos, con otra intención. El cambio no es solo mío, sino de él también.

Es como si pudiéramos ver a través del otro, como si nuestras respiraciones encajaran.

Mi estómago reacciona como lo hacía antes, una sensación que no volví a vivir en mi vida.

Emoción, un factor sepultado en lo más profundo de mi mente.

Astor une sus cejas y se levanta.

Oh, Dios, oh, Dios, ¿qué va a hacer?

Se detiene a nuestro lado y levanto la cabeza para mirarlo con miedo a los ojos.

Su energía es diferente a la de esta mañana.

—Jessie… —dice poniéndose una máscara relajada y amable—. ¿Crees que podamos acabar unos minutos antes hoy? Tenemos otro compromiso inmediatamente después de esta sesión y vamos con el tiempo justo.

¿De qué habla? Si la doctora Tess está a tan solo unos minutos de aquí.

Jessie le sonríe.

—Claro que sí —me mira—, si sigues a este ritmo puede que te dé de alta Azul.

Le sonrío y luego a Astor, que me mira con cierto orgullo en sus ojos.

—TENÍA hambre y me pareció que tú también la tenías.

Oh...

Lo miro de soslayo, él tiene los ojos pegados al camino, pero una media sonrisa diabólica está forjada en sus labios. ¿A qué tipo de hambre se refiere? ¿Y por qué me siento tan desnuda en este momento?

En la cafetería nos sentamos en una pequeña mesa redonda, yo tengo una taza humeante entre mis manos y él un café en un vaso de cartón.

Definitivamente no hablaba de hambre antes porque luego dijo que no quería desayunar tan pesado, yo dije lo mismo, sin embargo, hay un muffin entre los dos.

—Tu cumpleaños está al caer —dice mientras rompe un pedazo y lo lleva a la boca.

No sé por qué me sorprende que lo recuerde, si yo recuerdo el suyo todos los malditos años.

—¿Ya? —pregunto mirando la fecha en el móvil.

—Hoy es diez de octubre, faltan veinte días exactos. —Cuando sus ojos se posan en mí se siente la misma familiaridad de siempre.

Como si fuese un cumpleaños más de los veintiocho que pasamos juntos.

Asiento y robo un pedazo de ese muffin para ocultar todo lo que me provoca esta conversación.

Cuando me lleno la boca, Astor me mira con cara de pocos amigos, entendiendo perfectamente lo que acabo de hacer.

—¡¿Qué?! —pregunto con la boca llena, una miguita sale volando y le pega directamente en la frente.

La risa que sale de mí es tan explosiva que mil migajas más vuelan al mismo tiempo por la mesa, me cubro con las dos manos para detener el daño, pero ya está hecho.

Astor sonríe conmigo y cuando ve cuán tentada estoy me sigue en el camino de una risa sin control.

Hacía años que no me reía así, y tengo la sensación de que Astor está pensando lo mismo que yo.

CAPÍTULO 33

ASTOR WALKER

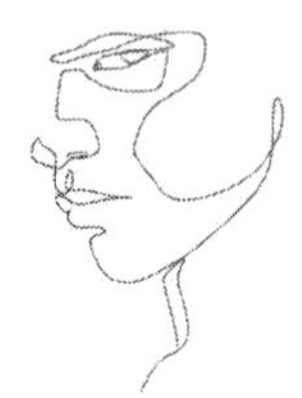

Azul todavía no se acerca a los caballos. Sin embargo, encuentra maneras ingeniosas para ayudar a Jen en sus sesiones del sábado por la mañana.

Parece fascinarle las técnicas y Jen le explica cosas para entender más allá de la psicología.

Parece reencontrarse con el amor que solía sentir por los caballos, pero a una distancia prudente.

Por momentos veo añoranza en su mirada y me pregunto si necesita un empujón para volver poco a poco a lo que era.

Los niños la adoran, solo unas pocas sesiones y ya todos la llaman por su nombre.

Los adultos que vienen, que no son la mayoría, la tratan con respeto y escuchan sus consejos si es que tiene alguno para dar.

¿Cómo sé todo esto? Porque la contemplo, y en estas pocas semanas evolucionó tanto que mi admiración por ella crece cada días.

Lo sé, lo sé, es un secreto.

Disimuladamente camino a un lado del corral. Azul está apoyada en la cerca de brazos cruzados viendo cómo una señora de al menos ochenta años pasea con una yegua mansa.

—Parece disfrutar mucho el momento —digo sobre su hombro haciéndola saltar en el lugar.

—¡Astor! —chista por lo bajo—. Siempre te gustó asustarme...

Es verdad.

—Y siempre te asustabas. —Levanto un poco mi sombrero y apoyo mis codos sobre la cerca, mientras miro a Jen llevar a la yegua desde las riendas, conversa con la señora de algo que no llego a oír—. ¿Sabías que llevo la cuenta de las veces que me caí de un caballo?

Ella mira de soslayo con una expresión incrédula.

—Imposible, fueron demasiadas.

La empujo un poco mientras los dos sonreímos.

—Trescientas cuarenta y siete.

—¿Alguna vez te hiciste daño? —Sus ojos vuelven a Jen.

—Una vez caí sobre una roca, me di en la cabeza y tuve una contusión durante una semana, andaba balbuceando palabras como un borracho.

—Te conozco borracho, debió ser difícil entenderte.

—Siempre he tomado las mejores decisiones estando borracho. —El pensamiento se me escapa y me reprimo por dentro porque no tenía planeado confesar eso.

Azul se gira y comienza a abrir la boca para decir algo, pero la interrumpo.

—Aquí viene Jen —digo advirtiendo la presencia del caballo.

Ella vuelve a mirar y se aleja un poco.

—Déjame ayudarte —digo, y escapo una vez más de un desastre a punto de ocurrir.

CUANDO VUELVO A ENCONTRARLA lista por la mañana sonrío.

Si ella pudiera ver cuán rápido progresa no lo creería.

—Dime algo bueno que haya ocurrido ayer.

Azul piensa con su dedo índice sobre sus labios.

—Hace varios días que conseguí mantener una rutina antes de irme a dormir.

Me siento en la silla frente a ella en su cocina monstruosa.

—Dime más.

—Bueno, cuando llego me doy una ducha *—no pienses en ella desnuda bajo el agua idiota—*, hago mi pequeña sesión de cremas y luego preparo la cena, aunque no tenga hambre.

—Interesante, ¿quizás algún día puedas hacerme algo para comprobar tus habilidades culinarias?

Azul se siente aturdida ante comentarios como esos, no hay duda de ello, porque no es la única, ¿desde cuándo flirteo con ella tan abiertamente?

—Algún día, quizás. —Sonríe y con solo esa sonrisa se me olvida todo lo que estaba pensando—. La gente dice por ahí que eres tú quien cocina bien.

—«La gente» es mi madre y no cuenta —me defiendo—. Pero me gusta cocinar.

Cocinar fue una buena escapatoria en estos años sin ella, me mantuvo entretenido, ocupaba mi miente.

—¿Podrías enseñarme? —Sus ojos parecen convertirse en los de Disney, grandes, adorables y tiernos.

Cada fibra de mí se traba, impidiendo que me levante y la coja entre mis brazos.

—No lo sé, intenté enseñarte a conducir y casi nos cuesta la vida.

Ella arroja un paño y yo lo atrapo frente a mi rostro.

—Cuando quieras, Blue.

Lo que no digo es:

Estoy a tu disposición.

Estoy aquí.

No quiero irme.

No pienso hacerlo esta vez.

Capítulo 34

Astor Walker

—No estés nervioso —susurra Azul a mi lado.

Estamos esperando a Luis en la terminal de vuelos internacionales en el aeropuerto Dallas- Fort Worth. Azul tiene razón, pero más que nervios es impaciencia lo que siento. Las personas a nuestro alrededor miran ansiosamente hacia el área de llegadas, esperando con expectación la aparición de su ser querido. Algunos se balancean de un pie a otro, mientras otros se ponen de puntillas para tratar de ver a través de la multitud.

—No estoy nervioso —respondo un poco iracundo, juego con el reloj, girando sobre mi muñeca. Cuando miro hacia abajo, Azul tiene una ceja arqueada—. Simplemente quiero que salga todo bien, esto es importante para mi carrera.

Ella pasa su brazo por debajo del mío y le da palmaditas.

—Todo saldrá bien —dice con confianza, sin embargo, no son sus palabras lo que me dan una sensación de calma, sino su mano, envuelta en mi brazo.

Hace varios días que siento su cercanía física, al principio Azul mantenía distancia, pero ahora…

Apoyo mi mano sobre ella.

—Gracias… —susurro y ella me da una sonrisa tímida que hace

que me plantee la existencia del destino en la vida del ser humano en menos de un segundo.

¿Cómo puede tener tanto poder un ser tan pequeño como ella? ¿Cómo puede dictaminar mi humor con solo un gesto?

—¡Walker! —escucho a Luis a lo lejos, camina hacia nosotros con una pequeña maleta.

—Sonríe... —susurra Azul apretando mi brazo y eso hago.

—¡Luis! —Me alejo un poco de Azul a regañadientes, para darle un abrazo de esos de «macho», con golpes en la espalda y una dominación indirecta—. ¿Qué tal el vuelo?

—Una maravilla. —Sonríe y luego mira a mi lado—. ¿Azul Atwood? ¡No me dijiste que erais pareja, Walker! —Me empuja amistosamente.

¿Qué?

—No, nosotros...

Castillo le da un abrazo fuerte a Azul y ella me mira aplastada contra su pecho preguntándome con la mirada qué coño decir.

—¡Con razón! Ahora lo entiendo todo —dice dejándola respirar—, ¡el día del accidente su amigo casi le hace un placaje para evitar que se lanzara al campo!

Oh, joder...

Azul vuelve a contemplarme con una sonrisa tensa y yo asiento disimuladamente pidiendo por favor que le siga la corriente.

—Ya sabes cómo es Astor... —dice ella sonriendo falsamente—. Debes estar cansado Luis, déjame ayudarte con la maleta.

Cuidadosamente la quita de sus manos y le enseña el camino al coche.

Yo, por dentro, maldigo en todos los idiomas que sé y los sigo mientras hablan entre ellos.

Luis se sienta delante, mientras que Azul lo hace detrás de mí, mis ojos se disputan entre la autopista y el asiento trasero.

Nunca le dije que estuve ese día y no era esta la manera en que quería que se enterase.

Pero Azul no demuestra absolutamente nada.

—Dime Atwood, ¿cómo te encuentras tras ese nefasto accidente?

—Mejor, todavía tengo mucho que recuperar.

—Estoy seguro de que Walker te acompaña en el proceso, ¿no? —Vuelve a golpearme el hombro con el puño y le sonrío sin mostrarle los dientes—. Es innegable que cuando se le mete algo en la cabeza no puedes quitárselo.

—Lo sé —responde ella con un tono cómplice—. Él siempre me ayuda con todo.

Diviso su reflejo en el espejo, buscando su mirada.

Esto acaba de empezar y ya es una tortura. ¿Y cómo demonios asumió Castillo que Azul era mi pareja? Y, ¿qué coño hago ahora para explicarle que fue un malentendido?

Joderrrrr.

¿¡Por qué me pasan estas cosas!?

AZUL DESLIZA la maleta de Castillo por el porche de la entrada de la cabaña mientras Luis observa mi rancho.

En la laguna frente a la cabaña nada una familia de patos con la madre a la cabeza, se pierden dentro de las ramas del sauce llorón que descansa a la orilla de la laguna, creando una imagen de paz, pareciera que es todo un montaje hecho a propósito como en la película *El show de Truman*.

La brisa fresca de otoño mueve los árboles mágicamente y a lo lejos puedo escuchar el galope de una de mis yeguas.

—Esto definitivamente me da una perspectiva nueva, Walker —explica—. Estoy ansioso por aprender todo sobre este lugar.

—Cuando estés listo, creí que querrías descansar un poco después de tantas horas de viaje.

—Ah, eso es verdad… —acaricia su pecho—, este cuerpo ya no es lo que era.

Me río pretendiendo entender el chiste que seguramente mi padre sí comprendería y le enseño la cabaña.

—Azul está dentro, ella te enseñará todo lo que necesitas —digo mientras lo acompaño a su habitación.

Azul sonríe como nunca y le da un tour por la cabaña, puedo escuchar a Luis hablar de lo hermosa que es la casa y Azul le comenta cuáles son sus detalles preferidos.

Creo que nunca la escuché charlar tanto.

Cuando los dos nos retiramos prometemos volver a buscarlo para almorzar en la pérgola.

Fue idea de Azul preparar un almuerzo pintoresco para ver a los caballos entrenar.

Zach y Daniela tienen absolutamente prohibido decir algo sin sentido y Blas tiene la obligación absoluta de contestar todas las preguntas de Luis mientras sean respuestas que me hagan quedar digno de un embrión.

Azul está dándole los toques finales con flores y hojas verdes en el centro de la mesa.

—¡Deja de mirarme así! —se queja por lo bajo.

—Esto es un desastre Blue, le estamos mintiendo en la cara.

—Lo sé… —dice acomodando un tenedor simétricamente—, ya encontraremos la manera de decirle que fue un malentendido, no te preocupes por eso. Ahora ve a buscarlo que aquí estamos listos.

Azul aplaude para llamar la atención de los otros tres y a medida que me alejo la escucho gritar una orden.

—A partir de este momento somos personas cuerdas, ¿entendido?

Me río por lo bajo y voy en búsqueda del hombre que tiene mi futuro en sus manos.

Capítulo 35

Azul Atwood

Luis se sienta en la cabecera porque quiere que «la pareja» se siente junta.

Los dos aceptamos sin decir más y Blas nos mira con sospecha, pero lo pateamos por debajo de la mesa para que no diga ni una palabra.

—Dallas es hermoso, no sé por qué tenía otra imagen en la cabeza —dice Luis mientras corta en el plato la carne que Astor hizo.

—Suele pasar, la gente piensa en Texas como un desierto, pero eso es solo una porción ínfima en comparación con toda la tierra fértil que tenemos.

—Tú naciste aquí, ¿verdad?

Astor asiente y descansa su brazo en el respaldo de mi silla.

—Los dos, nacidos y criados en Dallas, en la vida de rancho.

Mis hombros se tensan de golpe, sin embargo, asiento y limpio la comisura de mis labios con una servilleta de tela.

—Nos encanta nuestra ciudad —añado buscando algo que decir—. No hay nada que no tenga, vida de rancho, cuidad, lagunas, es donde queremos estar.

—Definitivamente —agrega Astor dándome una sonrisa cálida y falsa, claro.

Luis nos escruta y nos señala con el tenedor.

—Astor, no tenías que sentirte obligado a tener nuestra reunión aquella vez en el campeonato, hubiese entendido que necesitaras estar con Azul —dice trayendo de vuelta ese comentario que hace que me atragante con la comida.

Astor le da palmaditas a mi espalda.

Él estuvo ese día...

No sé por qué me enfada tanto que no me lo haya dicho.

—Lo sé, pero sabía que estaba en manos de los mejores médicos, yo iba a ser un estorbo. —Retira su brazo y coge su copa de vino dándole un trago más largo de lo normal.

Luis me mira, esperando que yo colabore con la conversación.

—Es un código que tenemos. —Sonrío con cierta complicidad—. Imagínate, he tenido mil caídas, si Astor hubiese intervenido en todas le hubieran prohibido la entrada a las competiciones. —Me río y Luis me acompaña—. Lo importante es que estuvo después.

Dejo un beso en su mejilla y le sonrío dulcemente.

Astor parece atónito y con el codo lo golpeo disimuladamente.

—Oh, sí, verla caer me vuelve loco —explica.

—Lo recuerdo como si fuera ayer —dice Blas hacia el resto de la mesa—, tuve que detenerlo para que no entrara al campo... —Su sonrisa maligna se desparrama por su rostro—. Eso habla del tipo de amor que tienen entre ellos —le dice a Luis como si fuesen amigos.

Zach y Dani parecen estar viendo una película sin sentido y Astor va a explotar en cualquier momento, por eso dejo una mano sobre su pierna, no es para Luis el gesto, es para él, para que se tranquilice.

Lo que sea que esté pasando ahora lo podemos conversar después.

—Claramente —responde el invitado—. Esto cambia mucho, Walker, no creí que fueras un hombre de familia, o futura familia, en tu caso.

Astor coloca una mano sobre su pecho, agradecido.

—Mi padre me inculcó el valor de la familia desde que era muy pequeño —dice sujetando mi mano—. Debo agradecerle a él por todo lo que tengo.

Me sonríe abiertamente y una vocecita en mi interior dice cuánto le encantaría vivir en este mundo inventado.

Quizás en algún momento lo di por sentado, asumiendo que Astor iba a ser alguien constante en mi vida. Sin embargo, no fue lo que ocurrió y lo peor de todo es no saber por qué perdí algo tan importante.

Algo que era mío y se diluyó entre mis dedos.

No creo poder mirarlo a los ojos sin saber por qué perdí algo tan preciado.

—Azul se rompió cuatro huesos —agrega Dani.

Blas se ríe y Luis parece no entender absolutamente nada.

ESTOY AGRADECIDA POR BLAS, ya que roba la atención de Luis durante un rato, enseñándole junto a Zack y Daniela cómo es la rutina del campo y sus técnicas de doma.

Yo recojo la mesa y con calma llevo todo hacia el buggy para llevar las cosas a casa de Astor.

Que, por cierto, no conozco y tengo la sensación de que después de pasar tanto tiempo en este rancho, nunca lo haré.

Él siempre fue reservado con sus espacios propios, no me sorprende en absoluto que odie tener gente en su casa, por eso me limito a dejar todo en su buggy y que sea lo que Dios quiera.

—Azul… —dice dejando los platos que había apilado hacia un costado. Mis ojos lo esquivan. —Blue… —insiste interponiéndose en mi camino de vuelta—. Lamento no haberte dicho que estuve ese día.

—Está bien, Astor, no tienes que explicarme nada —respondo con tensión—. No somos amigos, ni amantes, no tenías por qué…

—Sí tenía, *quería*… Blas no mintió, cuando me quise dar cuenta de lo que estaba haciendo estaba saltando la valla para socorrerte. —Nuestros ojos se unen y me preparo para un golpe—. La única razón por la cual no lo hice fue por…

—Luis, lo sé, es importante.

—No... es porque sabía que no iba a ser mi cara la que querrías ver cuando despertaras.

Uno mis cejas en descontento y las palabras se atascan en mi garganta cuando quiero decir mil cosas al mismo tiempo y ninguna a la vez.

Astor mira de reojo a Luis, quien analiza una yegua fascinado. Zach está sosteniendo las riendas mientras Blas señala las patas y Dani lo escucha con atención.

Con admiración diría.

Finalmente encuentro lo que quiero decir y lo digo con rabia reprimida y lágrimas en mis ojos.

—Estás tan equivocado, Astor. Lo primero que pensé cuando abrí los ojos fue en ti y en cuánto te necesitaba a mi lado —susurro con dientes apretados, él parece pasmado por mi confesión—. Recuerda algo, fuiste tú quien decidió irse de mi vida, tú dejaste atrás un agujero imposible de rellenar. Yo tuve que aprender a vivir sin ti.

Astor nuevamente parece confundido, da un paso más cerca de mí, buscando el contacto de las puntas de sus dedos con mis brazos cruzados sobre mi pecho.

—¡Azul! —grita Luis a varios metros de distancia—. Ven, quiero tu opinión sobre algo. —Nos mira por un segundo y luego agrega—: ¡Walker, deja a la mujer en paz unos minutos!

La risa de Luis se desparrama por todo el corral.

—No tienes que ir... —susurra casi en forma de plegaria—. Si no puedes estar cerca del caballo...

—Sí que tengo que ir, tú mismo lo dijiste, este es el momento que hará que tu carrera cambie y no voy a detener eso solo porque la mía se acabó.

Capítulo 36

Astor Walker

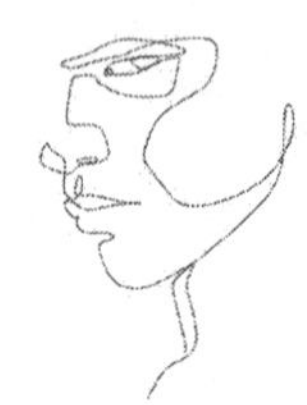

Cuando Azul intenta despedirse de Luis usando la excusa de que está muy cansada, él insiste en que se quede a cenar en la cabaña, asumiendo que yo estaba disponible para hacerlo también.

Si ya estoy de rodillas, mejor ponerme cómodo.

Azul me mira esperando alguna confirmación de mi parte y yo solo encojo los hombros, no puedo imponer nada más después de nuestra conversación y esta pantomima que estamos haciendo.

El invitado decidió encender la chimenea y continuar con las charlas del almuerzo en la mesa del comedor donde hace apenas unos días estaba con Azul acomodando papeles.

Donde por primera vez comencé a ver atisbos de lo que Azul era cuando éramos adolescentes. Ella no puede comprender cuán importante era lo que me estaba diciendo, los cambios ínfimos son los que luego la llevarán a grandes cambios, a volver a encontrarse, a respirar sin sentir dolor.

La charla nocturna fluye hermosamente. Luis tiene varias copas de vino encima y Azul no se queda atrás, no sé si estoy muy de acuerdo, pero ella está haciendo un esfuerzo sobrehumano por estar aquí.

Entiendo, mejor que nadie, lo desgastante que puede ser tener que fingir durante horas, sonreír y pretender que nada ocurre.

Me he pasado toda una vida haciéndolo.

Hablan de su carrera y experiencia con caballos argentinos mientras yo aún sigo rumiando en la conversación que tuvimos antes.

Me prometí a mí mismo que no iba a abrirle la puerta.

Que Azul era cosa del pasado, enterrada y olvidada.

Sin embargo, todo este espectáculo está haciendo que las líneas que impuse entre los dos se difuminen.

Joder, sus sonrisas y miradas íntimas.

El beso en la puta mejilla.

Nuestras manos enlazadas por debajo de la mesa.

Todo volvió súbitamente y mis sentidos no están manejando bien esta emoción.

Azul no es solo algo del pasado, es una debilidad que hace que quiera rugir. Yo sabía que esto pasaría eventualmente.

Confundirme, digo.

Mi memoria está haciendo un maldito buen trabajo ignorando el por qué decidí pasar una vida solitaria.

Definitivamente se me olvida cuando me sonríe así, cuando siento su piel, cuando respiro su perfume.

Ella apoya la copa en la mesa y se levanta para ir al baño, pero el solo hecho de levantarse hace que se maree y la atrapo en el aire.

—Creo que es hora de dormir... —digo sosteniéndola del brazo.

Luis se ríe y mira su reloj.

—¡Las doce! Dios mío, la última vez que seguía despierto a esta hora fue hace años. Idos, Idos... no os retengo más.

Los dos le sonreímos y le deseamos unas buenas noches.

En el momento que cierro la puerta, Azul se apoya sobre mí esperando que la ayude con el mareo.

Sus ojos se cierran y se abren muy lentamente.

—Vamos..., ¿puedes caminar hasta el buggy? —pregunto ayudándole a bajar los tres escalones de la cabaña.

Su respuesta es cantar una canción que dice la palabra buggy, así que la levanto en mis brazos y la acuesto en el asiento trasero, colocando el cinturón para que no se mate de camino a casa.

Porque no hay duda de que esta noche Azul rompe una barrera más.

La que dije que era inquebrantable.

La de mi territorio, mi espacio personal.

Me pregunto cuál será la siguiente.

Apoyo su cuerpo borracho sobre mi cama deshecha, esta mañana estaba tan enfocado en Luis que olvidé por completo que tenía que hacerla.

Azul inmediatamente se acomoda en forma fetal, abrazando la almohada a su lado, *mi almohada,* la que yo iba a usar en el sillón.

—Blue... —la muevo desde su hombro— devuélveme la maldita almohada.

Un pequeño y adorable ronquido sale de ella y pongo los ojos en blanco.

Joder.

¿Por qué me hace esto?

Se enrosca entre mis sábanas, su camiseta se levanta un poco, dejando al descubierto su cintura, la que acaricié mil veces cuando éramos jóvenes.

Detengo mis dedos a centímetros de su piel.

¡¿Qué cojones estaba a punto de hacer?! ¡¿Acariciar su cintura como un psicópata?!

—Blue Jay, despierta.

—No... —murmura.

—Bueno, te jodes entonces. —Quito la almohada de su agarre y ella se queja un poco pero luego se vuelve a dormir.

Me dirijo hacia la puerta cuando escucho un lamento. Miro sobre mi hombro y me encuentro a Azul sujetándose de las sábanas con pavor en su rostro, ojos cerrados, muy contraídos.

Es tan intenso que corro hacia ella.

—¿Qué te pasa? ¿Qué ocurre?

Pero Azul no responde, simplemente se vuelve a dormir.

Me pregunto si así son sus noches, sola en su cama, luchando con demonios que la atacan.

Miro la puerta una vez más y luego a ella.

No puedo dejarla sola.

No quiero hacerlo.

—A la mierda —murmuro y me acuesto del otro lado de la cama.

Me despierto con la cabeza sobre el colchón.

—¿Qué coño...?

Azul tiene la almohada aferrada con fuerza y bufo pesadamente mirando el techo.

—Blue, necesito una almohada para dormir —susurro.

—Y yo necesito algo para abrazar... —devuelve, pero me doy cuenta de que estoy hablando directamente con el piloto automático de Azul porque su voz suena diferente, su tono es otro, mecánico.

Arranco la almohada de sus garras, *una vez más,* y apoyo mi cabeza.

Después, sin dudar y como si fuese un camino que me sé de memoria, la atraigo hacia mí y envuelvo sus brazos sobre mi torso.

—Ahí tienes, abraza algo.

Gracias a Dios la camiseta le da calma a un cuerpo hipersensible, porque si tengo que sentir la piel de Azul sobre la mía voy a tener una erección tan grande que seré capaz de derribar la casa completa.

La respiración de Azul se vuelve a regular instantáneamente, probablemente ni sea consciente de esta cercanía y yo miro el techo firmemente, intentando recordar las clases de control mental que una vez mi madre intentó darme.

Por supuesto no sirven.

La alarma del móvil comienza a sonar a las seis de la mañana y me despierto de golpe con el pelo de Azul en la cara.

Decidió darse la vuelta en algún momento de la noche y yo, aparentemente, concluí que seguirla y aferrarla contra mi cuerpo era la mejor opción.

Su culo está pegado a mi entrepierna y mi mano envolviendo posesivamente su estómago.

Me alejo tan rápido que casi me caigo de la cama y maldigo por lo bajo mientras me sostengo del borde del colchón.

Ella mira sobre su hombro con cara de pocos amigos.

—¿Hace falta que grites?

Encuentro un cojín abandonado y cubro mi erección rápidamente.

—Casi me caigo —gruño y me siento para darle la espalda—. ¿Asumo por tu tono que significa que tienes una resaca para todo el mes?

—Asumes bien… —dice poniéndose boca abajo.

Lleva la misma ropa de ayer, con los leggins clavados en la raja del culo.

Me giro y lanzo una plegaria.

—Iré a hacer café entonces, es probable que Luis ya esté despierto.

Me levanto con la polla saludando al sol y camino directo al vestidor, cualquier obstáculo será definitivamente eliminado si se impone.

—¿Hawk? —dice deteniéndome en el lugar—. Gracias por prestarme tu cama, sé cuánto te molesta compartir tu espacio.

Asiento una vez y sigo mi camino en silencio, preguntándome por qué *no* me molesta hacerlo cuando se trata de ella.

Capítulo 37

Azul Atwood

Astor dejó una taza de café humeante sobre la mesa de la cocina y se dio a la fuga.

Probablemente esté con Luis, enseñándole las caballerizas, ayer lo escuché planificando todo.

Yo, mientras tanto, aprovecho para estudiar la casa hermética de Astor Walker.

No voy a mentir y decir que no me daba curiosidad cada vez que pasábamos con la pick-up por la puerta, porque sí, me moría por saber cómo era este lugar.

Y, considerando que Astor tiene la osadía de entrar a mi casa como si fuese propia, me autoinvito a hacer un tour.

La casa presenta una arquitectura que refleja la esencia de Texas. Astor siempre estuvo muy orgulloso de nuestro estado y puedo apreciarlo a mi alrededor. Su fachada es de piedra cálida y ladrillo envejecido que se mezclan con los tonos tierra del paisaje.

Los techos son altos y los listones que lo atraviesan son de madera clara.

La cocina es varonil, con armarios negros opacos, acabados en dorado y un horno robusto y rústico donde puedo visualizarlo cocinando todas las noches.

La isla es simplemente un lugar donde desayunar, con cuatro taburetes de cuero en el lado izquierdo.

Me pregunto si siempre usa el mismo, ya que uno parece estar un poco más desgastado que el resto.

Su habitación está forrada con madera negra y opaca y las luces que caen del techo son modernas y ornamentales.

Todo parece nuevo, actualizado, nada de una cabaña simple, este lugar tiene carácter, buen gusto y, lo más importante, es agradable.

Similar a la cabaña que usa Luis en estructura y en los grandes ventanales que exponen los árboles que la rodean, pero esta tiene más vida.

Más Astor.

Lo cual hace que me plantee si mi casa tiene mi alma puesta en ella o simplemente es una casa de revista de decoración.

La sensación de vivir en un lugar sin alma me deprime un poco.

Cuando compré la casa, mi madre dijo que había firmado un convenio con la revista Veranda y como vendrían a tomar fotos, era indispensable contratar a un decorador para tener todo en orden.

Es verdad que la casa quedó sorprendente, pero casi no tiene toques personales.

Encuentro un pequeño escritorio de madera oscura que descansa frente a uno de los ventanales que dan hacia el resto del rancho.

Atrevidamente me siento allí y pretendo ser Astor confabulando sus negocios, teniendo llamadas internacionales y hablando de cuánto le gustan sus caballos.

—Soy Astor Walker, soy un experto en caballos a pesar de haberme caído trescientas cuarenta y siete veces… —imito.

Me río por lo bajo y sin pensarlo abro un cajón, allí dentro encuentro una carpeta, probablemente donde mantiene el orden de todos sus negocios.

Me tienta abrirla para luego burlarme de su obsesión por el orden, pero me decido por cerrar el cajón.

Luego lo miro de vuelta.

—Él no sabe lo que es la privacidad… —susurro abriéndolo otra vez.

Es pesada, mucho más pesada de lo que esperaba, de solapas color negro.

Lo que descubro me deja sin aliento.

Hay una colección de artículos periodísticos sobre mí. Cada artículo fue cuidadosamente recortado y pegado en el cuaderno a lo largo de los años, una especie de diario secreto que Astor ha estado escondiendo en este cajón.

Las fechas van desde mis primeros días como jugadora profesional, cuando tan solo tenía veinte años, hasta el accidente. Los titulares hablan de mis logros, grandes y pequeños, desde los proyectos profesionales que había completado hasta los momentos personales que los medios compartieron sobre mí.

Cada artículo está acompañado de notas escritas a mano por Astor.

Te extraño.

Te necesito.

Te amo.

Te extraño.

Te odio.

Te admiro.

Te detesto.

Te pienso.

Mi corazón late con fuerza al ver esos mensajes, algunos sinceros de corazón, otros crudos y reales.

Mis ojos se llenan de lágrimas al darme cuenta de todo el tiempo y esfuerzo que había invertido en este proyecto secreto, que durante años me mantuvo cerca a pesar de no verme, de no hablarme, de no sentirme.

En este instante, siento una oleada de gratitud y amor profundo hacia él. Pero luego leo los mensajes de odio y me pregunto qué hice todos estos años, qué hice mal para que Astor me odie.

Necesito entender qué pasó.

Guardo el cuaderno con cuidado y cuando me preparo para salir, encuentro en el baño una nota pegada en el espejo, con el mismo tipo de papel y el mismo tipo de letra.

Dejé el buggy en la puerta, búscanos en las caballerizas.

Tan alejado a los pensamientos privados y reales de Astor.

Su letra no es la misma de antes, esta tiene madurez, un estilo simple, pero masculino.

Paso mis dedos por encima de la tinta, recordando las notas que Astor me hacía, la mayoría las dejaba en la casa del árbol ya que tenía pánico de que Juliette las encontrara, *o peor, mi padre.*

Mi padre.

Quizás sea hora de llamarlo. Hoy me siento fuerte y preparada para afrontar una conversación con él, las últimas no fueron fáciles y por eso lo evitaba como si fuese la parca.

Sólo serán unos segundos.

Cojo el móvil que ya tiene poca batería y marco su número.

—¡Osito! —dice, haciendo que mis tripas se retuerzan, no porque no me guste, ni porque me dé vergüenza el apodo, sino porque ya no soy esa persona.

Su osito.

La relación con mi padre se terminó el día que me di cuenta de que era un hombre más, que se dejaba llevar por cosas mundanas y superficiales como la lujuria. Aquel héroe que me ayudaba a transitar la vida, dándome consejos sabios, ya no lo era más.

Se convirtió en solo un hombre, uno básico.

Uno que destruyó una familia completa.

Por otro lado, yo tuve una transformación también y él no está dispuesto a aceptarlo.

—Hola papá... —mi voz suena cansada, no quiero que suene así, pero no importa cuánto esfuerzo le ponga, a veces no sale como quiero que salga.

—¿Cómo estás, hija?

Mejor.

Intentándolo.

—Bien, muy bien —respondo acomodando la garganta para darle ayuda al tono—. Lamento no haberte devuelto las llamadas...

—Lo importante es que lo estás haciendo ahora, extrañaba tu voz.

Su añoranza hace que sonría, es bonito sentirse querido.

Me siento en el sofá del salón, enfrente está la chimenea rodeada de piedra que llega hasta el techo, la televisión justo arriba de la repisa. La enciendo, pero bajo todo el volumen.

—Sí, yo también te extrañaba.

No es mentira, excepto que el tipo de sentimiento que tengo con mi padre es uno de nostalgia, el de la familia unida, el de saber que nuestro núcleo estaba a salvo.

Él lo destruyó y es algo que no puedo olvidar, ni perdonar.

—¿Cuándo podemos vernos? Puedo viajar a tu casa, ahora estoy en Nueva York, pero la semana que viene podría pasar.

—¿Solo?

Traducción: *sin ella.*

—No, Azul, sabes que no estaré solo, Alicia es parte de mi vida ahora.

Pongo los ojos en blanco y masajeo mi frente, recordando por qué no hacía estas llamadas.

Alicia...

Sí, habré escuchado su nombre sin saber que mi padre tenía algo con ella; sí, habré escuchado a mi madre gritar su nombre con odio en sus cuerdas vocales.

Alicia, la razón por la cual mi familia se rompió. Sí, ella sabía que mi padre era un hombre casado con una hija adolescente, pero mi padre también pretendió no tener nada de eso y vivió su vida como si no hubiese dejado atrás una bomba.

Una familia destruida.

Suspiro pesadamente.

—Azul, tienes que madurar de una vez... tu madre avanzó, ¿por qué tú no?

Muerdo mis labios para no gritar lo que en realidad pienso y mi respiración comienza a acelerarse.

No, debo decirle las cosas, este tipo de persona siempre tiene la suerte de que la gente que lo rodea evita el enfrentamiento para no incomodar la relación.

Pues ya no más.

—Tú no sabes si mamá avanzó o no, ¿de qué me estás hablando? ¡No hablas con ella desde hace años!

—Tengo entendido que...

—¡No entiendes nada, papá! —Camino por el salón furiosamente —. Tú no tuviste que juntar con cuchara los restos de mamá, ¡tú no viviste nada de eso! ¡Entonces, madura tú un poco, cuando tu hija necesite tenerte un rato a solas no le impongas la presencia de la persona que destruyó a su madre!

A estas alturas mi pecho no tiene control, tampoco mis lágrimas que caen rápidamente.

Pero la sensación de liberación es única.

Volteo y me topo con un muro.

No, no un muro, Astor Walker.

Su rostro está furioso, seguro que me esperaba en las caballerizas y...

Quita el móvil de mi mano y se lo lleva al oído.

—Jonathan... —dice con un tono muerto—. Habla Astor Walker.

Los ojos negros y penetrantes de Astor están enfocados en mí y yo estoy paralizada viendo cómo se desenvuelve toda esta escena que no tenía planeada para hoy.

—Azul ya no está disponible, si tienes algo que agregar puedes decírmelo a mí. —Eleva sus cejas pobladas, probablemente reaccionando a algo hiriente que dice mi padre—. No creo que le pase ese mensaje, estoy seguro de que puedes decírselo en persona, si es que alguna vez te decides a visitar a tu hija, mientras tanto, yo me encargaré de ella, adiós.

Termina la llamada y deja el móvil en mi mano.

Mis lágrimas no quieren detenerse, pero mi cuerpo sí lo hace, clavando mis pies en el suelo, excepto por una vibración nerviosa en mis músculos, levanto la mirada para encontrarme con la severidad de la de él.

Pero Astor no es severo conmigo, es una ilusión, porque nunca lo fue, lo era con todos menos conmigo.

Da un paso adelante y me envuelve en sus brazos. Su pómulo descansa en mi pelo.

—Deja que salga —susurra cuando siente que me rompo en mil pedazos—. Llora todo lo que necesites.

El cuidado de su tono, la caricia de su mano en mi espalda hace que me termine de romper en sus brazos.

Pero, cerca de él, estos momentos parecen efímeros, es como dejarse caer para ser atrapada por una red de contención.

Y quiero quedarme aquí para siempre.

Capítulo 38

Astor Walker

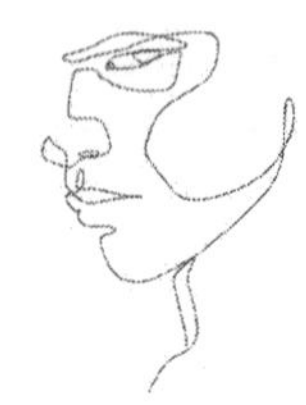

Azul lloró durante un largo rato, no hubo intercambio de palabras, solo presencia física, solo mis brazos sosteniéndola, hasta que limpió sus lágrimas y me sonrió, pero yo vi el dolor escondido.

Odié ese momento.

Odié que haya tenido que borrar sus lágrimas y alejarse de mi protección para pretender que nada había ocurrido.

¿Cuántas veces tuvo que hacer lo mismo? ¿Quitarse la angustia para sonreír frente a una cámara?

Me da rabia saber que no estuve en esos momentos y más rabia me da saber que ahora soy cómplice de una situación similar.

Está en el baño, echando agua fría a sus ojos hinchados, y yo la observo desde el marco de la puerta, sintiendo cosas nuevas.

No, no son nuevas, sé muy bien lo que siento, porque esto ya lo sentí antes.

Un estremecimiento ocurre en mi pecho ante la realización, una granada, un golpazo.

Mierda.

—Luis debe estar esperándonos —dice con apuro.

Mi mirada perdida, mi mente corriendo a mil kilómetros por hora, hasta que escucho lo que dice y despierto.

Estoy jodido.

—Luis sigue durmiendo, por eso volví.

Y porque no venías… y me preocupé y me maldije a mí mismo por volver corriendo, pero tenía razón en volver.

—Mejor entonces, vamos, hoy hay mucho que hacer.

Pasa a mi lado, con pasos apurados y la sigo con la mirada hasta que desaparece tras la puerta de entrada.

No estoy seguro si quiero fingir que Azul es mi pareja hoy, es peligroso, es tentador. Pero, por otro lado… nada me entusiasma más que eso.

—Allá vamos…

Minutos después estamos en el buggy y encontramos a Luis en la orilla de la laguna, donde hay unas tumbonas y sillas para pasar el rato.

—¡Buenos días! —dice levantando su taza de café—. ¿Alguien quiere mi resaca?

Honestamente, este Luis no es el mismo que conocí en Buenos Aires, ¿quizás Dallas le hizo algo?

O quizás… ella.

Miro a Azul, que baja del vehículo con cuidado, yo lo rodeo y cojo su mano para que me use de muleta.

Y para aparentar también.

Ella me sonríe tímidamente, pero luego aprieta sus labios hasta dejarlos blancos y me pregunto si esto la aflige o si le recuerda a cómo me gustaba llevarla de la mano cuando comenzamos a sentir cosas nuevas.

—¡Buenos días, Luis! —Ella se acerca y él se levanta para darle un abrazo—. ¿Dormiste bien?

—Como un bebé… Venid, sentaos, por favor. —Señala las sillas a su alrededor y los dos nos sentamos frente a él.

Este es un pequeño espacio para relajarse. Lo copié de la casa de mis padres, colocando piedra blanca en el suelo, cuatro sillas y en el medio una pequeña hoguera de metal.

Los días de invierno aquí no son tan fríos, pero, cuando cae el sol, siempre es interesante sentarse aquí con el fuego y escuchar los sonidos de la noche.

Sé que lo hice infinitas veces y siempre me pregunté con quién podía compartir el momento.

Siempre fue ella quien vino a mi mente y me maldije por caer en el mismo bucle de pensamientos una y otra vez.

La laguna tiene una bruma espesa por encima de la superficie y el sonido pacífico de la mañana hace que me relaje por primera vez desde que me desperté con mi polla enterrada entre las nalgas de Azul.

Joder, no pienses en eso ahora, idiota.

Llevo el tobillo a la rodilla para camuflar la semierección con los pliegues del vaquero.

—Tienes un lugar especial aquí, Walker —dice Luis mirando hacia la inmensidad del campo.

Pero yo no estoy mirando el campo.

Y Azul mira fijamente al suelo, evitando mis ojos imprudentes.

—Lo sé…

Solo cuando respondo, Azul levanta la mirada y se encuentra con la mía.

El sol ilumina su rostro, resaltando sus ojos, la curva de su nariz, joder estoy absolutamente perdido.

Otra vez.

Otra vez caí en la trampa de sus ojos.

Luis seguro que no se ha percatado de que sus párpados están congestionados y tristes, o su nariz roja de tanto limpiarse. Pero yo no puedo dejar de notarla.

No puedo ignorar lo que mi alma pide a gritos desde que la vi caerse en Buenos Aires y cuánto quiero plasmar mi puño en la cara de Jonathan Atwood por ser tan egoísta e ignorar a la hija tan maravillosa que tiene.

Bueno, supongo que podría decirse lo mismo de mi persona, ¿no? Yo le di la espalda, y sí, me dolió lo que dijo, pero nunca le di una oportunidad de explicar por qué dijo esas palabras tan hirientes.

Nunca le di una segunda oportunidad porque mi orgullo se interpuso entre los dos.

Escucho el motor de una pick-up aproximarse, no me giro porque asumo que es Blas llegando a su jordana, pero luego recuerdo que es sábado y que debe ser Jen quien llega.

Sin embargo, los ojos de Azul se abren en completo e irrefutable pánico y no tengo otra opción más que girarme.

Mis padres.

¿Por qué Azul parece tan…?

¡MIS PADRES!

MIS PADRES NO SABEN SOBRE ESTA RELACIÓN FALSA.

Me levanto disparado e intercepto a mi madre antes de que se acerque a Luis.

—¡Hola, madre! —digo exageradamente eufórico mientras la abrazo—. ¿Cómo *azulyyotenemosunarelaciónfalsa* estás?

Mi madre abre la boca y la cierra inmediatamente cuando la miro a los ojos como un neurótico.

—¿Qué ha dicho? —susurra mi padre.

Luis se levanta en ese momento para presentarse y mi madre le clava el codo a mi padre en las costillas, luego procede a sonreír abiertamente como si no pasara nada.

—¡Señor Castillo, es un gusto conocerlo! —Mi madre le da un buen abrazo haciendo que Luis termine por darle la espalda a mi padre, ella señala a Azul y modula «j u n t o s».

Mi padre me mira y luego a Azul, y su sonrisa comienza a desplegarse lentamente como el perezoso de Zootrópolis.

Oh no, no, lo está entendiendo todo mal…

—No… —susurro tragando mis palabras—, papá…

Oliver Walker da largas zancadas hacia Azul y la abraza con tanta fuerza que temo por los huesos de Blue.

Ella me mira con pavor y yo directamente cubro mi rostro porque este desastre es insalvable.

—Al fin conozco al famoso Oliver Walker —dice Luis interviniendo en el ataque de felicidad de mi padre por creer que Azul y yo estamos juntos otra vez.

Mi padre la suelta y estrecha su mano.

—Lo mismo digo, Luis —responde mi padre—. Espero que estés disfrutando de tu estadía.

—Increíble —señala a su alrededor—, hermoso lugar, hermosa compañía. Y estos dos, son un equipo poderoso. —Nos señala.

Camino hacia Azul, dejo mi brazo sobre sus hombros y la atraigo hacia mí casi a la fuerza. No solo es una pantomima de relación poderosa, sino algo que necesitaba por el pico de estrés que estoy pasando.

Ella sonríe y asiente como una marioneta obediente.

—Siempre lo fueron —dice mi padre mirándonos con entusiasmo. Mi estómago se retuerce con toda esa ilusión—. Deberías haberlos visto de pequeños, escondiéndose en la casa del árbol para...

—Papá... —interrumpo—, estoy seguro de que nadie quiere oír cómo termina esa frase.

—Lo siento... —responde mirando a mi madre de reojo, ella, por supuesto, lo fulmina con una mirada letal.

Conozco bien esa mirada. La recibí varias veces en mi vida.

—¿Qué tal un recorrido por el rancho, Luis? —pregunta mi madre —. Luego podemos hacer una ruta a caballo.

—Perfecto, vamos.

Mi madre entrecierra los ojos una vez más hacia mi dirección y hace la seña universal de «estás muerto», deslizando su pulgar sobre el cuello.

Azul me mira preocupada y yo sonrío tensamente.

—Nosotros iremos a las caballerizas a preparar todo —explico, suplicando por un momento a solas con Blue.

Los tres se suben al vehículo y prometen volver en una hora.

En cuanto la pick-up desaparece, los dos nos desplomamos sobre las sillas y cubrimos nuestros rostros.

—Esto es un desastre —dice Azul masajeando su frente.

Estiro la mano entre los dos y la apoyo sobre su pierna.

—¿Tan desastre? —pregunto.

Cuando en realidad quiero decir:

¿Tan incoherente es que funcionemos? ¿Que estemos sincronizados? Joder, Azul ¿por qué tuviste que arruinar lo que teníamos?

Azul de golpe se enfoca en mí.

—¡Y tu padre…!

—Lo sé —suspiro recordando la alegría que emanaba ese hombre —. Enfoquémonos en sobrevivir este fin de semana, luego yo me encargaré de lo demás.

Capítulo 39

Azul Atwood

—Lo estás haciendo mal… —digo apoyada en la pared más alejada de la caballeriza.

Astor deja de ajustar los estribos y me mira con cara de pocos amigos.

—¿Quieres hacerlo tú, querida?

Su tono sarcástico me hace reír y niego con la cabeza.

Su mirada se mantiene sobre mí a pesar de seguir con la actividad.

—¿Qué?

—Es una lástima que ya no montes —indica volviendo los ojos al caballo y acomodando la silla—. Saldremos todos a cabalgar, como antes, solo que esta vez no tenemos que acortar el estribo para que lleguen nuestros pies.

Su media sonrisa me llena el pecho con algo de colores, potente *y… cálido.*

Miro al caballo, realmente deseando poder romper la barrera que mi mente impone.

Puedo imaginar mi mano acariciando su pelo marrón, la curva de su cuello…

—Ven… —susurra—, solo tócala, sé cuánto quieres sentirla. —

Arqueo una ceja con vacile y Astor explota en una carcajada pura y liviana, como las que solía darme—. Hablo del caballo, Azul...

Mis piernas no quieren moverse, quizás sea más por el miedo a mi posible reacción que por el miedo a los caballos, ¿qué pasa si no puedo tocarlo? ¿O si tocarlo me resulta extremadamente doloroso? Me da pánico pensar que eso podría pasarme, a mí, la persona que pasaba horas en las caballerizas.

Sin embargo, empujo a mis piernas a disminuir el espacio entre la pared que me sostenía y Astor.

Antes de llegar al animal, Astor coge mi mano y la mantiene en su posesión, la electricidad entre los dos se dispara calentando mi cuerpo.

Su pelo también es liso y suave como el del caballo por eso dice:

—Cierra los ojos e intenta imaginar que es el caballo lo que estás tocando.

—¿Usas el mismo champú?

—No te hagas la lista, vamos, ciérralos.

Y lo hago.

Mi mano de golpe siente la textura de su pelo y cuando me visualizo acariciando un caballo mis músculos se petrifican, sin embargo, es un segundo, ya que lentamente comienzo a recordar la sensación y algo dentro de mí parece reconciliarse con eso.

Reencontrarse.

Abro los ojos y encuentro a Astor mirándome fijamente, con cierta paz, con cierto... reconocimiento.

«Hola, Blue Jay, hacía mucho tiempo que no te veía», sospecho que piensa.

Baja mi mano hasta que estaciona en su mejilla, su barba es áspera bajo mis dedos, pero me gusta la sensación, por eso entierro mis dedos allí.

Él cierra los ojos y traga saliva fuertemente, mientras yo observo su reacción sigo hasta su cuello tibio y suave.

«Hola Hawk, te extrañé tanto...».

No puedo explicar lo que siento cuando acaricio su piel, ni lo que le provoca a mi estómago al verlo tan afectado como lo estoy yo.

Recuerdo cuando daba por sentado la sensación de tenerlo sobre mí, acariciando mi cintura distraídamente cuando nos pasábamos las tardes enteras en la casa del árbol...

Caricias que mutaban a sesiones ardientes.

Recuerdo cómo no viví el momento porque lo único que tenía en la mente era la ridícula idea de que Astor me cambiaría por otra mujer. Como si yo no tuviese valor alguno más que el carnal.

Aunque sus acciones gritaban eso, siempre sospeché que había algo más, si no, ¿cómo pudo nuestro amor desvanecerse tan fácil, tan rápido?

Fue como una muerte repentina.

En algún momento cerré mis ojos también, porque cuando entro en conciencia tengo la mano en el cuello del animal.

Me asusto y retrocedo un paso, pero Astor mantiene el agarre con su mano apoyada sobre la mía.

—Siente sus músculos —susurra en mi oído—, su pelo... Mira cuánto le gusta que la acaricies.

Lentamente recorro al animal con su ayuda.

—Es hermosa... —digo con emoción.

Extraño tanto a mis caballos, a Bella, que aún vive en el rancho de Fernando. Ella ya está jubilada, pero estoy segura de que está disfrutando de su vida.

—Sí que lo es —susurra Astor—. La criatura más hermosa que vi en esta tierra.

Sus palabras hacen que voltee y me encuentre con sus ojos negros infinitos, contemplativos y cargados con algo que no puedo identificar.

Sus ojos deambulan por mi rostro y me pregunto si encuentra diferencias con el pasado, como las encuentro yo.

—¿En qué piensas? —susurro.

De golpe su altura intimida, la anchura de sus hombros, toda su presencia es tan imponente como la del caballo detrás de mí.

—En que me encantaría llevarte en mi caballo.

Junto todo el aire que puedo en mis pulmones y lo libero lentamente.

—¿A-ahora?

—Sí, quiero que vengas conmigo, yo te llevaré.

—No lo creo, Astor… no estoy…

—Lista, lo sé, pero ¿cuándo tendremos otra oportunidad para salir a montar a caballo como solíamos hacerlo? Sé que te mueres por pasar tiempo con mis padres, siempre te cayeron bien.

—Es imposible no quererlos, son tan…

—¿Opuestos a mí? —sonríe—. Iremos en Irina, es una yegua muy dócil, nunca me dio problemas y, si pasa algo, yo estaré allí.

—No podrás hacer nada si me caigo.

Su rostro cambia a uno ladino.

—Subestimas cuánto quiero compartir una silla contigo, Blue.

No tendría que haber aceptado.

Mi corazón parece haber perdido el control y las palmas de mis manos están sudando a chorros.

Astor termina de ensillar a todos los caballos en el mismo momento que Cala, Oliver y Luis regresan de su paseo.

Los tres se ríen de algún chiste que compartieron en el camino y cuando entran a las caballerizas nos ven listos para salir.

Cala instintivamente camina hacia mí y me envuelve en sus brazos con ese instinto maternal que amo de ella.

Siempre hice la comparación entre mi madre y Cala, era inevitable cuando mi madre siempre tuvo cierta distancia física conmigo. Cala siempre fue todo lo contrario, su expresión de amor se manifiesta en abrazos apretados, palabras de aliento y un análisis constante de mis emociones.

—No tienes que subirte si no quieres —susurra mientras los hombres dialogan a un costado.

—Lo sé —le sonrío.

Lo que ella no sabe es que la promesa de Astor fue demasiado tentadora a pesar de que voy a negarlo hasta la muerte.

—Bueno, solo quería recordarte que no te sientas presionada.

—No lo hago, Astor me propuso ir con él y creo que es un buen punto medio para comenzar otra vez.

Cala me sonríe cómplice y acaricia mi espalda como lo hizo siempre. La extrañé mucho estos últimos años.

—Comenzar otra vez es increíblemente valiente, Az, estoy muy orgullosa de ti.

—Gracias. —Devuelvo el abrazo, necesitándolo más que nunca.

Astor voltea y ve nuestra interacción con sospecha.

—¿Lista? —susurra.

Asiento, pero mis pies están clavados en la tierra.

Cala elige su caballo como lo hacen Oliver y Luis, pero Astor camina hacia mí, coge mi mano con suavidad y me lleva hacia el caballo.

Lo siguiente que hace es colocar una escalera de tres escalones, sabe que ya no puedo montar desde el suelo, necesito ayuda.

—Gracias.

Él sube conmigo, escalón por escalón y cuando llegamos al tercero, me pide permiso:

—Recuerda que los cambios comienzan pequeños, ¿está bien? Yo te dejaré sobre ella, si te sientes insegura solo dímelo y te bajaré, ¿sí?

Asiento con los labios apretados, estoy mucho más nerviosa de lo que aparento.

Astor coge mi cintura y me sienta sobre el animal.

*Ay.*Los músculos tensos se relajan gradualmente a medida que me acomodo en la silla de montar. El caballo, permanece tranquilo y paciente.

Un cálido sentimiento de superación y renovada confianza se apodera de mí. Aunque el trauma sigue vivo, recordando golpes y sonidos de ese nefasto día, la valentía de volver a subirse al caballo después de tanto tiempo es abrumadora.

Astor sonríe.

Cala me anima desde su caballo y Oliver me mira con orgullo en sus ojos.

Esta familia es increíble.

Coloco una mano temblorosa sobre el lomo del caballo, sintiendo la calidez y la fortaleza. Mis dedos acarician la crin, y la suavidad de ese gesto me tranquiliza un poco más. Con movimientos lentos, tomo las riendas y me sujeto a la montura, recordando cada instrucción que aprendí hace años.

—No vayas a arruinar mi plan, Blue —dice, sentando su cuerpo detrás de mí—. Ya te veo cabalgando sola por mi rancho.

—¿Y cuál es tu plan?

—Aprovechar cada segundo.

Capítulo 40

Astor Walker

Mis padres avanzan con sus respectivos caballos por el vasto campo, conversan con Luis y lo entretienen mientras yo estoy enfocado puramente en Azul.

En su respiración, en la tensión de sus brazos.

El perfume de su pelo.

La cercanía de su cuerpo con el mío.

Mis manos llevan las riendas mientras las de ella están descansando en el pomo de la silla.

Esta es la primera vez que montamos juntos en un solo caballo, siempre lo hicimos cada uno en el suyo, y siempre Azul iba mucho más rápido que yo.

Es extraño cómo ahora los roles se invirtieron, ahora yo la llevo despacio como solía hacer ella antes.

—¿Cómo te sientes? —pregunto sobre su hombro derecho.

Ella toma aire antes de responder.

—Rara.

—¿Te importaría explayarte, Blue? No soy adivino todavía.

Con una sonrisa mira sobre su hombro y debo dominar el impulso de besar la punta de su nariz.

—Es como encontrar esa camiseta que lleva mil años en tu armario, sí, está estropeada, pero es la más cómoda que tienes... y no importa cuán desgastada esté, o rota, quieres usarla igual.

—Entiendo, me pasa lo mismo con los calzoncillos —respondo.

Ella libera una carcajada que hace que todos se den la vuelta y ella se achica, apoyándose más en mi pecho que antes. Yo no puedo evitar envolver una de mis manos sobre su estómago.

Ninguno dice nada al respecto, pero los dos lo sentimos, la cercanía.

—Me alegra que puedas volver a subirte, ¿tu pierna cómo está? —pregunto inspeccionándola, al lado de la mía parece un palito.

—Bien, estas últimas dos semanas de movimiento definitivamente me ayudaron. ¿Crees que podré volver a galopar?

Puedo escuchar la emoción por hacerlo.

—Creo que puedes hacer todo lo que te propongas —respondo apoyando mi mejilla en su pelo—. Solo tienes que quererlo.

Ella vuelve a coger aire, como hace siempre que algún pensamiento la inunda.

—Estaba segura de que no iba a poder subirme —confiesa con un poco de vergüenza en su voz.

—A veces los miedos hacen que todo parezca imposible de alcanzar, pero una vez que rompes la barrera... joder —exhalo el aire que no sabía que estaba reteniendo en mis pulmones—, tomas control de tu vida otra vez.

—Parece que sabes mucho sobre el miedo —dice mirando sobre su hombro, intencionalmente bajo la mirada para sentirla más cerca de mí y ella se aleja un poco.

—Por extraño que parezca, cuando dejé el negocio de mi padre para hacer esto fue aterrador, estaba abandonando el legado familiar, probablemente desilusionando a más de uno, todo por un sueño que tuve.

—¿Un sueño?

—Sí..., uno donde me alejaba de la ciudad y volvía a convivir con el campo y la naturaleza, donde hacía lo que más me gustaba en el mundo...

Donde tenía la vida que quería tener, acompañado de la persona que nunca se fue realmente de mi mente, la que siempre aparecía cuando mi inconsciente se sentía libre.

Nunca diré la verdad, pero en mis sueños siempre compartía mi vida con ella, como si ella nunca hubiese desaparecido.

Esos sueños eran dolorosos y amargos.

—Fuiste muy valiente.

—Como tú ahora, Blue —devuelvo apretando un poco más mi agarre sobre su estómago.

Su cazadora se levanta un poco, exponiendo su piel a mi tacto y lentamente dejo que mi pulgar se abra camino a ella. Cuando quiero darme cuenta, mi mano completa está sobre su estómago y mi pulgar acaricia su piel.

Espío su expresión con cuidado y la atrapo mordiendo su labio inferior con deseo.

Así que no soy el único que se muere por sentirnos.

Sonrío un poco con malicia, no debería estar haciendo esto cuando mis padres y Luis están a menos de diez metros delante de nosotros, pero no puedo detenerme.

—Aparta tu pelo del cuello —susurro.

—Astor... —advierte.

—Vamos Blue Jay, ¿dónde quedó la niña sin miedo que conocía?

No puede ignorar un reto y aleja su pelo, dejándolo sobre su hombro izquierdo.

Deposito un beso debajo de su oreja, enviando una ola de adrenalina por su piel. Ella cierra sus ojos y compruebo que mis padres y Luis están tan absortos en la conversación como lo estaban antes.

El siguiente beso es lánguido y recorre todo el camino hasta la base de su cuello.

Mentiría si dijera que su piel no me tienta desde el primer día que entré a su casa.

El ardor es pesado y mi mano se aferra a ella para abrir paso hasta llegar a la cinturilla de su pantalón.

—¡Astor...! —dice con dientes apretados.

—Blue —susurro su nombre cargado de deseo y muerdo su oreja con cuidado.

Mi mano sigue bajando.

Ella podría sujetarla, detenerme, pegarme un codazo en el estómago, pero no hace nada de eso.

Y mi mano llega hasta su monte de Venus.

Quiero gruñir como un hombre sintiendo su instinto más primitivo, quiero tomar posesión de ella y follarla hasta que me olvide de cuánto me hirió.

Mis besos ahora se transforman en algo dolorosamente lento y mi lengua comienza a jugar con ella, arrastrándose por su piel suave.

Un territorio conocido.

Extrañado.

—Oh, joder... —susurra cuando mi mano llega a sus pliegues.

—Exacto —devuelvo—. Monta mi mano.

—¿Estás loco?

Sí, y estoy a punto de explotar.

Envuelvo todo su coño y con el talón de la mano presiono en su zona más sensible.

—Eso es..., deja que el movimiento natural te dé placer, Blue.

No puede escapar la fricción, ni el dedo que poco a poco se hunde en su centro.

Un pequeño gemido sale de su garganta.

—Shhh —susurro.

—No puedo... es, es demasiado.

Me estoy regocijado y disimuladamente ordeno a la yegua que acelere el paso, solo un poco, lo suficiente para que Azul sujete mi muñeca con fuerza y comience a ondular su cadera, buscando eso que quiere.

Que quiero yo también.

—Así es..., vamos, Blue, dame esa culminación.

Ato las riendas al pomo de la silla para poder liberar mi otra mano y tapo su boca en el momento exacto en que un gemido agudo se abre paso por su garganta.

Puedo sentir las contracciones de su interior alrededor de mi dedo, la tensión en su cuerpo y la presión sobre mi mano.

—Eso es... —susurro mordiendo mi labio y presionando mi erección en su culo—, córrete en mi mano, Blue.

Cuando el pico de placer comienza a disminuir, ella se disuelve en mi agarre.

Libero su boca y tomo las riendas otra vez.

En ese preciso momento Luis se gira y nos sonríe.

Yo le sonrío abiertamente de vuelta, excepto que no es por lo que él cree y, si mal no recuerdo, hace muchos años que no sonrío así.

Capítulo 41

Azul Atwood

Durante el almuerzo sigo sintiendo mis bragas mojadas y me muevo embarazosamente sobre el asiento para eliminar la sensación.

Todavía no puedo creer lo que hicimos, pero no tengo tiempo de sobreanalizar nada porque Astor está cómodamente a mi lado, con su brazo sobre mis hombros mientras charla con su padre y Luis que están frente a nosotros.

La pérgola siempre es un gran lugar para sentarse a conversar y todos aquí somos personas que siempre vamos a elegir pasar nuestra vida al aire libre antes que en el interior de una mansión.

Entonces, ¿por qué durante meses me encerré en mi casa sin ver la luz del sol? Sin sentir los músculos de un caballo que me lleve al galope dándome esa sensación de libertad, de poder, de adrenalina.

Miro de soslayo a Astor, estoy muy agradecida por recordarme lo que significaba para mí estar sobre un caballo y no sé cómo devolverle este favor tan grande. Debo estar mirándolo fijamente porque lo desconcentro de la conversación.

Cuando encuentro sus ojos negros, mi cuerpo reacciona con alegría.

¡Alegría!

¡Yo!

Sentimiento que creí no volver a experimentar nunca.

—¿Qué pasa, Blue? —susurra íntimamente en mi oído—. ¿Necesitas más?

Lo empujo un poco lejos de mí reprimiendo una sonrisa.

—Cállate.

A Luis le llama la atención nuestra interacción.

—Contadme, ¿cómo os conocisteis? —pregunta jugando con una copa de vino en su mano.

Intercambiamos una mirada cómplice.

—Nuestros padres eran amigos —explico señalando a Cala y a Oliver—, crecimos juntos prácticamente.

Astor continúa.

—Y un día, nos emborrachamos a escondidas, era un secreto.

—¿Hablas de la noche en México? —pregunta Oliver con maldad en sus ojos, ya sé lo que se avecina—. ¿Donde pretendisteis dormir cuando en realidad estabais absolutamente borrachos?

Me hundo en la silla cubriendo mi rostro con una servilleta.

—¿Siempre lo habéis sabido? —Astor se ríe sin un gramo de vergüenza, pero yo no puedo más.

Luis parece estar pasando el mejor momento de su vida.

—No hacía falta ser detective para darse cuenta —dice Cala.

—¿Qué pistas teníamos, mi amor? —pregunta Oliver.

—Mmm —pretende pensar—, el olor a alcohol, ¡Oh! la botella abandonada… —dice con una media sonrisa.

—Las tazas olvidadas sobre el colchón… —agrega Oliver.

—¡Está bien, está bien! —interviene Astor esta sesión de humillación—. Ya lo hemos pillado, no fuimos disimulados.

—Los padres son sabios… —agrega Luis—. ¿Ese día pasaron cosas, entonces?

—Ese día me di cuenta de que lo que sentía era especial —Astor agrega abrazándome con más fuerza—. No pasó mucho tiempo hasta que la convencí de darnos una oportunidad.

Un pinchazo en el pecho me asusta, un dolor que reconozco surge de golpe.

La sonrisa de Astor comienza a borrarse y sé por qué, está recordando que en el mundo real no hubo un final feliz.

—¿Y hay fecha de boda? —pregunta el invitado.

Me atraganto con un vaso de agua de golpe, Cala se sonríe con maldad.

Busco la mirada de Astor, pero está perdida en los platos y comienza a jugar con el tenedor, su mente ausente y lejos de aquí.

Cala y Oliver cruzan una mirada preocupada.

—Es difícil encontrar una fecha —digo queriendo pretender que nada de esto duele—. Nuestra idea original era hacerlo después del campeonato, pero bueno, ya sabes lo que ocurrió.

Evito a Oliver, que nos mira con confusión, al fin se está dando cuenta de que aquí hay gato encerrado.

Y la culpa que siento por mentirle está ahogándome.

—Claro, debes recuperarte, pero seguro que en unos meses ya te encontrarás bien. Por cierto, Astor, ¿mencionaste antes que aquí hacéis rehabilitación ecuestre?

Astor levanta su cabeza finalmente y le da una sonrisa de negocios.

—Sí, Jen ya está trabajando, ven, te mostraré de qué se trata. —Astor se aleja de mí con rapidez y Luis lo sigue.

Yo me quedo en la mesa, sintiendo que me ahogo otra vez. Toda esa alegría, toda esa pasión se esfumó como si nada.

Como si no fuese real.

—Az... —dice Cala a mi lado.

Una vez más uso mi sonrisa dolorosa.

—Siento mucho toda esta confusión —digo con pena—, Luis entendió que nosotros...

—Lo sé, pero no me parece bien que le mintáis al hombre.

Cierro los ojos con fuerza, porque lo que más me duele aquí no es Luis, es Oliver.

Cuando los abro encuentro su mirada.

—Lo siento mucho.

La respuesta de él es el silencio y es la peor de todas.

Cala y Oliver se despiden de Luis, en la puerta de la cabaña, quedan en seguir en contacto, Luis quiere enseñarles su campo y quiere que conozcan a su mujer.

—Ha sido un verdadero placer —dice Luis—, un día espectacular, gracias.

Astor sonríe, pero esa sonrisa es apagada, desde la conversación de antes ya no es el mismo.

Nadie lo es.

Pero todos pretendemos que nada ocurre, sinceramente, espero que Luis no haya notado el cambio de humor.

—Te dejaremos descansar —digo dándole un abrazo—. ¡Hasta mañana!

Cala y Oliver caminan hacia su pick-up y veo a Cala enlazar su brazo con el de Oliver, le susurra cosas que hace que Oliver asienta lentamente.

Me pregunto qué le habrá dicho.

Creí que Oliver querría tener unas palabras con nosotros, pero parece evitarnos, así que no insisto, primero por cobarde, no creo poder afrontar una conversación donde vea la desilusión de Oliver, y segundo, Astor… está sombrío.

Nosotros caminamos hacia el buggy, pero no hay cercanía aquí.

En el trayecto a la casa de Astor finalmente me decido a hablar.

—¿Prefieres que me vaya a mi casa?

—No.

—Entiendo que quieras estar solo, de todas maneras, no tengo ropa para después.

—Usarás la mía —responde tajantemente.

Una vez allí, Astor deja sus botas al lado de la puerta y camina directamente a la nevera para coger una cerveza, deja una frente a mí en la isla y la abre por mí.

—Estoy segura de que fue un día difícil, puedo pedirme un coche y…

—¡Que no quiero que te vayas, joder! —apoya su cerveza con fuerza sobre la isla—. Ese es el puto problema aquí, ¿no lo ves? ¡No quiero que te vayas, no quiero mentirle a Luis! Ni ver la desilusión de mi padre cuando finalmente entendió que… ¡Me cago en la mierda!

Su grito me asusta y él parece notarlo porque se aleja de mí, dándome espacio, mientras respira profundamente.

—¿Por qué me hago esto? —Se sienta en el sofá del salón y frota su rostro con las dos manos—. Sabía que tenerte conmigo sería un problema, sabía que darte un orgasmo me volvería malditamente loco de deseo, todavía puedo sentir tu olor en mí y no puedo pensar correctamente, lo único que me provoca es querer más…

Trago saliva y miro al suelo sin decir una sola palabra.

Él necesita hablar y lo estoy dejando, de hecho, es la primera vez que aborda este tema tan tabú entre los dos.

—No puedo dejar que me destruyas otra vez —dice—. Apenas sobreviví a la primera.

¿Qué coño acaba de decir?

—¿Yo te destruí? —Esto no lo puedo callar—. ¡Tú me abandonaste en medio del baile de graduación, Astor! Sin explicación, sin respeto. ¿Quieres hablar de destrucción?¡Déjame que te cuente lo que se siente perder a tu amigo y amor de tu vida en la misma puta noche! —Astor me mira desde la distancia prudente del sillón—. Eso fue destrucción.

—Sé que no lo manejé bien, Azul… no debería haberte abandonado…

—¡Claro que no tendrías que haberlo hecho! —Mi voz en este punto se distorsiona y odio sonar tan débil—. Eras la persona en quien más confiaba en el mundo ¡y me dejaste sola en un lugar desolado!

En algún momento Astor aparece frente a mí, su mirada es tortuosa, angustiada.

—Hoy fue fácil perderme en nuestro pasado, cada recuerdo, cada caricia fue dolorosa, sentí que moría…

—Lo sé.

—Odié que no fuera esa nuestra realidad.

—También lo sé.

—Y me muero por besarte, pero no sé cómo lo tomarás...

—¡¿Y cómo crees?! —digo con irritación—. Estoy esperando que lo hagas desd...

Astor sujeta mi rostro con sus dos manos, fusionando nuestras bocas con desesperación voraz.

Capítulo 42

Astor Walker

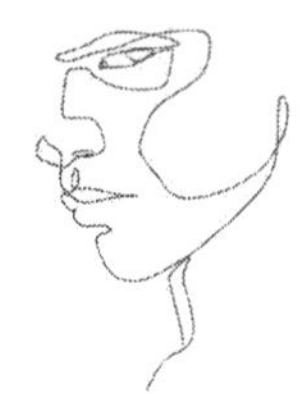

Es como tener oxígeno en mis pulmones otra vez.

Sentir sus labios es exactamente eso y no es suficiente, necesito más.

¿Por qué creí que podía combatir esto entre los dos? Este océano de fuego que nos rodea y nos conquista.

La empujo contra la isla, los taburetes se caen y encierro su cuerpo bajo el mío.

Joder, no quiero que salga de aquí, nunca más.

Nuestras lenguas se reencuentran, mis manos toman posesión de lo que siempre fue mío, las de ella hacen lo mismo y se sujeta contra mi pecho, dejándose llevar por el deseo que los dos sentimos.

No es el momento de hablar de amor.

No es el momento de hablar sobre el pasado.

Aquí hay una sola cosa importante y es sentirnos.

Inclino mi cabeza, profundizando el beso, joder, podría quedarme en sus labios durante horas, días, temporadas enteras y no me empalagaría.

Un lloriqueo sale de su garganta, su pelvis hace contacto con mi polla y parece que el Big Bang acaba de estallar en mis oídos.

Alguien toma control de esta situación, no es ella, ni soy yo, sino una fuerza intangible que reconozco, porque era la misma que hacía que termináramos follando en los pastizales, en la caballeriza o en la casa del árbol.

—Ven aquí —gruño deslizando mi mano sobre su culo para alzarla y llevarla a un lugar decente.

Por más que follarla sobre la isla suene tentador, sé que no es donde quiero tenerla después de tanto tiempo sin ella.

Nuestro beso no tiene comienzo, ni fin, ya que es el mismo tipo de beso desesperado que nos dábamos antes de que todo muriera.

Pateo la puerta de mi habitación y la deposito en el suelo, solo para quitar su cazadora y lanzarla por ahí.

Velozmente quito mi ropa, mi jersey, mi camiseta y termino con solo mis vaqueros y mis pies descalzos.

Azul examina mi pecho, ya no es el mismo cuerpo adolescente, los genes Walker se dispararon hace muchos años cuando comencé a interesarme por el ejercicio.

Me acaricia con la punta de sus dedos, disfrutando de cada curva en mis pectorales, mi estómago y lentamente baja hasta desabrochar el primer botón del vaquero.

Mi lado más primitivo disfruta viéndola admirar mi cuerpo, quiero gritarle que me toque, que mi cuerpo la esperó todo este tiempo.

Al menos es como me siento yo cuando quita su camiseta dejando su sujetador negro al descubierto.

—Déjame... —digo poniendo mis manos en los tirantes para bajarlos mientras beso su hombro con cuidado.

Mis dedos se mueven por su espalda hasta que logro desabrocharlo, haciendo que pierda agarre y se deslice por sus brazos.

Definitivamente sus pechos han crecido desde la última vez que los vi y, definitivamente, me generan lo mismo que antes.

Voracidad.

Me siento en la cama y envuelvo mis brazos en su cadera, hundo mi rostro entre sus pechos y lamo cada centímetro de su piel.

Su estómago.

Azul no detiene las caricias y creo sentirme hipersensible porque es muy placentero y gimo al sentir escalofríos por mi cuerpo.

Deseaba este momento desde hace mucho y finalmente vivirlo parece estar inundando mi mente de recuerdos, necesidades y ambiciones.

—¿Recuerdas cuando me viste desnuda por primera vez? —susurra.

Levanto la cabeza para verla mejor y algo diferente a lo que se esperaba debo estar transmitiendo porque sus mejillas se sonrojan.

¿Acaso es devoción? Si ese es el caso, debo maldecirme por ser tan transparente con ella.

—Recuerdo absolutamente todo de ese día —digo sin titubear. —Tus gemidos todavía me atormentan.

Mis pulgares desaparecen en su pantalón y lo deslizo hacia abajo hasta dejarlo en los tobillos.

Una cicatriz furiosa recorre su pierna desde la cadera hasta su rodilla.

—Bueno, ya no es el mismo cuerpo —dice nerviosamente.

Cuando levanto la mirada puedo ver cuánto le angustia esto. ¿Pensó que una simple herida iba a alejarme de ella? ¿No ve que ya no tengo esa capacidad a estas alturas?

—¿Te duele? —susurro examinando la cicatriz rosada, parece un rayo atravesando su piel.

Siento rabia por no haber estado con ella, ¿por qué fui tan testarudo?

—Ya no.

Entonces mis labios besan todo el camino de la cicatriz hasta llegar a sus rodillas, luego me levanto para besar su estómago.

—Todas tus formas me fascinan… —susurro mirando su cuerpo—. Todas se merecen mi completa devoción, Blue.

Mis ojos conectan con los de ella y lentamente apoya una rodilla sobre el colchón, luego la otra.

Siempre me fascinó la intrepidez de Azul Atwood, pero especialmente conmigo, en la intimidad, ver que eso no ha desaparecido aún me da esperanza de que ella está ahí, escondida.

Mis manos inmediatamente se depositan en su trasero y aprieto con desesperación mientras miro sus labios con deseo.

Beso su boca y me aferro a su cintura, nuestros cuerpos encastran a la perfección y la nostalgia me provoca un shock de energía, haciendo que voltee su cuerpo para depositarla en la cama.

Empujo mi pelvis en su centro, puedo sentir su ropa interior empapada y gimo sintiendo frenesí.

Tengo que tranquilizar mis impulsos, no puedo arrojarme sobre ella como un animal rabioso.

Beso su cuello, lamo sus pechos.

—Fue una tortura sentir tu culo sobre mi polla esta mañana —digo vulgarmente—, y después esa cabalgata... Dime que fue igual de difícil para ti.

Ella sonríe con malicia, pero esa sonrisa lentamente se vuelve seria, depredadora.

—Fóllame como solías hacerlo, Astor.

Y hasta aquí tuvo protagonismo mi cerebro, porque el que toma el mando es la otra parte de mi cuerpo que dirige todo.

Bajo sus bragas inmediatamente y quito el resto de mi ropa con rapidez.

Su coño desnudo está frente a mí y sin titubear me hundo en ella.

—Oh, joder... —digo entre dientes apretados. Mi boca busca la de ella y me deslizo en su interior poco a poco—. Es como volver a casa.

Azul reclama mi nombre mientras besa mi hombro y se aferra a mi espalda. Parece que ninguno quiere dejar de abrazar al otro y no me sorprende, fueron años de añorar algo exactamente como esto.

Esta conexión tan confortante y natural.

Tengo que tragar las palabras que se asoman, cosas que no estoy listo para decir.

Ni pedir.

Me enfoco en el placer, en volver a sentirla.

Me aferro a su cuerpo, quiero encerrarla entre mis brazos, darle todo lo que no tuvo desde el accidente, contención real, cuidados intensivos.

—¿Estás bien? —susurro mirando sus piernas abiertas y mi polla furiosa entrando y saliendo de ella.

—Sí, mientras no levantes mi pierna estoy bien.

—Me encantaba poner tus tobillos en mis hombros, me hacía sentir el rey del mundo.

—Lo sé, por eso lo menciono.

Los dos reímos y sellamos la risa con un beso lento y pasional.

No puedo explicar lo que siento al estar dentro de ella, es una droga, el peligro más latente con el que peleo desde hace semanas.

La tibieza, la humedad…

OH, JODER.

—Azul —digo dentro de su cuello, mi voz agitada—, ¿tomas la pastilla?

Ella se tensa debajo de mí y busco su rostro para entender qué ocurre.

—No —dice mirando lejos de mí.

Cojo su barbilla y analizo bien sus ojos.

—¿Quieres que me ponga un condón?

Ella piensa por unos segundos qué decirme y me alejo un poco, no entendiendo lo que ocurre.

—Puedes correrte fuera —dice mirando mi pecho en vez de mis ojos.

Podría detener todo ahora y preguntar qué coño está pasando, pero presiento que es lo peor que podría hacerle.

Acaricio su rostro y ella cierra los ojos.

—Quédate conmigo —susurro—. Siente cómo me hundo en ti.

Ella asiente y, poco a poco, con un movimiento constante la llevo al mismo placer intenso que tenía hace segundos.

Creo que, si muero aquí y ahora, moriría como el hombre más feliz de la tierra.

Todos estos años, mintiéndome a mí mismo, profesando mi superación cuando todas las noches soñaba con ella, con su cuerpo, sus labios.

Y aquí la tengo otra vez, es innegable que nunca la superé, ella siempre vivió en mi alma.

Gemidos, gritos, súplicas, maldiciones por lo bajo nos arrastran hacia la superficie, hacia el colmo del placer.

Azul clava sus talones al colchón y eleva su cadera, permitiendo que mi polla llegue más profundo.

—Oh Dios... —lloriquea—. ¡Astor!

Su orgasmo la ataca y yo beso su boca para absorberlo y guardarlo en mí para siempre.

Inevitablemente el mío llega y antes de que mi mente se nuble, salgo de ella, marcando su estómago y pechos como un neandertal marcando a su pareja.

Sus ojos caramelo me miran con párpados pesados con lujuria.

Y yo tengo que controlar a la bestia que quiere reclamarla para siempre.

—¿Por qué me miras así? —pregunta retraídamente.

No puedo decirle lo que estoy pensando.

No.

Saldrá corriendo si le confieso que me gusta ver mi semen sobre su cuerpo desnudo, que es el acto más bárbaro que hice desde que estuve con ella por última vez. Que me despierta posesión y un tipo de codicia asfixiante.

Niego con la cabeza, advirtiendo que no haga más preguntas y con las puntas de mis dedos escribo sobre su estómago el mensaje que mi cuerpo pide a gritos que diga en voz alta: *Mía.*

Capítulo 43

Azul Atwood

Mía.

Sus ojos negros comunican posesión, deseo intenso.

Y yo trago saliva con nerviosismo, porque conozco esa mirada, esa resolución.

Astor acaba de decidir que le pertenezco y con eso viene una avalancha de miedos y traumas del pasado.

—Ven, déjame limpiarte.

El agua de la ducha corre y Astor espera a que se caliente con su mano bajo la lluvia.

Por supuesto que la ducha de Astor es una habitación dentro del baño, con una de esas duchas de spa que caen con delicadeza.

Cuando aprueba la temperatura, toma mi mano y me lleva con él.

En silencio coge el jabón y limpia mi cuerpo cuidadosamente.

Yo, por otro lado, disfruto de esta atención, de ver su cuerpo desnudo y empapado.

—No sabía que las cosas con tu padre estaban tan mal… —dice cuando deja champú en su mano y masajea mi pelo dándome destellos de placer.

—Desde el divorcio no están bien y él no se esfuerza por cambiarlo. —No puedo suprimir el resentimiento hacia mi padre, por eso acomodo mi garganta para cambiar de tono—. Tus padres parecen estar más unidos que nunca.

Astor apoya sus manos en mis hombros y me mueve debajo de la ducha para enjuagar mi pelo.

—Sí, son asquerosamente dulces. —Me río y Astor observa mi boca—. Me gusta verte reír.

—Eras el único que me hacía reír cuando era pequeña —devuelvo pasando jabón sobre sus abdominales.

—¿Y ahora quién te hace reír, Blue Jay? —una pregunta cargada de algo más.

¿Quién es parte de tu vida? ¿Hay alguien con quien competir?

—Nadie.

—Bueno, eso está por verse…

Me despiertan manos exploradoras.

En mis pechos, mi estómago y mis piernas.

El perfume a Astor y el pasado me envuelve, aunque nunca dormimos una noche completa juntos cuando éramos algo especial, esto se siente parte de algo que vivió en mí.

—Buenos días, Blue.

Durante años soñé con este momento, he tenido fantasías eternas sobre Astor en mi cama, Astor volviendo a mi vida.

Pero no puedo avanzar si no sé la verdad.

Me la merezco después de la humillación que viví por él, el desprecio de lo que sentíamos.

No es el momento, me digo.

Este es el último día que Luis pasará en *Rancho-A* y debo enfocarme en eso, luego en nosotros.

Me giro y me siento sobre su pelvis, descansando la cabeza sobre su pecho. Astor parece estar confundido, pero eventualmente envuelve sus brazos en mí.

A él siempre le gustaba abrazarme y para mí no había un momento mejor que ese.

—Buenos días, Hawk.

Su risita resuena en su pecho, gruesa y masculina.

Y de manera sorpresiva voltea mi cuerpo e inserta su lengua en mi centro.

Sin advertencia, sin permiso.

—Joder —suspiro cuando el placer toma forma y ritmo—. ¡Astor! ¿Qué haces?

—Te saboreo.

Me gusta, me gusta mucho.

—Pero, Luis...

—Cállate, Blue. —Sujeta mi cintura y me arrastra por el colchón hasta que siento su polla enterrarse en mí de forma abrupta—. Mmm, no pude dormir por culpa de este coño... No puedo pensar, no puedo... *joder* —sus embestidas se aceleran—, no puedo dejar de pensar en ti, ni siquiera cuando estás durmiendo a mi lado.

—Lo... lo siento, Astor.

—Mentirosa, no lo sientes —acusa mirando cómo el centro de nuestros cuerpos se unen—. Estoy seguro de que te gusta verme desesperado por ti.

—No... yo...

Su boca cubre la mía, su mano gigante sujeta mi culo para mantenerme cerca de él.

Puedo sentir su enfado, pero no está completamente dirigido hacia mí, él siente odio por haber cedido ante lo que sea que ocurre entre los dos.

Su boca besa mi cuello y sus manos encierran mi rostro, alejando el pelo de allí.

—Estoy cerca... ¿tú?

¿Yo? Yo estoy embebida en éxtasis, eso es lo que ocurre.

Astor nunca fue un hombre de los que no están pendientes de su pareja en la cama, no me sorprende su pregunta, lo que me sorprende es el dominio con el que me folla.

La posesión.

—Sí... —digo con los ojos cerrados.

Voltea mi cuerpo, dejándome plana contra el colchón, su peso cae sobre mi espalda, su mano izquierda sostiene mi cuello, mientras que la derecha busca mi centro.

—Mmm —solloza—, Blue...

Su gemido pesado y lujurioso en mi oído me eleva y pierdo el control de mi cuerpo, por completo.

Mis manos sujetan con fuerza la almohada frente a mí y Astor pierde el control conmigo.

Juntos.

Esta vez no sale de mí, pero no me asusta.

Después de todo, sé cuáles son mis limitaciones.

Pero, él no lo sabe y eso enciende mis alarmas.

LUIS ESTÁ DESAYUNANDO PLÁCIDAMENTE en la cabaña y cuando tocamos la puerta para entrar nos hace señas para que nos unamos a su desayuno.

—Creo que hoy tenemos que hablar de negocios, Astor —dice sirviendo una segunda taza de café.

—Estoy listo cuando tú lo estés.

Luis me mira e inmediatamente siento que estoy de más aquí.

Me levanto, pero Astor sujeta mi brazo.

—Oh, deja que se vaya, estoy seguro de que estas conversaciones le aburren.

—No, la opinión de Azul es muy importante para mí —dice Astor —, prefiero que esté durante este proceso.

Luis levanta las manos.

—¡Está bien! Solo quería ahorrarle horas de números tediosos.

Al menos Luis da a entender que esto va a suceder, me siento otra vez y Astor sostiene mi mano por debajo de la mesa.

Está listo y ansioso, y creo que yo me siento igual. Aunque este no sea mi negocio es inevitable querer que Astor salga triunfante.

Luis comienza con una serie de preguntas, quiere saber el proceso de clonación que lleva a cabo Astor, qué laboratorio es el encargado de hacerlo en Dallas, cuántos caballos vende por año y a qué países suele vender más.

Astor responde cada una de las preguntas con precisión y entusiasmo y me pierdo en la pasión que carga, nunca lo había visto tan lleno de vida por un proyecto, excepto cuando hablaba de nuestro futuro cuando éramos pequeños.

—¿Cuándo decidiste que querías dedicarte a esto? —pregunta Luis.

Astor deja caer su espalda en la silla y suelta aire lentamente, luego me contempla y siento que hay una advertencia en sus ojos.

Algo va a decir que puede cambiarlo todo.

—Quería algo que me acercara a Azul, compartimos la pasión por los caballos desde niños y cuando supimos que ella iba a ser polista me pareció una buena oportunidad unificar los negocios, sabía que íbamos a pasar más tiempo juntos de esta manera.

Luis me da una sonrisa, pero yo no estoy segura de cómo responder.

Esta tiene que ser otra mentira más de este fin de semana, la culpa vuelve a sentarse sobre mi pecho.

—Es un negocio familiar prácticamente —agrego sonriéndole a Astor.

Él me atrae a su pecho y se enfoca en Luis otra vez.

—Queremos que Estados Unidos sea parte de esta belleza que es el polo, siento que todavía queda mucho camino por recorrer y creo con pasión que nosotros podemos guiar este viaje.

Luis asiente pensativamente.

—Mi esposa también es parte de mi toma de decisiones, así que aprecio que sean tan fuertes y estén tan unidos como yo con Marla. Dicho esto, estoy seguro de que entenderás que debo darle mi parte de lo que fue esta experiencia en Dallas, ella es muy conservadora en la entrega de embriones.

—Lo entiendo —responde Astor, aunque sé que se siente desilusionado por no acabar con todo aquí y ahora.

—¿Quizás puedan venir al campeonato de diciembre a Buenos Aires?

Astor me mira esperando una respuesta de mi parte, entonces sonrío abiertamente y digo:

—Allí estaremos, Luis.

LUIS NOS SALUDA desde el control de seguridad del aeropuerto y los dos le sonreímos a lo lejos.

Finalmente, esta locura acaba de terminar.

En silencio, caminamos hacia el coche para volver.

—Imagino que quieres ir a tu casa —dice.

Siento que está indiferente y alejado de mí.

Joder Azul, ¿creíste que todo esto era verdad?

—Está bien —devuelvo.

A mitad de camino pone música para que la luz de giro no sea el único sonido en el coche y, cuando llegamos a mi casa, me sorprendo al verlo desabrochar su cinturón de seguridad.

—¿A dónde vas?

—A tu casa —responde como si fuese una obviedad.

—¿Para qué?

Astor contempla la entrada de mi hogar, las luces están encendidas, aunque todavía el sol ilumina un poco a Dallas, y cuando vuelve a mí parece confundido por mi pregunta.

—No lo sé, follarte, hablar, elige tu propia aventura.

Intento no reír, fallo horriblemente así que bajo del coche y camino hacia la puerta de mi casa, sintiendo los pasos de Astor detrás de mí.

Cuando entro ocurre algo raro, una realización.

De todos estos días que pasé fuera no pensé ni una sola vez en el sofá, en mis pijamas o en el silencio de esta casa.

Así que cuando la tengo frente a mí, algo raro sube por mi pecho, miedo.

Miedo a volver a sentir lo que este lugar representa para mí, miedo a que Astor vuelva a usar mi cuerpo y se marche lejos de mí.

—Tenemos que hablar —suelto mirando sobre mi hombro.

Astor está apoyado sobre la puerta, su nuca descansando en la madera, quizás esperando esta conversación.

—Estoy de acuerdo —dice despegándose, da tres pasos hacia mí—. Primero tengo que agradecerte por lo que hiciste este fin de semana, sé que no tenías ninguna obligación y más de una vez te puse entre la espada y la pared.

—¿Es verdad lo que dijiste hoy? —interrumpo cruzando mis brazos.

—¿Qué de todo lo que dije?

—Eso de que comenzaste este negocio para acercarte a mí... —repito mirando al suelo, avergonzada de creer, aunque sea por un segundo que todo eso era verdad.

Astor se mantiene pensante, probablemente buscando cómo decirme que todo fue una gran mentira.

Azul Atwood, a estas alturas deberías saber que...

—Sí.

Levanto la mirada, ¿escuché bien?

—Pero... —busco en mi cerebro una explicación—. Hace cinco años que empezaste esto y en todo ese tiempo...

—En todo ese tiempo me escondí en la cobardía, en el ego lesionado. —Da un paso más cerca, sus ojos clavados en el suelo—. Mira, Blue, seré honesto contigo todo lo que pueda sin cambiar mi imagen en tu mente. Todas esas veces que creíste que nos encontrábamos por casualidad, fueron orquestadas por mí, sabía dónde ibas a estar e iba de todas maneras, creo que, inconscientemente, busqué ser parte de tu vida y esa fue la única forma que encontré. —Cuando levanta la mirada, inspecciona mi reacción.

Estoy pasmada.

Y mil palabras se acumulan en mi garganta.

—Pero... nunca intentaste hablarme.

—No.

—¿Por qué? —hay súplica en mi voz.

—Como dije, mi ego...

—¿Ego? ¿De qué estás hablando? ¿Qué ego?

—Vamos Blue... —dice caminando hacia los ventanales, la luz del sol está desapareciendo, pero puede ver hacia fuera mi parque pintado de naranjas y amarillos—. Estoy seguro de que sabes por qué todo terminó aquella noche.

Siento que mi corazón late fuerte y rápido dentro de mi pecho.

Aquí viene, el golpe, la verdad que durante años se escondió de mí. Tengo miedo y a la vez me siento lista para escuchar por qué el amor de este hombre de desintegró tan rápido.

—Astor, nunca supe qué ocurrió ese día.

Voltea con media sonrisa, está a punto de burlarse, sin embargo, cuando ve mi rostro se confunde, debe notar que estoy desesperada por conocer la razón.

—Te escuché... —confiesa— decirles a tus amigas lo que verdaderamente pensabas de mí, déjame decirte algo Azul, no fue fácil, creí que sentías las mismas cosas que yo sentía por ti.

—Espera, espera, ¿qué dije?

—¿Me vas a hacer decirlo? —suspira—. Está bien, dijiste que preferías besar un cerdo a besarme a mí, permitiste que todas se rieran a mis expensas y no me hagas hablar de lo idiota que fui creyendo que ocultabas nuestra relación por tus padres, ¡cuando en realidad era porque sentías vergüenza de mí! —Las últimas palabras salen en un grito lleno de dolor.

Y la realidad cae sobre mí como agua helada, como adrenalina pura tomando control de mí.

—¿¡Por qué no me dijiste que habías escuchado eso!? ¡Podría habértelo explicado!

—¿Explicarme qué? ¿Que no era suficiente para ti?

—¡Joder Astor! —froto mis manos por mi cara, mi pelo, mi cuello —. ¡Te hubiese explicado por qué dije eso y por qué a ella!

—¿Ella? ¿Ella, quién?

—¡Juliette! —grito.

Las cejas de Astor se elevan.

—¿Juliette? ¿Qué tiene que ver Juliette aquí?

Camino tirando de mi pelo, quiero golpear algo, alguien.

—No puedo creerlo… —susurro—, no puede ser…

Astor coge mi brazo y me detiene.

—Deja de lastimarte y ¡háblame!

—¡Juliette estuvo enamorada de ti durante años! ¡Lo oculté porque sabía que nos haría la vida imposible y que haría todo lo necesario para alejarte de mí! ¡No puedo creer que todo esto haya sido porque no…! ¡Dios mío! —A estas alturas mis lágrimas no tienen control.

Mis manos tiemblan.

Mi estómago revuelto y listo para expulsar todos estos nervios.

Astor da un paso atrás como si hubiera recibido un golpe, luego pasa su mano por su rostro con exasperación. Patea un puff fuertemente arrojándolo hacia el extremo contrario del salón. Pero luego se sienta en el sofá y cubre su rostro con las dos manos.

Durante unos segundos nos quedamos en silencio.

—Seguro que recuerdas la obsesión que tenía conmigo y con todo lo que tenía, hasta la puse a prueba diciéndole que me gustaba Blas para ver cómo reaccionaría y adivina qué, los encontré enrollados y ella pretendió no verme, así que imagínate si…

—Juliette… —interrumpe por lo bajo, como si se burlara del nombre, libera el rostro de sus manos, su mirada está perdida hasta que conecta conmigo y solo veo furia cruda y horrible—. Juliette es la razón por la cual ponen instrucciones en el champú, ¿¡y tú me estás diciendo que estuvimos separados todos estos años por JULIETTE!?

Su voz vuelve a elevarse.

Y yo estoy petrificada en el lado opuesto del salón.

—Tú no me dejaste explicarte… —susurro—, me diste la espalda, ¡me crucificaste, Astor!

—¡Sí, porque creí que te daba asco! —Se levanta y camina hacia mí —. Juliette, Azul, ¿escuchas lo que estás diciendo? Mil veces te dije cuánto detestaba su presencia ¿y creíste que era un peligro para los dos?, ¿para la conexión que teníamos?

—¡Era joven! E insegura, ella era mucho más guapa que yo y…

—¡Azul! ¡No puedo creerlo! —Se ríe y desliza una mano por su pelo suave, todo vuelve a su origen—. ¡Todos estos años... joder!

—No es mi culpa, tú me eliminaste en un segundo.

—Lo sé... —Niega con la cabeza y vuelve a sentarse, apoyando sus codos en las rodillas y sus manos sosteniendo su cabeza—. ¿Cómo pude ser tan idiota? ¿Cómo pudiste creer tan poco en mí? —susurra para él mismo, pero luego me mira, esperando una explicación.

Ahora yo niego con la cabeza y me envuelvo en mis brazos, encorvando mi espalda. Necesito que esto termine, esta tortura de recordar todos los años que pasamos separados es demasiado.

—Te vi con ella, saliendo de un evento.

Astor suspira con irritación.

—Sí, me pidió que la lleve a su casa y eso hice, ¡nada ocurrió entre los dos! ¡Joder!

No importa la verdad ahora.

—Lo único que entiendo es que solo un desliz fue suficiente para alejarte de mi vida. —Limpio mis lágrimas y lo miro—. Fue una lección aprendida, Astor.

—¿Qué quieres decir? —Se levanta y camina hacia mí, descruza mis brazos y eleva mi rostro desde la barbilla.

Con ojos empapados, sus lágrimas me desconciertan, es la primera vez que las veo.

—Gracias por recordarme cuán frágil era nuestra relación, no voy a cometer el mismo error dos veces.

Y por primera vez, veo terror en sus ojos negros.

CAPÍTULO 44

ASTOR WALKER

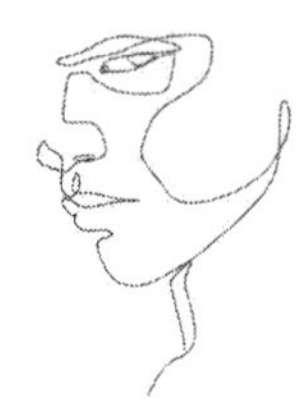

No.

No.

—No —digo en voz alta mis pensamientos—. No puedes renunciar, no te dejaré.

Azul aleja la mirada y da dos pasos hacia atrás.

La pierdo.

La pierdo otra vez.

Pánico, pánico, pánico.

—Años preguntándome qué ocurrió, Astor —dice dándome la espalda—. Años preguntándome si te habías aburrido de mí, de mi cuerpo…

—¿Qué? —interrumpo sujetando su brazo para que se vuelva hacia mí, no soporto no ver su rostro—. Estaba loco por ti, estaba enamorado, te amaba, Azul.

Nunca dejé de sentirme así, pero ella no está lista para escucharlo.

—¿Y? Nada de ese amor detuvo tu reacción desmedidamente cruel. Podríamos haber pasado todos estos años siendo felices, Astor, y tu orgullo no lo permitió.

Quinientos kilos de cemento caen sobre mí y aplastan mi ego, mi orgullo, todo desaparece en un segundo, en una frase.

Tiene razón.

Dios, ¿cómo pude ser tan idiota?

Aprovechando mi boca abierta y mi cerebro trabado, Azul se aleja de mí, camina hacia la cocina y se sirve un vaso de agua, toma todo en un segundo y lo deja en la encimera.

—Fui infantil y sí, mi orgullo hizo que tomara decisiones estúpidas, pero, Azul —camino lentamente hacia ella, con indecisión y miedo—, todos estos años fueron agonizantes sin ti.

Su mirada dice que entiende el sentimiento, que ella pasó por lo mismo. Sus lágrimas vuelven a caer como una tormenta incontrolable y la atraigo hacia mis brazos buscando desesperadamente detener este dolor que nos provoqué a los dos.

Continúo hablando para colmar el silencio tortuoso de esta mansión hueca.

—Me convencí de que esta sería mi vida de ahora en adelante, que verte progresar siempre sería desde la lejanía, torturándome por no tenerte, pero fue una gran mentira, los dos sabemos que lo fue.

—Yo no soy la misma persona. —Su llanto se profundiza—. No soy la Azul de aquella época, esto —sus manos palpan su pecho—, esto no es algo pasajero Astor, es parte de mi vida ahora y no puedo arrastrarte a esta profundidad.

—Quiero estar en tu vida, esta vida, la vida de polista, la vida en donde Azul no puede levantarse de la cama, la Azul que sonríe al ver un caballo o baila con una canción. No me importa si tu día es gris y al otro brillas, yo quiero estar allí, vivirlo contigo, transitarlo contigo. Déjame reparar el daño que nos hice, Blue. —Ahora son mis palabras las que se distorsionan.

Mi garganta es la que se tensa y mis ojos los que se mojan.

Azul levanta la mirada, con sus ojos rojos y mejillas coloradas. Acaricio su rostro e intento con desesperación leerla.

—Me da pánico pasar por eso otra vez…, no podré sobrevivir a ser abandonada por ti otra vez.

—No tendrás que hacerlo, no me iré a ningún lado. —Guardo un mechón de pelo tras su oreja y limpio las lágrimas bajo sus ojos—. Durante estos años lo intenté, juro que lo intenté hasta el hartazgo, creí que enterrarte era la decisión correcta, sin embargo, cada vez que intentaba traer una mujer a mi vida, no podía evitar sentir que te estaba traicionando a pesar de verte y pretender que no existías. Ninguna relación funcionó porque yo no estaba allí, mi corazón estaba cabalgando contigo todavía.

Cojo su barbilla y deposito un beso suave sobre sus labios.

Quiero más.

Los sentimientos se desbordan, y la conexión entre los dos se vuelve palpable.

Mis labios ahora se mueven con urgencia, explorando cada centímetro con una lujuria incontenible.

Es un beso que roba el aliento y que se siente como un fuego que quema sin piedad.

—No te alejes de mí —susurro sobre su boca roja de tanto besarnos—, no puedo soportarlo, no otra vez.

Azul mueve sus ojos sobre mi rostro, puedo escucharla razonar todo esto.

—Astor…

—Por favor, solo, dame una oportunidad —ruego—, una.

Niega con la cabeza otra vez y mi desesperación se descontrola.

Nunca tuve tanto miedo en mi vida.

—Casémonos, hoy, ahora. —Eso capta su atención, su gesto está lleno de sorpresa y un poco de conmoción—. Siempre soñé con tener una familia contigo, enseñarles a nuestros hijos a cabalgar, que crezcan con un potrillo como lo hicimos nosotros.

Mi confesión la rompe por completo.

No entiendo.

Sus lágrimas no parecen de felicidad, sino de una angustia desorbitante.

Cubre su rostro y señala la puerta.

—Por favor, vete.

—Blue… —imploro.

¿Qué hice? ¿Qué dije?

—Necesito estar sola, Astor, por favor.

Doy un paso hacia atrás a pesar de no querer alejarme.

—¡Por favor! —grita.

—Está bien... —murmuro—. Vendré mañana.

Ella gira sobre sus talones y se encierra en su habitación tras un portazo.

Por un segundo me disputo si irme o no, pero ella pidió estar sola así que eso es lo que haré.

Quizás fue demasiado y necesita pensarlo.

Arrastrando mis pies camino hacia el coche y vuelvo a mi rancho sintiéndome completamente derrotado.

—¡SORPRESA! —dice Bernardo en la puerta de mi casa con un bolso a sus pies.

—¿Qué haces aquí?

Froto mi mano por el rostro intentando borrar las lágrimas que cayeron durante el camino de vuelta.

Qué mal momento para una sorpresa.

Cierro la puerta del coche con más fuerza de la necesaria y camino por el césped hasta estar frente a mi primo, quien sonríe ampliamente, pero poco a poco muta su sonrisa a algo serio.

—¿Qué ha pasado, As? —Sostiene mis hombros y busca mi mirada —. Astor, me asustas.

Niego con la cabeza, rogándole a mi agonía que no se mueva, que no brote.

Sin preguntar más, me da un abrazo y me quedo allí apoyando mi frente en su hombro, sintiendo el vacío que siento desde que me fui de su casa.

—Vamos dentro.

—La cabaña —susurro dando un paso atrás.

—No me vengas con la cabaña ahora, no voy a dejarte solo esta noche, vamos, ¿tienes alcohol?

Bernardo siempre busca levantarle el ánimo al resto, es algo con lo que nació y no lo puede evitar. Desde pequeño siempre era el gracioso, el que siempre estaba de buen humor, nunca entendí por qué le caía bien si yo era todo lo contrario.

Lleva su pelo largo recogido en una coleta, un jersey tejido color crema y unos vaqueros.

Abre la puerta de mi casa y deja el bolso a un lado de la puerta.

—¿Cerveza?, ¿vodka?, ¿Valium? ¿Qué quieres? —pregunta abriendo la nevera.

Yo arrastro mis pies hasta la isla y me siento en el taburete.

—Vodka.

—¿Tan grave es?

—No te imaginas.

—¿Los tíos están bien?

No lo estarán cuando sepan lo que ocurrió con ella.

—Sí, ellos están bien.

Bernardo sirve dos chupitos de vodka y desliza uno hasta dejarlo frente a mí.

—Vamos, vomita todo lo que tienes.

Y eso hago.

Por supuesto que Bernardo sabe quién es Azul, no solo la conoció, sino que siempre supo lo que sentía por ella.

El día que dije que todo había acabado, me dijo que era un idiota por no hablar con ella y lo ignoré, como ignoré a todos los que intentaron darme un consejo.

Así me fue.

Pasé años en la miseria por nada, por una estupidez.

Le cuento sobre el accidente que Azul padeció, la petición de mi padre, mis ganas indiscutibles de ayudarla a salir adelante, mis pensamientos intrusivos cuando se trataba de ella, la falta de superación, el amor que siento igual de potente como la primera vez que le dije «te amo».

Bernardo escucha.

Y asiente.

Y sirve un segundo vaso cuando termino el mío a pesar de que él apenas va por la mitad.

—Era un trato sellado, pude verla contemplar nuestro futuro y luego algo ocurrió.

—Mmm... ¿quizás la asustaste? Nadie quiere escuchar en una confesión de amor hablar de niños.

Resoplo.

—Eso es porque tú odias a los niños, no es mi caso y sé que no es el de ella.

—¡Son los mocos lo que odio! —se defiende y yo arqueo una ceja —, no es el punto, lo entiendo, pero quizás necesitas darle tiempo, ella acaba de enterarse que la dejaste por un malentendido, ¿entiendes lo sumamente estúpido que es eso?

—Vaya, ¿no quieres ser un poco más sincero? No sé si es clara todavía tu postura —gruño terminándome el segundo vaso.

Bernardo vuelve a servir, ¿cuántos llevo?

—Necesitas escucharlo.

Clavo los codos sobre la superficie fría y sostengo mi cabeza, recordando con vergüenza mi comportamiento.

—Lo sé...

—Increíble, nunca creí que aceptarías esto, hace años que te lo digo.

—Cállate —gruño con la mirada clavada en la isla.

Siento su mano maciza sobre mi espalda, en algún momento rodeó la isla y ahora está a mi lado.

—Dale tiempo, le pasaron muchas cosas estos últimos meses, lo que menos necesitaba era saber que tú seguías enamorado de ella.

Levanto la mirada.

—¿Cómo sabes que estoy enamorado?

Bernardo arquea una ceja color bronce.

—Es un chiste, ¿no? Nunca te vi llorar, Astor, y, oye, no busco avergonzarte, solo estoy remarcando algo muy real, ella llega a rincones de tu mente que no conocía y debo ser la persona que mejor te conoce en este planeta.

No lo es, ella por otro lado...

—Lamento que hayas llegado en este momento, soy un desastre.

—Al contrario, primo, algo me dijo que tenía que venir. —Mira a su alrededor—. ¿Dónde puedo dormir? No me hagas ir a la cabaña de noche, me da miedito.

La sonrisa sale fácil, Bernardo siempre es muy honesto con sus sentimientos e impresiones, no le da vergüenza mostrarse vulnerable ante los demás.

Señalo el sillón.

—Esa es una opción.

Encoge sus hombros.

—He dormido en lugares peores.

Coge su bolso y se retira al baño.

Cuando vuelve lo noto.

—¿Dónde está tu cámara? —pregunto. Nunca va a ningún lado sin ella.

—Me la robaron —explica poniéndose una camiseta de algodón para dormir.

—¡¿Te la robaron?! ¿Dónde? ¿En Jordania?

Bernardo se ríe.

—No, de hecho, fue en el evento de mi madre, conocí a una chica allí. —Se ríe como si algo fuese gracioso en su memoria, no entiendo el qué, si esa cámara vale tanto como uno de mis mejores caballos—. Me distrajo y cuando me quise dar cuenta, la cámara no estaba.

—¿Te distrajo? —insisto con cara de pocos amigos.

—Sip —se acuesta en el sillón y coge una manta que siempre dejo a mano—, fue muy buena… distrayéndome.

—¡Bernardo! —Me levanto y camino hasta el sofá—. ¿Te dejaste engañar por una cara bonita?

Mi primo está tumbado a la bartola, con una sonrisa de oreja a oreja.

—Y qué cara bonita, primo…

Capítulo 45

Azul Atwood

Astor no aparece esta mañana.

Pero el timbre suena en mi casa de todas maneras, me pregunto si nuestra pelea de anoche lo hizo más prudente al momento de entrar.

Pero no.

Cuando abro la puerta no es él quien está allí, son tres mujeres.

Tres mujeres que fueron mis amigas durante años, crecimos juntas, vi novios llegar y partir, vi acné arrasar con la piel de algunas, luego volver a la normalidad, vi crisis y momentos felices.

Las tres me miran con una sonrisa tensa, incómoda.

No quiero hacerlas sentir así, nunca fue mi intención apartarlas de mi vida, pero el fondo del mar tiene esos efectos a veces.

Esa fuerza invisible te arrastra cada día más, hasta que te encuentras sola, sumergida en tu propio vacío existencial.

—¿Es un mal momento? —pregunta Camila.

—No, pasad, pasad. —Me alejo de la puerta y las tres atraviesan el marco con prudencia.

Lisa es la primera en notar el puff pateado por Astor, lo recoge y se sienta cerca de la mesa de café, mientras que Camila y Verónica se sientan en el sofá.

—¿Qué tal la temporada? —pregunto arrastrando la silla de ratán hasta el otro lado de la mesa de café.

—Perdimos la semi —explica Lisa—, sin ti es imposible.

Pongo los ojos en blanco y resoplo.

—Sé que no es verdad.

—No fue por eso por lo que vinimos —intercepta Camila la conversación—, estamos aquí porque te queremos y no nos gusta saber que estás pasando por la recuperación sola.

No estoy sola, quiero decir, mi amigo me está ayudando. El mismo que ayer eché de mi casa porque rompía mi corazón con cada palabra que decía.

Pero después de la trágica conversación que tuvimos anoche no estoy tan segura de querer mencionarlo.

—Sí, te extrañamos —expresa Verónica—, para ser honesta, ninguna supo cómo manejar esto, entre el entrenamiento y nuestras vidas privadas, el tiempo pasó y ninguna se siente cómoda así, queremos saber de ti, queremos estar involucradas en tu vida.

Juego con mis dedos con un poco de nervios, pero mi sonrisa se asoma.

No tienen idea de cuánto valoro este momento.

—Tuve días malos, días horribles —confieso mirando la cutícula de mi uña—, días felices… —recuerdo mis momentos en el Racho-A y los ojos se me llenan de lágrimas al sentir aquello que sentí en ese momento.

La felicidad no se siente en el presente, puede que sientas contento, pero no felicidad, esta aparece en los recuerdos, en el pasado, cuando tu único souvenir es el sentimiento que esa memoria dejó en tu alma.

Cuando pienso en Astor, el corazón reacciona.

Cuando pienso en los caballos, mi sonrisa vuelve a tomar forma.

Ese es el sentimiento que tuve.

—Sé que no fui justa con vosotras, habéis intentado contactar conmigo más veces de las que puedo recordar y siempre puse excusas o simplemente os ignoré, quiero que sepáis que no lo hice con malicia ni por falta de interés, solo que… —la mano derecha masajea mi pecho— aquí habita algo que pareciera manipularme por momentos, no es desidia, es temor y la falta de amor propio lo que toma decisiones por mí, odio cuando eso ocurre y es muy probable que no me dé cuenta hasta después de mucho tiempo.

Lisa estira su mano y sujeta la mía.

—Sabemos lo que sientes, todas aquí pasamos por una depresión, algunas más agudas que otras, pero comprendemos lo que es estar mentalmente en un lugar oscuro.

Miro al resto de las chicas y todas asienten.

—No lo sabía…

—A mí no me gusta que el resto pueda leerme —expresa Camila—, por eso intento enterrarlo, pero eventualmente sale a tierra y debo lidiar con ello.

—Yo tengo problemas con el alcohol —declara Lisa, sorprendiéndome porque nunca lo imaginé—, nunca os lo dije, pero cuando estamos fuera de la temporada puedo perder el control muy rápido y muy fácil.

Camila la abraza y asiente pensativamente.

Las confesiones siguen.

—A mí me da por la comida —manifiesta Verónica—, entiendo cuando hablas de control—sus ojos se posan en mí—. Como verás, todas lidiamos con nuestros problemas de diferentes formas, por eso entendemos que esta es tu forma y la respetamos, pero también queremos que sepas que estamos aquí para ti. Si un día necesitas desahogarte o simplemente quieres compañía estamos solo a un mensaje de distancia.

—Gracias —susurro aguantando lágrimas, estoy harta de llorar.

—Ahora, cuéntanos por qué está Astor Walker en la puerta sentado en el coche.

—¿Qué?

—Lo vimos cuando llegamos, pretendió no vernos, claro, pero estaba allí, cuéntanos todo. —Lisa se pone cómoda en el sofá, ansiosa por escucharme.

Por primera vez me dan ganas de hablar de mis problemas, extirparlos de mi pecho de una vez.

Así que les cuento todo lo que pasó estos últimos meses, cómo mi depresión tomó control de mí, cómo Astor hizo lo posible para sacarme de ese confinamiento y cómo todo comenzó a florecer otra vez sin que me diera cuenta.

Y debo recordarme que no fue solo Astor, fue el propósito que encontré, el que quiero desarrollar y, sí, debo darle el crédito a él por enseñarme a adaptar mis necesidades.

Dar clases a niñas que tengan su pasión puesta en el polo es algo que me gusta, pero la equinoterapia llena cada parte de mi cuerpo.

Cada molécula de mí se entusiasma por ayudar a niños y adultos que necesiten del caballo como lo hago yo.

Después, con lágrimas incontrolables les dije sobre el posible caso de infertilidad que la ginecóloga nombró y cuánto me duele ese tema.

Cuánto me duele decirle a Astor que el futuro que ve para los dos no es posible por mi condición.

Ellas me escuchan, asienten y me dan sus opiniones solo cuando se las pido.

No me había dado cuenta de cuánto necesitaba un oído donde descargarme.

Simplemente alguien que quiera escucharme porque le intereso y no porque pague la hora.

Tras cinco horas de charla, risas y un poco de llanto, mis amigas se van, prometiendo venir una vez por semana o cuando yo lo necesite.

Cuando las despido espío hacia la calle y Astor sigue allí, sentado en el coche que usa solo de vez en cuando, con la mirada perdida.

Camino hacia allí y me detengo del lado de su ventanilla, él la baja lentamente cuando me encuentra.

—Supuse que charlar con tus amigas era más entretenido que el ex que trae drama —murmura con media sonrisa.

—Me ha hecho bien verlas.

—Me alegro mucho, Blue.

—¿Qué haces aquí? —pregunto cruzando los brazos sobre el pecho.

Astor mira hacia el frente, la calle desolada, excepto por el coche de Lisa que avanza con ellas dentro y saludan eufóricamente.

—No lo sé... —dice—. Al principio fue un reflejo, venir a por ti es parte de mi rutina ahora, luego estaba seguro de que iba a convencerte para que nos demos una oportunidad, pero todas estas horas en silencio en el coche me llenaron de dudas.

—¿Como cuáles?

Mi corazón golpea fuertemente.

—Como si es justo de mi parte pedirte una segunda oportunidad o si me la merezco. También me planteé si es que en realidad debo empujarte a que esto ocurra, ¿es algo que quiero? Quizás tú no sientes lo mismo que yo, quizás no estás pasando por lo mismo que yo e insistirle a alguien que *no* me desea quizás no sea el mejor comienzo de una relación.

Cuando parece volver a tierra, conecta sus ojos conmigo, ayer estaban aterrados, hoy simplemente tristes, con rastros de una noche sin sueño.

—¿Podemos hablar?

—Sí, Blue, ¿aquí?

—¿Qué tal en el rancho?

Niega con la cabeza.

—Bernardo apareció anoche en mi casa, lamentablemente no es una opción. Pero tengo un lugar que creo que es perfecto.

Capítulo 46

Astor Walker

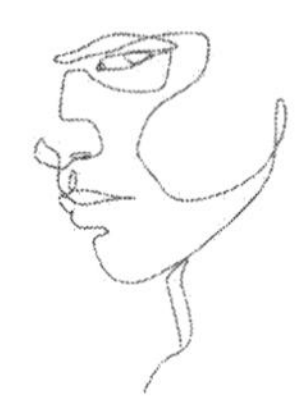

Mis padres se fueron a Houston en la mañana, por eso atravieso su campo y detengo el coche bajo la casa del árbol.

Sigue intacta.

Se encuentra en el punto más alto de un roble, rodeada de hojas verdes y brillantes.

Me encargué de que se mantuviera durante todos estos años, mejoré algunas cosas, haciéndola habitable a pesar de no pasar tiempo aquí.

Mis padres nunca dijeron nada al respecto, no me trataron de patético por volver aquí al menos una vez al mes, para pasar, aunque fuera un rato, en este espacio tan encapsulado en el tiempo.

El tiempo donde era verdaderamente feliz.

Azul mira por la ventanilla y sonríe cuando la encuentra camuflada entre las ramas.

—No puedo creer que siga aquí.

—Claro que sigue aquí, es el mejor recuerdo que tengo de nosotros. —Señalo la casa del árbol, con las manos descansando en el volante—. Aquí jugamos durante horas, en más de un sentido —agrego con una risita—, aquí te vi desnuda por primera vez y me confesé por primera vez.

—Lo recuerdo —dice ella mirando hacia arriba.

—Creo que deberíamos tener una charla aquí.

—Estoy de acuerdo —dice ella con convicción en su mirada.

Los dos bajamos del coche al mismo tiempo y cerramos la puerta al unísono.

Ella es la primera en subir, escalando por los peldaños precarios de madera que hizo mi padre. Abre la escotilla y se encuentra con este lugar después de tantos años.

Las luces colgantes siguen allí, como también nuestros nombres tallados en la pared con un corazón irregular que Azul intentó tallar sin mucho éxito.

Las alfombras son nuevas, el colchón ya no es inflable, sino uno de verdad, de esos que se enrollan y se extienden lentamente una vez fuera de la caja.

Azul lo señala, sorprendida.

—Es nuevo, el que estaba antes se pinchó hace muchos años.

—¿Y por qué lo reemplazaste? —pregunta sentándose sobre este, está cubierto por una manta mucho más costosa que la que solíamos usar. Esta es blanca, de hilo grueso.

Yo me siento en el suelo, sobre un cojín violeta, apoyo mi espalda en la pared y levanto mis rodillas para apoyar mis codos sobre ellas.

—Honestamente, no quería que este lugar se arruinara, el deterioro siempre me molestó, no solo aquí, sino en nuestras vidas, solo que aquí podía hacer algo al respecto. Barnicé la madera, mejoré las ventanas…

—Siempre fue mágico este lugar —dice ella mirando las lucecitas en el techo—, me hacía sentir a gusto, plácida…

—¿No te estarás confundiendo con los orgasmos que tuviste aquí? —digo, ser descarado con ella es inevitable.

Blue suelta una sonrisa y cuando me mira siento que me vuelvo loco.

En mi pecho pasan cosas intensas y noto que algo se comprime en mi interior.

¿Cómo pude dejarla ir tan fácil?

—¿Estás mejor? —pregunto apoyando la nuca contra la pared.

—Sí..., ayer fue muy intenso.

—Lo sé, y quería pedirte perdón porque sé que cuando quiero algo puedo ser... insistente, así que te entiendo si no quieres ir por ese camino.

—¿Camino? —descansa sus manos sobre el colchón, sosteniendo su espalda.

—Ayer propuse cosas que claramente no estabas lista para escuchar.

—¿Te refieres al matrimonio? —pregunta con una sonrisa astuta.

Yo pongo los ojos en blanco y reprimo las ganas de reír, a ella siempre le gustó molestarme.

—Sí, Blue, me refiero a lo del matrimonio.

Lentamente su sonrisa desciende y observo cada segundo, preguntándome qué ocurre dentro de su mente, qué quiere de mí, qué puedo hacer para que me desee.

Apoya sus codos sobre las rodillas y mira el suelo, eso nunca es bueno, porque está buscando palabras exactas para no herirme.

Tarde, el hueco en mi pecho ya se instaló.

—No puedo darte ese futuro del que hablaste ayer. —Sus ojos encapuchados, no puedo leerlos.

—No puedes o no quieres.

Cuando levanta la mirada veo agitación allí, esto la angustia mucho más de lo que creí.

—No puedo. —Cuando su voz se distorsiona me levanto inmediatamente y me siento a su lado, abrazándola sobre sus hombros.

—Blue, si te refieres a cómo te sientes hoy..., créeme, no te sentirás así para siempre. —No sé qué palabras usar para hablar de su depresión, todas parecen poco específicas e hirientes.

—Lo sé, pero no es eso, Astor. —La mortificación que lleva en sus ojos me destruye—. Tengo algo llamado SOP, para que lo entiendas, es básicamente un problema hormonal que... —se ahoga un poco y acaricio su espalda—. Es probable que sea infértil.

La frase la dice rápido y con una garganta tensa. Como si fuese un latigazo, un mazazo.

—¿Eso te dijo el médico? —susurro, el momento parece demasiado personal como para hablar en un tono normal.

Asiente.

—Hay tratamientos que podría probar, pero me dijo que no me ilusione, que pocas mujeres lo logran y yo no puedo hacerte eso.

Uno mis cejas en confusión.

—¿Hacerme qué, Blue?

—Eliminar ese futuro que sueñas, no puedo permitirlo, encerrarte en la frustración, en la falta de cumplimiento.

Lentamente me pongo de rodillas frente a ella, mis manos descansan en su cadera.

—Blue Jay, mírame —ordeno, y ella a regañadientes lo hace, no quiere mostrarse frágil—. Ese futuro era *solo* contigo. —Azul me mira desorientada y acaricio su rostro delicadamente—. Tener hijos era una opción *solo* contigo, con nadie más.

—No digas eso, porque nunca sabes cuándo…

—Solo contigo, Blue —insisto—. Podemos intentarlo mil veces o podemos disfrutar de nuestra compañía hasta que seamos viejos. Tú eres la clave en este escenario, tú haces que exista otra vez, nadie más, y solo con pensar en tenerte en mi vida de vuelta me es suficiente para sentirme completo.

Ella explora los rincones de mi rostro, indagando por la verdad, y la encuentra.

—Creo que todavía no entiendes la dimensión de lo que te estoy diciendo, podría nunca lograrlo.

—No me importa.

—Pero…

—Blue, ¿quieres volver a estar conmigo?

Cada segundo que transcurre es una tortura.

Uno.

Dos.

Tres.

—Sí.

—¿Quisieras estar conmigo a pesar de que yo fuese infértil?

—Por supuesto.

—Entonces, si me perdonas por ser un imbécil, arruinar nuestra relación, desaparecer de tu vida, ignorarte, ser un bruto...

—Bueno, si sigues enumerando todas esas banderas rojas...

Los dos nos reímos.

—Lo que intento decir pobremente es que ayer, cuando me di cuenta de que fui un necio, sentí... sentí... algo, como claustrofobia, al concebir que te había perdido para siempre por algo tan absurdo e infantil como eso, estoy rogándote literalmente de rodillas, que perdones a este idiota y le des una segunda oportunidad.

Azul apoya su mano en mi mejilla y cierro los ojos disfrutando de la sensación.

—Claro que te perdono, los días de perro se acabaron, ¿recuerdas? Ahora solo resta enamorarte otra vez.

Sonrío abiertamente.

Felizmente.

—No necesito volver a enamorarme de ti, Blue, nunca dejé de amarte.

Azul envuelve sus brazos sobre mis hombros y me abraza fuertemente, mis manos la rodean y hundo mi nariz en su pelo, aspirando su olor.

Su esencia.

Ella es mi oxígeno, por eso busco sus labios con desesperación y me pierdo en un beso necesitado.

Ansiado.

Durante la noche creí una y mil veces que nunca iba a volver a besarla.

Que la había perdido para siempre.

Nunca me perdonaré lo que le hice, jamás, pero puedo pasar el resto de mi vida buscando compensar todo este tiempo perdido.

—Blue —susurro sobre sus labios.

Un pedido.

Un permiso.

—Sí, sí —responde ella, y es todo lo que necesito para empujarla a la cama como todos esos años atrás. La diferencia entre aquellos tiempos y hoy, es que hoy valoro lo que tengo con una inmensidad explosiva, nunca más daré por sentado esto que tenemos, porque esto es único, irrepetible, pocas personas en este planeta pueden tener algo como lo nuestro, no puedo olvidarme tan fácilmente lo difícil que es encontrar a aquella persona que completa cada espacio vacío de tu alma.

Cada rincón con insuficiencias.

Cada necesidad de complacerla, amarla, poseerla.

Y hacerla enteramente mía.

Mía.

Sin miedos.

Sin promesas que no se pueden cumplir

Mía para siempre.

Arranco su ropa con impaciencia y ella quita mi camisa haciendo que algunos botones vuelen y se pierdan para siempre en el suelo de este lugar tan especial.

Pero a pesar de sentir este fuego, intento buscar la calma y cuando tomo control de los dos en la cama, lo hago dócilmente.

Envuelvo sus piernas por mi cadera, aunque los dos estamos tumbados, enfrentados.

Entro en ella lentamente, sintiendo nuestro contacto puro.

Suave.

Mis ojos están en los de ella y ella en los míos, y a medida que empujo me regocijo en sus sonidos, en su cara de placer, en su cara de amor.

Azul me envuelve con sus brazos sobre mi cuello y sonríe tiernamente, llevando toda mi atención a sus labios.

La beso despacio, lánguido.

Entro y salgo de ella de manera controlada y precisa.

Esto ya no es sexo, esto sí es amor.

Por eso la precisión, la conexión y las sonrisas mientras nos besamos.

—Quiero esto toda la vida, Blue, quiero hacerte el amor para siempre. —Empujo un poco más, llegando más lejos que antes.

Ella gime antes de contestar.

—Soy enteramente tuya.

—Soy enteramente tuyo.

Los dos tomamos aire al unísono, aferramos nuestros cuerpos y nos dejamos llevar por el placer que se formó lentamente. Y finalmente culmina con nuestra unión más profunda, más concreta y por sobre todo, definitiva.

Capítulo 47

Azul Atwood

Dormir en los brazos de Astor.

Punto.

Esa es la frase.

Sus brazos rodean mi cuerpo y me aprieta contra él con cariño, pero lo hace absolutamente dormido.

La casa del árbol está fría, sin embargo de su cuerpo emana mucho calor, su pecho duro y definido es sumamente abrazable y eso hago, con fuerza.

Siempre sentí el cariño de Astor de una forma u otra, cuando éramos pequeños lo demostraba físicamente, pero como una tonta no supe leer su idioma y lo tomé como si fuese un adolescente cachondo más, pero ese era Astor, diciendo que me amaba.

Ahora eso no ha cambiado demasiado, excepto por su devoción, todavía me impacta recordar lo que dijo anoche.

¿Quisieras estar conmigo a pesar de que yo fuese infértil?

Si yo no dudé en responder, ¿por qué creí que era lo correcto imponerle mi idea de un futuro para él?

A veces hago cosas que me enfadan, pero trabajaré para cambiarlas, para confiar en él, en lo que dice y siente, en vez de asumir.

Asumir, maldita palabra, por ella todo se arruinó más de una vez entre nosotros.

Lo que me despierta del todo es el sonido de un motor a los pies de la casa del árbol.

Pasos sobre las hojas de otoño.

Y una voz que reconozco muy bien.

—¡¿Astor?! —llama Oliver.

Los dos nos sentamos en la cama inmediatamente, nos miramos con miedo al principio y luego comenzamos a reír.

Atrapados.

—¿Sí? —pregunta suspirando en derrota.

—¿Estás... bien? —Oliver no entiende absolutamente nada, su voz indecisa me lo dice.

—Sip.

—¿Estás... solo?

—Nop.

—¿Es... Azul?

—Sí, papá es Azul. —Astor masajea su frente en exasperación.

—¡Hola Az!

—¡Hola Oliver! —respondo cubriendo mi rostro.

Los dos reprimimos la sonrisa.

—¡¿Os esperamos para desayunar?! —grita.

Astor me mira y toca la punta de mi nariz.

—¿Tienes hambre, Blue?

—¿Hay tortitas? —susurro.

—¿¡Hay tortitas?! —grita Astor.

—¡Sí! —grita Oliver—. ¡Está Bernardo aquí también!

Escucho otra puerta más cerrarse.

—¡Hola Azul! —grita el primo—. ¡Un gusto escuchar tu voz abochornada!

—¡Hola Bernardo! —devuelvo cubriendo todo mi rostro con la manta.

—¡Bajaremos en unos minutos!

El motor vuelve a repicar y se aleja lentamente.

Los dos caemos sobre la cama y cubrimos nuestros rostros con la pesada manta que nos aísla del frío.

Astor me atrae hacia él y deja besos delirantes en mi cuello, en mi rostro y mi pecho.

Su mano ancha rodea mi cintura y deja que se pierda en mi culo.

—Te amo, Blue Jay, lo dije de pequeño y lo digo de adulto, no puedo esperar a vivir nuestra aventura.

Acaricio su rostro con una sonrisa abierta.

—Te amo Hawk, lo hice desde pequeña y nunca dejé de hacerlo.

EL DÍA de mi cumpleaños despierto con besos en mi rostro.

El calor de Astor y su perfume varonil me rodean y me elevan.

Podría acostumbrarme a despertar así, todos los días.

—Feliz cumpleaños, Blue —susurra en mi oído, acariciándome con su nariz—. ¿Quieres tu regalo ahora?

—Ajá… —respondo enterrando mi cara en la almohada.

Espero que se levante, quizás vaya a buscar algo escondido por mi casa, pero no ocurre nada de eso.

Las sábanas desaparecen.

Mis piernas son abiertas con sus manos.

Miro hacia abajo y encuentro a Astor Walker sonriéndome, sus cejas se levantan insinuando algo y luego hunde su rostro entre mis piernas.

—Oh joder… —digo sosteniéndome del cabecero de la cama—. Astor…

—Sí, di mi nombre todas las veces que lo necesites —dice deslizando su lengua lentamente. —. Agárrate bien, Blue, que hoy desperté famélico.

Su lengua hace estragos, toma posesión, invade y penetra.

Las manos de Astor sujetan mi culo con fuerza, clavándome en la cama, inmovilizándome por completo.

Mis gimoteos son agudos, representando el placer explosivo que siento en mi centro.

—Este... es... el... mejor... cumpleaños —digo entre jadeos.

—Este es solo el principio de nuestras vidas —dice deteniéndose, por eso entierro mis manos en su pelo y lo llevo allí otra vez.

Su risa profunda vibra en mi interior y una onda expansiva se mueve sobre mi cuerpo mientras mi orgasmo paraliza cada músculo en mí.

Cuando vuelvo, Astor escala sobre mi cuerpo con una sonrisa engreída.

—Escucharte así, toda la vida, Blue. —Voltea mi cuerpo y hunde su dureza en mí mientras susurra las palabras más sucias y sensuales que escuché jamás.

—Blue, el timbre está punto de sonar.

Entrecierro mis ojos con sospecha.

Después de una mañana llena de sexo infinito estoy de pie en mi cocina, buscando algo que comer y algo para hidratarme.

—A qué te refieres con...

Ding-dong.

Astor encoge sus hombros y camina hacia mí, dejando un beso en mi frente.

—Es tu cumpleaños y siempre lo festejaste a lo grande, me pareció apropiado dadas las circunstancias.

Mis amigas, están del otro lado de la puerta, todas gritan feliz cumpleaños al mismo tiempo, sus manos están ocupadas con bolsas con comida y bebida.

Poco tiempo después, Blas, Daniela y Zach entran con un regalo cada uno.

Inmediatamente se forma un grupo, algunos sentados en el sofá, otros en el suelo, discutiendo temas relacionados a la equitación y el negocio del polo.

Zach está muy hablador con Camila y ella se ríe de absolutamente todo lo que él dice, inclusive las cosas raras.

Blas está sentado al lado de Daniela y la escucha hablar con mucho interés mientras ella relata una anécdota sobre un caballo que solía morder solo a Blas y a nadie más.

Lo recuerdo bien.

Yo los escucho con atención, sentada sobre las piernas de Astor, quien me sujeta con fuerza.

Él parece no prestarle atención a nada excepto a mí y lo atrapo mirando muchas veces, aunque pretende no hacerlo.

Estas últimas semanas juntos encontramos una rutina hermosa, donde paso tiempo en el rancho y ayudando a Jen los fines de semana, algunos días duermo en el rancho y algunos aquí, aunque la mayoría del tiempo lo pasamos en Rancho-A, ya que los caballos no pueden quedarse solos mucho tiempo.

Por otro lado, Jessie dijo que estaba lista y que no necesitaba más sesiones ya que mi mejoría había sido increíble este último tiempo y, honestamente, no tener que ir allí me quita un peso de encima.

Pobre Jessie, no tiene la culpa, pero estar ahí solo me hacía pensar en el accidente.

—¿En qué piensas, Blue? —susurra Astor sobre mi hombro, alejándome de mis pensamientos.

—En nada, estaba disfrutando el momento. —*Algo que aprendí a la fuerza.*

Suena el timbre una vez más y lo primero que hago es mirar a Astor quien se encoge de hombros.

—Yo no invité a nadie más, ¿esperabas a alguien? —pregunta apretando mi cadera.

—No...

Los dos nos levantamos y dejamos la fiesta atrás.

Como temía, mi padre está del otro lado, con un ramo de rosas y un osito de peluche en su mano.

—Feliz cumpleaños, Osito —dice con una sonrisa apretada. Yo miro a su alrededor—. Estoy solo, ¿puedo pasar?

—Claro —digo haciendo espacio.

Astor está detrás de mí, con sus brazos cruzados. No había notado lo grande que es comparado con mi padre, no solo en altura, en anchura también.

El tiempo nos afectó a todos, supongo.

Mi padre se tensa inmediatamente cuando lo ve.

—Astor…

—Jonathan…

Mi padre entrega las flores y hundo mi nariz para aspirar el perfume.

—Gracias, papá, son muy bonitas.

—¿Y tú Astor? ¿Qué le has regalado? —pregunta mi padre con malicia.

Por favor, no digas orgasmos, por favor, no digas orgasmos.

—Mi regalo lo recibirá al final del día —dice sugiriendo algo más.

Oculto mi rostro tras las rosas prontamente.

Mi padre asiente y procede a ignorarlo, para enfocarse en mí.

—¿Podemos hablar? Quizás en un lugar más privado. —Señala al nuevo grupo formado en el salón, la música está alta y el bullicio es ensordecedor.

—Claro, ven, podemos ir a mi habitación.

Astor viene detrás de mí, pero lo detengo.

—Blue… —susurra mirando a mi padre con amenaza.

—Es algo que tengo que hacer sola.

—Está bien, estaré justo afuera si me necesitas. —Deja un beso sobre mis labios y coge las flores y el osito de mis brazos para liberarme.

Mi padre parece nervioso y cuando entra a mi habitación le echa un vistazo rápidamente.

Gracias a Dios, Astor tiene una obsesión con tener la cama hecha, así que no hay rastros de mi regalo de cumpleaños.

—Así que Astor, ¿eh? —dice.

—Sí, estamos juntos otra vez.

—¿Es el indicado? —pregunta sin vestigios de juzgamiento en su voz, simplemente una pregunta genuina.

—Siempre lo fue.

Asiente lentamente y lleva sus manos a los bolsillos.

—Osito... no estoy aquí solamente por tu cumpleaños, también vine a pedirte perdón por mi comportamiento.

Me siento a los pies de la cama, apoyo mis manos sobre las rodillas y me dedico a escucharlo.

—Ahora que eres mayor y sabes lo que es tener una relación creo que puedes comprender que cuando algo no funciona entre dos seres humanos, es irreversible. Eso era lo que ocurría con tu madre —cambia el peso de su cuerpo de un pie a otro, nerviosamente—. Creo que lo noté observando a los Walker, ellos no tenían la misma relación que tenía con Claudia, apenas podía hacerle chistes a tu madre sin que se ofendiera, y no hablemos de la parte íntima...

—No, por favor.

Se ríe con un poco de tristeza.

—No funcionábamos más, ella lo sabía y yo también, solo alargamos lo inevitable durante años.

—Hasta que llegó Alicia —agrego.

Vuelve a asentir, pero esta vez mirando al suelo.

—Alicia comenzó como algo físico honestamente, pero luego se fue desarrollando y se gestó esto maravilloso que tengo ahora en mi vida —sus ojos se iluminan cuando habla de ella, me duele un poco—, al fin tengo eso que tanto envidiaba de Oliver y Cala y no quiero despojarme de eso, nunca, ella es el amor de mi vida y me duele muchísimo que no le des una oportunidad.

Miro hacia el techo, para decirle a la vida que ya entendí el tema principal de esta historia, segundas oportunidades y todo eso. Está claro, basta.

—Tienes razón, no lo hice, pero porque no estaba lista.

—Pasaron muchos años osito, como dije, tu madre...

—Y como dije yo, tú no sabes lo que pasó con mamá, yo sí, yo tuve que lidiar con eso, sola.

—Tienes razón, lo siento, hice todo mal y no hay un día que no me arrepienta en cómo manejé la situación.

—Me evitaste durante mucho tiempo, papá. —Me levanto sintiendo la necesidad de estar al mismo nivel que él—. Todos estos años, no tuve padre.

—Lo sé, estaba muy avergonzado por mi comportamiento, no podía soportar ver cómo me mirabas cada vez que aparecía en tu vida.

—Siento haberte hecho sentir así, pero mi vida no fue fácil una vez que te fuiste, entonces no esperes que reciba de brazos abiertos a tu nueva pareja, yo tenía mis propios problemas, que, mayormente, eran explosiones que tú dejaste atrás.

—Hablé con tu madre hace poco, nos juntamos a tomar un café.

—Qué afortunado, a mí no me habla.

La puerta de mi habitación suena delicadamente y cuando se abre se asoma mi madre.

—¿Qué es esto? ¿Una emboscada? —pregunto.

—Lamento interrumpir —dice entrando a mi habitación—, pero quería daros espacio para charlar antes.

Mi madre se acerca y me da un abrazo y un «feliz cumpleaños, cariño» en el oído.

—Los dos estamos aquí porque queremos festejar tu nacimiento, pero también para pedirte perdón por cómo manejamos las cosas, ninguno de los dos hizo lo correcto y nos dimos cuenta después de hablar y comprender que la única realmente damnificada fuiste tú, hija.

Me quedo sin palabras.

Mi padre continúa.

—Fue irresponsable e inmaduro de nuestra parte, pero entendemos que el daño está hecho.

—Nos alegra que hayas encontrado a Astor otra vez.

—No estoy tan seguro de eso —murmura mi padre mirando lejos de mí.

—Entiendo vuestras dos posturas —finalmente encuentro algo que decir—, prometo que intentaré recibir a Alicia la próxima vez. —Mi padre asiente y relaja sus hombros, sin embargo, cuando miro a mi madre, el efecto es el contrario, ella se tensa—. Hay cosas que van a cambiar a partir de ahora, no volveré a competir y no quiero seguir modelando.

—Pero hija, ¿qué harás? ¿Cómo mantendrás tu estilo de vida?

—Ese estilo de vida lo único que hizo fue pulverizarme, aislarme del mundo y no quiero vivir eso nunca más, estoy muy emocionada por comenzar a estudiar y espero que los dos podáis apoyarme.

Mi madre pone cara de pocos amigos.

—No soy un producto, mamá, lamento haber sido tu muleta durante tanto tiempo, porque ahora no sabes qué hacer, pero estoy segura de que encontrarás a alguien que aprecie tus servicios, yo no los necesito más.

—Lo entiendo, solo quiero aclarar que me alejé de ti porque me pidieron que lo hiciera.

—¿Quién?

—¿Quién va a ser? Astor... Dijo que mi presencia solo empeoraba todo, que te diera espacio y eso hice.

Sonrío por dentro porque Astor sabía, sin que yo le dijera una sola palabra, que mi madre era alguien que me estancaba más que elevarme.

—Me hizo bien estar sola, me obligó a salir adelante.

—Me alegro de que haya funcionado, Az —dice mi madre honestamente—, pero te extraño.

—Puedes visitarme todas las veces que quieras —estiro la mano y ella la toma con una sonrisa.

—Y ya que estamos en un confesionario —agrega ella—, quiero que sepas, sepáis —añade mirando a mi padre—, que he conocido a alguien y estoy muy feliz.

Aprieto la mano de mi madre.

—Me alegra mucho, mamá.

La abrazo con fuerza y mi padre se acerca tímidamente, entonces entre las dos lo abrazamos también, uniéndolo al círculo.

Quizás no sea la familia perfecta.

Ni su historia termine con un final feliz, pero encontraron la felicidad por otro camino y está bien, es lo que yo haré cuando comience a estudiar y a enseñar equitación.

Nuevos caminos.

Nuevas etapas.

Infinitas posibilidades.

Cuando cae la noche, el silencio finalmente llega a esta casa y, con ello, la intimidad de estar con Astor el día de mi cumpleaños.

Comenzamos a recoger platos y vasos, todavía recordando lo grandiosa que fue la tarde y en equipo enjuagamos y colocamos todo en el lavavajillas.

—Te lo digo, Astor, Blas siente cosas por Daniela —digo distraídamente guardando un plato—, la forma en que la mira, se ríe de todo como un tonto…

—Me alegro por ellos —responde apoyando su trasero en la encimera—, espero que funcionen, no parecen compatibles —dice alejándose de mí hacia el lado opuesto de la cocina.

—Nosotros tampoco lo parecemos —le recuerdo echando el detergente y cerrando la puerta del aparato, una risa se escapa de mi boca.

—Ah, ¿no?

Puedo escuchar su tono burlón, por eso volteo para seguirle el chiste y en el primer paneo de la cocina no lo encuentro.

Lo encuentro cuando miro hacia abajo y lo veo sobre una rodilla.

Mis ojos se llenan de asombro.

El tiempo parece detenerse en este instante y todo a mi alrededor se vuelve borroso, excepto Astor.

Astor.

Con su mirada penetrante, sus ojos negros enmarcados con cejas espesas y oscuras.

Astor con su mandíbula de superhéroe, su voz profunda y masculina.

Astor con su pelo suave y el corte del momento.

Astor... con todo el amor que me trasmite con solo su mirada.

—Azul Atwood... —dice abriendo la cajita de terciopelo en su mano—, ¿quieres pasar el resto de nuestras vidas juntos?

Mi corazón late con fuerza y un cosquilleo extraño recorre mi cuerpo, específicamente mi espalda.

—No hay nada que quiera más —respondo asintiendo con mis ojos llenos de lágrimas y una sonrisa enorme.

Son palabras demasiado sinceras como para no sentirlas como una marca en mi pecho, una promesa inquebrantable.

El anillo está hecho de oro blanco y tiene una sola piedra preciosa en el centro, un diamante de corte brillante.

La piedra brilla con un resplandor deslumbrante cuando la luz de la cocina la toca.

La belleza en su simplicidad es lo que lo hace especial, un recordatorio de cómo es Astor Walker, austero, con los pies en la tierra, un hombre sencillo que solo busca la felicidad por fuera de lo material.

Astor se levanta, desliza el anillo sobre mi dedo lentamente y luego deja un beso delicado sobre él.

Cuando levanto la mirada encuentro su emoción en los ojos aguados y absolutamente felices.

Acaricia mi rostro con una mano, luego con la otra, hasta que finalmente sellamos todo con un beso.

La realidad de lo que acabamos de decretar envuelve una alegría indescriptible.

Con una sonrisa en los labios y nuestras manos unidas, los dos nos miramos por un largo rato, no hay palabras para decir porque esa mirada dice mucho más que cualquier declaración de amor.

Capítulo 48

Astor Walker

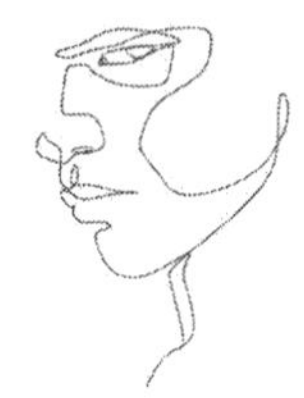

—Esta humedad apesta —rezongo por lo bajo al llegar a Buenos Aires.

Blue me mira de soslayo con media sonrisa.

—No seas un viejo gruñón.

—No puedes culparme —digo sujetando su mano, la que tiene el anillo, en el aeropuerto internacional de Ezeiza, donde estamos esperando que venga el taxi para llevarnos al hotel—, viví toda la vida en una de las ciudades más secas de Estados Unidos.

Me recuerda a las veces que viajé a Miami, por Dios, cuánto detesto la humedad.

En fin, estamos aquí para presenciar el Campeonato de Polo Masculino y para finalmente cerrar el trato con Luis.

Sabía que este viaje sería un detonador de muchas emociones en Blue, pero la encuentro serena, quizás hasta emocionada por estar aquí.

Estaba seguro de que sería todo lo contrario, pero una vez más, Azul me sorprende.

Cuando llega el taxi y cargamos las maletas comenzamos el camino atravesando la ciudad de Buenos Aires.

Ella mira por la ventanilla y cojo su mano para llamar su atención.

—¿Quieres hacer turismo?

—Me encantaría —responde con una sonrisa que me deja estúpido.

Así que en cuanto nos registramos en el hotel, nos cambiamos a unas ropas más veraniegas, abandonamos las maletas y salimos a caminar.

Como prometidos.

Como personas que se están reencontrando.

Las calles de Buenos Aires son un hervidero de actividad, algo que me cuesta cuando comparas mi vida solitaria en el rancho, me incomoda, no puedo seguir el ritmo, pero Blue se ve feliz y no hay nada que no resista por ella.

Los cafés al aire libre y las heladerías ofrecen un refugio para hacer frente las temperaturas, mientras que las calles están llenas de músicos callejeros, vendedores de souvenirs y artistas que exhiben su talento.

Los edificios históricos se ven especialmente hermosos bajo la luz del sol, con sus fachadas de estilo europeo que reflejan el esplendor de la ciudad.

Cuando llega la noche, comemos una porción de pizza cada uno en un lugar famoso de la calle Corrientes.

Azul tiene toda su barbilla llena de aceite y yo río a carcajadas mientras la limpio con una servilleta.

Desde que fui bendecido con la aceptación a mi propuesta, la convencí de que se mudara a mi rancho, no quiero que pase un día más en esa mansión solitaria y esa fue la decisión más inteligente que tomé en mi vida.

Nos levantamos juntos con los primeros rayos de sol y repartimos las tareas del rancho hasta que Blue se marcha a su curso de terapia y equitación.

Lamentablemente para mí, volvió a conducir, llevarla y traerla era algo que disfrutaba mucho, pero al mismo tiempo celebro la independencia que está recuperando.

Hasta ha conseguido alumnos ya, tiene cinco pequeñas, entre ellas

Sam, quienes pasan un gran rato con Azul y, por lo que ella relata, ocurre lo mismo con ella.

Esto me enseña que cuando la vida parece acabarse, solamente hay que encontrar un propósito nuevo.

Uno que te llene el alma, que te haga sentir completo y realizado otra vez.

La cerveza que tomó parece haberla puesto alegre y mimosa, así que la encierro de pared en pared, besándola, saboreándola hasta llegar a nuestra habitación y hundirme en su calor.

Amo tocarla, siento que fui hecho para darle placer y no pierdo oportunidad para hacerlo cada vez que puedo.

El Abierto de Palermo no es solo un evento deportivo, es toda una experiencia cultural. El Campo Argentino de Polo se llena de espectadores, tanto locales como extranjeros, que disfrutan de la música en vivo, las ferias de artesanía y las actividades relacionadas con el polo.

La moda, la elegancia y la tradición del polo argentino se hacen presentes, y los asistentes se visten con atuendos de alta costura.

Blue me advirtió sobre esto, trajo sus mejores prendas e, inevitablemente, yo caí en la trampa y tuve que comprarme ropa seleccionada exclusivamente por ella.

Mientras ella lleva un vestido blanco y un sombrero, yo paseo con unos pantalones color caqui que, según ella, marcan muy bien mi culo, un polo blanco y una gorra azul con mi equipo favorito.

Por supuesto las miradas van todas hacia ella y más de una vez he contenido mis ganas de golpear a algún baboso que se queda mirándola más tiempo del necesario.

Sé que llevo una mujer hermosa a mi lado, pero lo que más me enorgullece es cuánto progresó en tan poco tiempo.

Azul hoy parece reconquistar su color.

Vive otra vez.

Y florece en situaciones como esta donde se encuentra entre su tribu a pesar de no participar activamente como antes.

Adultos y niños le piden fotos y autógrafos y ella siempre responde amablemente.

—¿Crees que Luis ya está aquí?

—Probablemente, me dijo que tenemos los asientos cerca, así que no lo perderemos, no te preocupes.

Ella está más nerviosa que yo con respecto al embrión.

Y sí, hace tan solo unos meses ese tema ocupaba al menos la mitad de mi cerebro, hoy ya no tanto, puede que me diga que no y no podría importarme menos.

No cuando abrí los ojos y descubrí la vida que me estaba perdiendo.

Aunque sospecho que a Blas le dará un ataque si Luis vuelve a rechazarnos.

Una vez sentados en nuestros asientos VIP, descanso una mano sobre el respaldo de su silla y disimuladamente la atraigo hacia mí.

—¡Astor! —susurra.

—¿Qué? —sonrío diabólicamente—. Quiero que mi futura esposa esté más cerca, para hacer esto…

Bajo la mano y la apoyo sobre su pierna y luego lentamente la subo, corriendo la tela de su vestido.

Ella me mira con una mirada traviesa y cuando muerde sus labios, me inclino para comer su boca.

Solo que somos interrumpidos por un carraspeo.

—¡No quiero interrumpir, pero quería saludarlos! —Luis está de pie detrás de nuestras sillas, a su lado una mujer que estoy seguro de que es su esposa.

—¡Luis! —exclama Blue levantándose de la silla.

Le da un gran abrazo.

—Azul, te presento a Marla, mi esposa.

Blue, como hace últimamente, abraza con fuerza como si la conociese de toda la vida, yo estrecho mi mano, pero Marla se acerca y me deja un beso en la mejilla como suelen hacer los argentinos.

—Un placer —digo sintiéndome conmocionado, nosotros los estadounidenses no nos tocamos a menos que sea de vida o muerte.

O una futura esposa.

Las mujeres inmediatamente conectan y se sientan en un rincón para charlar, mientras que Luis se sienta a mi lado.

—Este año el campeonato será sumamente interesante —explica—, tengo ese presentimiento.

Pocos minutos después, el torneo comienza y odio no tener a Blue a mi lado para conversar sobre lo que ocurre, pero ella parece estar pasando un gran momento con Marla así que guardo mi mal humor bajo siete llaves.

Sé que suelo acaparar todo su tiempo libre, sus amigas lo dicen una y otra vez, no importa cuánto las ignore.

Hoy es la gran final del campeonato, aquí se disputan los mejores equipos masculinos, las gradas están repletas, puedo escuchar al menos tres idiomas diferentes solamente a mi alrededor, todo el mundo viene aquí a ver este momento.

Y es algo digno de ver, los partidos son emocionantes y a menudo muy disputados, ya que los jugadores muestran su destreza en el campo en una lucha por el prestigioso título.

El evento culmina con una ceremonia de entrega de premios lujosa y emocionante, en la que los ganadores levantan la copa y se celebra con un espectáculo de fuegos artificiales que ilumina el cielo de Buenos Aires.

Para ese entonces, llamo a Blue para que comparta el momento conmigo, ella se sienta sobre mis piernas y descansa su cabeza en mi hombro mientras miramos los fuegos artificiales explotar en el cielo.

—Te amo —susurro solo para su oído, luego dejo un beso en su pelo—, gracias por estar aquí conmigo.

Ella envuelve mi cuello con sus brazos y deja un beso en mi mejilla.

—Yo te amo más —responde juguetonamente, luego susurra—, ¿Luis dijo algo?

Niego con la cabeza y ella voltea para encontrarse con el hombre.

—Oye Luis, ¿dónde iremos a cenar? Espero un tour gastronómico.

Luis está deleitado con ella y acaricia su barriga con complicidad en sus ojos.

—Esto no aparece por arte de magia, Azul, esto son años de experiencia, no te preocupes, yo te llevaré al mejor bodegón de la ciudad.

Capítulo 49

Azul Atwood

Durante la cena comemos uno de los mejores asados que probé en mi vida, una copa de un Cabernet Sauvignon increíble y helado cremoso de postre.

—No me puedo mover —digo con derrota.

Astor acaricia mi pelo hasta depositar la mano en mi cuello.

—No te preocupes, yo te llevo, mi amor.

Luis y Marla ríen a carcajadas, los dos se bebieron al menos una botella y están enteros.

—Bueno, Walker, es hora de hablar de negocios.

Astor se tensa y apoya sus codos sobre la mesa.

No está cómodo y no entiendo por qué.

—Antes de que me digas tu veredicto, quiero que sepas algo de mí, Luis —dice haciendo que me siente erguida en mi silla.

—Te escucho, muchacho.

Astor me mira una vez y luego acomoda su garganta.

—Cuando viniste al rancho no fui del todo sincero contigo, tampoco conmigo y quiero explicarte por qué. No estábamos juntos como creíste —confiesa dejando una mano sobre mi pierna, con su pulgar acaricia lentamente—. Habíamos sido pareja, sí, muchísimos años atrás, cuando éramos adolescentes y gracias a mi estupidez rompimos la relación, pasé años deseando no ser tan testarudo, soñando con ella, deseando poder tragar mi orgullo, hasta debo admitir que seguí su carrera con una intensidad poco saludable. Me convencí de que estaba mejor sin ella, me mentí a mí mismo diciendo que no necesitaba su presencia en mi vida, pero mi inconsciente gritaba con desesperación porque la extrañaba tanto que hubo noches en las que no dormía porque temía verla al cerrar los ojos. Cuando dije que este era mi sueño y que lo había hecho para estar más cerca de ella, no fue una mentira, de hecho, Azul se enteró en ese momento que nunca había superado nuestra ruptura.

Luis tiene una mirada desaprobadora y aprieto la mano de Astor, rogándole que se detenga, no lo hace.

—Tú viniste al rancho y ella estaba conmigo porque prácticamente la obligué a hacerlo, sufrí cada segundo, me peleé conmigo mismo, rogándole a mi corazón que dejara de sentir todo lo que sentía por ella, todo lo que nunca dejó de latir dentro de mí.

Me mira y sonríe.

—Cuando creíste que ella era mi pareja, me hiciste notar que no había nada más en el mundo que deseara con mayor fervor, ni siquiera este embrión. Hasta puedo confesar que abusé de ese malentendido, para volver a experimentar a Blue como lo había hecho todos esos años atrás. Gracias a ti, entendí que no había nadie más, que era ella o no era nada y, sé que no fue tu intención pero, gracias al malentendido pudimos volver a reencontrarnos.

—Guau, esto es información nueva —dice mirando a Marla, ella tiene una mano apoyada sobre su pecho, claramente sintiéndose conmocionada por la declaración inesperada de Astor.

—Por eso quiero que sepas que sí, te mentí, pretendí ser alguien que no era desde hacía muchos años y entiendo perfectamente si quieres cancelar la venta, pero quiero que sepas que nunca me olvidaré, que, gracias a ti, pude recuperar al amor de mi vida.

Mis ojos se llenan de lágrimas por sus palabras y sujeto su mano con fuerza. Quiero desaparecer ahora mismo y estar a solas con él en nuestra habitación.

Astor me da una sonrisa verdadera, tranquila y ahí es cuando me doy cuenta de que está en paz en caso de que la decisión sea negativa.

No le importa.

Luis mira a su esposa y sostiene su mano también.

—Mira Astor, el día que conocí a Marla ella me rechazó, me rechazó tan violentamente que me sentí un perdedor —Marla se ríe—, pero tras unos meses, volví a verla y le prometí ser devoto de ella, su más humilde seguidor, le expliqué que estaba convencido de que ella sería mi mujer, si mal no recuerdo, se rió por eso, pero yo estaba convencido de que era ella, solo faltaba que ella se diera cuenta también.

—No tardé mucho en hacerlo —dice Marla—, al poco tiempo me enamoré.

Luis se inclina y deposita un beso sobre sus labios.

—No siempre hice las cosas como las tenía que hacer, sé que la decepcioné más de una vez, pero ella siempre me dio una oportunidad y eso se forjó en mi cabeza, la gente hoy no otorga oportunidades, cierra puertas sin siquiera tener en cuenta los sentimientos del otro y eso me enfada mucho. Por eso valoro todo esto que estás haciendo, me gusta saber que eres un hombre honorable y que no querías mantenerme engañado.

Astor asiente y se mantiene en silencio.

—¿Entonces? —pregunto con un poco de esperanza.

—La venta sigue en pie, enhorabuena, el embrión es tuyo.

Capítulo 50

Astor Walker

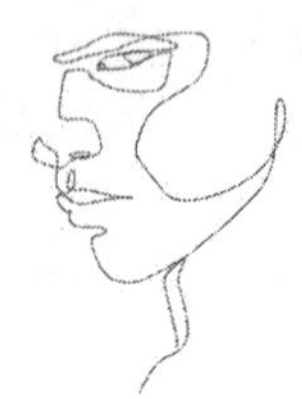

La primavera en Dallas suele ser lluviosa.

Por eso le dije a Blue que quizás no era una gran idea celebrar nuestra boda en Rancho-A.

Que, por cierto, un día casualmente lo llamó «Rancho Astor» y la corregí mencionando que el nombre correcto era «Rancho Azul».

Nunca voy a olvidar su rostro cuando lo confesé. Estaba conmocionada, también un poco enfadada por dejar pistas tan evidentes delante de sus ojos y nunca darse cuenta de cuánto moría por ella.

Se sintió en desventaja, por eso confesó que un día había encontrado el cuaderno donde guardaba todas las noticias relacionadas a ella. Junto con los mensajes que nunca le dije y mantenía enclaustrados.

Gracias a Dios esos días quedaron en el pasado y hoy, en un día nublado y ventoso, Azul Atwood dejará de llevar ese apellido para finalmente ser una Walker.

Estoy en mi casa, cambiando mis ropas por unas elegantes, mientras que Azul se instaló en la cabaña de invitados con todas sus damas de honor y familiares.

—¿Necesitas ayuda con los gemelos? —pregunta mi padre desde el otro lado de la puerta.

—Son mucho más difíciles de lo que creí —protesto y escucho la risa de mi padre mientras abre la puerta y entra a la habitación.

Él también lleva un traje oscuro, pero su cuello está abierto y su pelo engominado hacia atrás, de esa manera las canas son mucho más visibles.

Procede a colocar los gemelos que me regaló cuando les dimos la noticia a mis padres de que íbamos a casarnos, dijo que habían sido los mismos que había usado él en su boda y que le gustaba tener una tradición dentro de la familia.

—¿Cómo te sientes, hijo? —pregunta cambiando a la otra mano.

Yo observo cómo con movimientos delicados coloca el gemelo de oro con la letra W.

—Todo el mundo me hizo la misma pregunta hoy y la respuesta no va a cambiar, estoy tranquilo y emocionado.

Bernardo, que es el fotógrafo oficial de la boda, dijo que parecía nervioso, eso es una falacia absoluta, nunca me sentí tan seguro de una decisión.

Cuando mi padre termina con los gemelos, se traslada a la corbata azul y la acomoda un poco mejor.

—El día que me casé con tu madre lo único que quería era llegar a la ceremonia y escuchar el sí de su boca.

—Un poco ansioso, ¿no? —me río y volteo para mirarme en el espejo, mi padre está de pie detrás de mí con sus manos en los bolsillos del pantalón.

Tenemos la misma altura, inclusive diría que los mismos ojos y el mismo pelo.

—No puedes hacerte una idea, no veía la hora de que fuera mi mujer.

Me giro y lo enfrento.

—¿Recuerdas una situación parecida a esta cuando era adolescente?

—¿Cuando tuviste tu primera cita con Az? Cómo no voy a recordarlo, no querías reconocer que aquello no era otra de vuestras quedadas como amigos, pero estabas emocionadísimo.

Los dos nos reímos, nuestra risa es bastante similar.

—Me siento igual ahora. Sabía que terminaría con ella, nunca hubo nadie más.

—Lo sé, hijo —dice apoyando una mano sobre mi hombro—, yo solo quise evitarte el mal trago con Jonathan.

—Todavía me odia.

—Él siempre supo que serías la pareja de su hija —da unas palmaditas a mis hombros—. Como padre, no se puede pedir un mejor hombre para su hija que alguien como tú, eres protector, sabio...

—¿Sabio?

—Sí, eso lo sacaste de tu madre, eres sensible cuando debes serlo, eres fuerte cuando la situación lo amerita. Sinceramente, estoy muy orgulloso de ti.

Siempre supe que mis padres estaban orgullosos de mí, si no era por mi trabajo, era por la valentía de perseguir mis sueños. Pero yo sé que en el fondo a mi padre todo eso le importaba poco, su prioridad fue siempre mi felicidad y supo desde siempre que eso solo lo conseguía con Blue a mi lado.

—Gracias, papá, gracias por traerla a mi vida también —susurro y nos encerramos en un abrazo fuerte.

—Tu madre tuvo mucha influencia en esto —se ríe—, si mal no recuerdo, te dijo que un día terminarías dándole las gracias a ella.

—Sí, me lo recordó dos veces ya.

—¿Podemos pasar? —pregunta Bernardo desde el otro lado de la puerta.

—Sí —dice mi padre acomodando su garganta tras este momento cargado de tanta emoción.

Bernardo entra con un traje negro, su pelo cobrizo cae suelto y salvaje sobre sus hombros.

Detrás de él Julián, caminando con esa elegancia de venado que tiene.

Me molesta un poco, porque así es la gente de Nueva York.

Detrás de ellos, mis tíos, Killian, Luca y Silas.

—¿Corbata Azul? —pregunta Julián con una ceja arqueada—. ¿No había algo más... sobrio?

—Julián… —regaña mi tío Silas mientras apoya su cuerpo en la pared.

—Nah… —respondo mirándome una vez más en el espejo—. Siempre usé esta corbata con ella, quiero que esta vez la recuerde para siempre.

Mi tío Luca y Killian levantan sus copas y me guiñan un ojo.

—Ingenioso —agrega Bernardo levantando la cámara y apuntándome a mí—. Tío Oli, ponte en la foto.

Mi padre se coloca a mi lado y apoya su mano en mi hombro derecho, yo en su hombro izquierdo, los dos sonreímos abiertamente y el momento queda plasmado para siempre.

La primavera ha transformado el paisaje en un mar de colores y ahí es cuando me doy cuenta de que Azul tenía razón.

El campo está salpicado de flores silvestres, y los árboles están cubiertos de hojas frescas y verdes.

Y no solo eso, las nubes parecen abrirse en el cielo, dejando que el sol ilumine esta boda.

La ceremonia se llevará a cabo debajo de la pérgola, donde llueven flores blancas y elegantes sobre nuestras cabezas.

Los invitados se sientan en sillas de madera blanca con cojines suaves. Decidimos hacer un solo conjunto de invitados, no me gustaba pensar que mi lado iba a estar repleto de gente y el de ella no, ya que todos los Walker están aquí.

Sí, inclusive Valentino, a quien después de un matrimonio y dos hijos lo sigo viendo con ojos sospechosos.

En la primera fila está mi padre y mi madre con un vestido verde que le llega a los tobillos, ambos parecen tan emocionados como yo, los padres de Azul están con sus respectivas parejas.

En la segunda línea, mi tío Silas con mi tía Lauren, a su lado Raven, con la misma elegancia que carga Julián, excepto que ella es mucho más guapa, claro. Luego mi tío Luca y mi tía Emma, con Valentino a su lado cargando su bebé y Mila al lado cargando al otro.

Nunca pude recordar sus nombres y Blue me regañó por eso. Así que hoy tendré que hacer un esfuerzo.

Mi tío Killian y mi tía Bianca están a su lado, los dos me sonríen cuando cruzamos la mirada.

Blas llegó a la ceremonia de la mano con Daniela, finalmente su historia se hizo oficial hace unos meses, no tuvieron opción, ya que los encontré enrollados bajo el sauce llorón de la laguna, y Zach asistió con Camila, dicen que «se están conociendo», pero me parece que ya han superado esa etapa de la relación.

La primavera le hace eso a la gente parece.

Finalmente, Luis y su esposa Marla en la última fila, observan todo a su alrededor mientras Blas les señala las luces que cuelgan de poste a poste, él las colgó ayer y probablemente esté alardeando al respecto.

—¿Listo primo? —pregunta Bernardo a mi lado, Julián es el siguiente, me mira con cierto orgullo que no creí ver nunca en sus ojos.

Los dos fueron elegidos como mis padrinos de boda.

—Nací listo —devuelvo acomodando mi camisa bajo el traje.

Los dos golpean mi espalda con una sonrisa.

Las damas de honor entran primero y se ponen del lado de la novia, Camila, Verónica y Lisa llevan un vestido azul y sonríen con nervios hacia mí.

Yo tomo aire profundamente y junto mis manos, dándole la espalda al pasillo por donde caminará la novia hacia mí.

Jonathan aparece a mi lado y lo miro con cuidado.

—Iré a buscarla ahora, ¿estás listo?

—Si seguís preguntándome eso, iré yo mismo a buscarla para traerla aquí y que dé el sí. —Mi tono no es tan amigable ya.

A pesar de ello, Jonathan se ríe y desaparece.

Media hora después, la música comienza.

El asistente de Bernardo comienza a disparar su cámara apuntando detrás de mí y muerdo el interior de mi boca, resistiendo la necesidad de voltear.

Ella está aquí.

Viene hacia mí.

Bernardo susurra sobre mi hombro.

—Primo, aquí viene.

Inspirando aire, me giro.

Y la veo.

Blue me observa desde el pasillo, junto con su padre, su sonrisa radiante, perfecta.

Lleva un vestido deslumbrante color Azul pálido que combina perfectamente con el cielo en estos momentos. Sostiene un ramo de flores blancas que contrastan con el vestido y su pelo recogido, excepto por algunos mechones relajados sobre su rostro.

La falda del vestido es amplia y fluida, cayendo en pliegues suaves que se deslizan con gracia al caminar. Su longitud llega justo por encima del suelo.

Siento una oleada de emoción que me arrebata y me quita el aliento.

Lágrimas de felicidad inundan mis ojos sin control y debo cubrir mi rostro para no hacer el ridículo.

Julián y Bernardo inmediatamente cumplen con su rol, me dan aliento y un pañuelo que tengo que usar porque no hay escapatoria, estas lágrimas no se irán a ningún lado.

Estoy feliz.

Estoy enamorado.

Estoy con Blue.

Estoy en casa.

Capítulo 51

Azul Walker

Con cuidado limpio las lágrimas de Astor y dejo un beso en su mejilla antes de que el juez de paz nos regañe por besarnos antes de tiempo.

—Estás preciosa —susurra con una sonrisa abierta, alegre y llena de lágrimas.

—Tú también —respondo sujetando sus manos, tiemblan.

—¿Listos? —pregunta el juez.

—Juro por Dios, si alguien más me pregunta eso… —susurra.

—Sí, estamos listos —respondo rápidamente antes de que Astor termine amenazando al hombre encargado de casarnos.

El juez mira a Astor con un poco de miedo, pero prosigue a dar su discurso.

—Distinguidos invitados, familiares y amigos, y, por supuesto, nuestros queridos novios. Hoy nos encontramos aquí para celebrar un momento verdaderamente especial, el día en que Astor y Azul se unen en matrimonio. Hoy, recordamos que el amor no es solo una emoción pasajera, es la voluntad de escucharse, de apoyarse, de perdonarse y de crecer juntos. El matrimonio es una promesa, una promesa de amor, respeto y lealtad.

Una brisa fresca atraviesa el campo y miro hacia los invitados, encuentro a mis padres y a Oliver y Cala, todos me regalan una sonrisa.

—Aquí es donde decís vuestros votos… —susurra el juez.

Astor acomoda su garganta y sujeta mis manos con fuerza.

—Blue Jay —comienza—, no somos ajenos a los golpes, después de todo, fue lo que nos forjó durante nuestra infancia y nuestros primeros años de adultez. A veces yo me caía del caballo, otras veces tú, pero, ¿sabes cuál es el común denominador? Siempre estuvo el otro para ayudarnos a levantarnos. Por eso estoy aquí, frente a todos estos testigos, para prometerte que en cada caída, allí estaré, cada tropezón, cada momento de felicidad, en los momentos de pena, de ira, de hundimiento. Amaneceres y atardeceres, cabalgatas y noches de pasión…

Bernardo silba por lo bajo y una risa general se desparrama entre los invitados.

—Te amo —continúa—, te amo, *te amo*.

Su tono es pasional y sincero y mi estómago reacciona felizmente al percibirlo tan intenso y devoto que ahora siento que mis palabras no serán suficientes para expresarme.

—Te amo —susurro y él me sonríe con complicidad.

—Ahora tú, Azul —dice el juez.

—Hawk, mi amor —sujeta mis manos con fuerza—, mi confidente, mi consejero, mi cómplice en todas las aventuras, me has sostenido cuando sentía que flaqueaba, me has elevado cuando no podía despegarme del suelo. Nunca voy a olvidar todo lo que significa para mí eso. Tú has hecho promesas y ahora es mi turno, quiero decir aquí y ahora que prometo apoyarte en todos tus sueños y metas, prometo sostener tu mano, prometo no dar por sentado nuestra relación, prometo vivir el momento, disfrutar de ti, de nosotros y de nuestro futuro. Quiero que sepas que lo que siento por ti nació en el momento que te conocí cuando teníamos apenas diez años y no morirá jamás. Los días de perro han terminado.

Astor sonríe entendiendo perfectamente a lo que me refiero y se balancea sobre mí para besarme, pero…

—Aún no… —dice el juez poniendo su cuaderno entre nuestro rostro, otra risa vuelve a desplegarse—. Astor, ¿estás dispuesto a aceptar a Azul como tu legítima esposa, a amarla y respetarla en la prosperidad y en la adversidad, en la salud y en la enfermedad, y a serle fiel todos los días de tu vida?

—Absolutamente —responde sonriendo abiertamente.

—Azul, ¿estás dispuesta a aceptar a Astor como tu legítimo esposo, a amarlo y respetarlo en la prosperidad y en la adversidad, en la salud y en la enfermedad, y a serle fiel todos los días de tu vida?

—¡Sí! —respondo con ansiedad.

—Entonces os declaro marido y mujer. Ahora sí puedes besar a la novia —dice con un poco de mal humor.

Astor vuelve a balancearse sobre mí, sujetando mi rostro con fuerza para besarme mientras todos a nuestro alrededor festejan y aplauden.

—Bueno, bueno que hay niños presentes —bromea Bernardo mientras aplauden.

—Esposa… —susurra Astor sobre mi boca—, finalmente mi esposa.

—Azul Walker —respondo con orgullo, me gusta llevar su apellido.

—Azul Walker —repite dejando besos por mi mandíbula—. Azul Walker… —vuelve a decir—. Te amo, Azul Walker.

Capítulo 52

Astor Walker

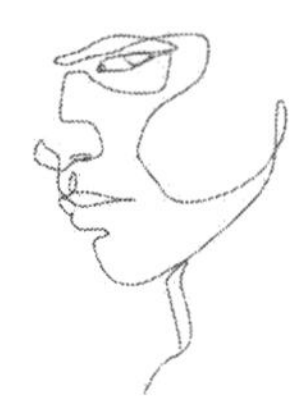

La fiesta está en su momento más álgido.

Justo al atardecer todos bailan en una pista improvisada de baile.

Las luces colgantes comienzan a resplandecer y observo a Azul bailar con sus amigas una canción disco.

Me duelen los pies, ya que hace cinco años que no usaba zapatos de vestir, estoy absolutamente sudado después de bailar toda la noche con mi esposa y un poco borracho, pero nada detiene la alegría exorbitante que siento en estos momentos.

Mi tío Silas está a mi lado, bebiendo un vaso de whisky, observando a su esposa jugar con los hijos de Mila en la mesa de al lado.

Mi padre conversa con mi tío Luca de algo que no puedo entender porque mi mente está nublada de alcohol.

Pero me percato de algo.

—¿Dónde está el tío Killian? —de golpe me doy cuenta de que no está aquí.

—Dijo algo sobre probar las caballerizas… con Bianca —responde mi tío Silas con media sonrisa.

—Recuérdame hacerles terapia a mis caballos después —resoplo.

—No pretendas ser un puritano —dice mi padre escuchando

nuestra charla—, que yo me acuerdo cómo debía despegarte de Az cada segundo, especialmente en los establos.

Me río con cierto orgullo.

—¿No es ahí donde tú y Cala...? —comienza mi tío Luca.

—Silencio, Luca —llama mi padre—, estamos hablando de mi hijo, el baboso.

—Es que mírala... —digo señalándola descaradamente.

Azul ríe y baila y brilla.

Resplandece.

—Todos hemos pasado por eso, sobrino —dice mi tío Luca—, te entendemos a la perfección.

Raven y Julián desfilan a nuestro lado riendo y desaparecen tras los pastizales.

—Joder, pareciera que había algo en el... —Cuando volteo estoy solo en la mesa, mis tíos están buscando a sus esposas, mi padre directamente ha desaparecido.

La música cambia.

Los primeros acordes hacen que la busque en la pista, sus ojos caramelo me encuentran en el mismo momento.

Nuestra canción, *Dog Days Are Over* comienza y me levanto inmediatamente, señalando a Azul.

Ella sonríe y me señala a mí y nos encontramos en el medio de la pista para bailar con la misma locura con la que bailamos todos esos meses atrás.

—¡No puedo creer que suene nuestra canción! —grita.

—Fue algo que le pedí al DJ —devuelvo.

Azul lleva su vestido ligeramente recogido, yo perdí mi chaqueta en algún momento y los primeros botones de mi camisa están abiertos, las mangas arremangadas.

La corbata sigue allí, firme.

Cojo la mano de Azul y la giro con gracia, haciéndola reír con su espíritu saltarín. La música llena nuestros oídos y corazones, y comenzamos a movernos al ritmo alegre de la canción.

Sonreímos, nos tropezamos, sudamos y nos besamos.

La música se acelera y nos movemos con más energía, como dos almas liberadas de todas las preocupaciones.

La fiesta continúa a nuestro alrededor, pero en este momento, todo lo que importa es el amor que sentimos el uno por el otro.

Finalmente, con un giro espectacular, levanto a Azul en mis brazos y la hago girar en el aire antes de bajarla suavemente.

Nos miramos con ojos brillantes y sonrisas radiantes, sabiendo que este baile, será un recuerdo imborrable y el comienzo de nuestra vida juntos.

forever

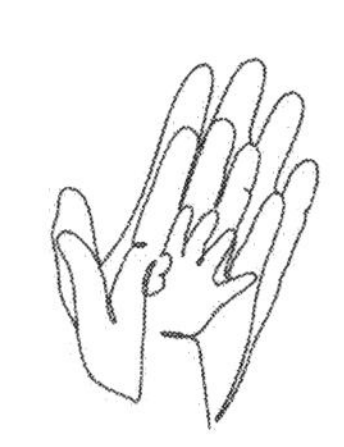

30 AÑOS

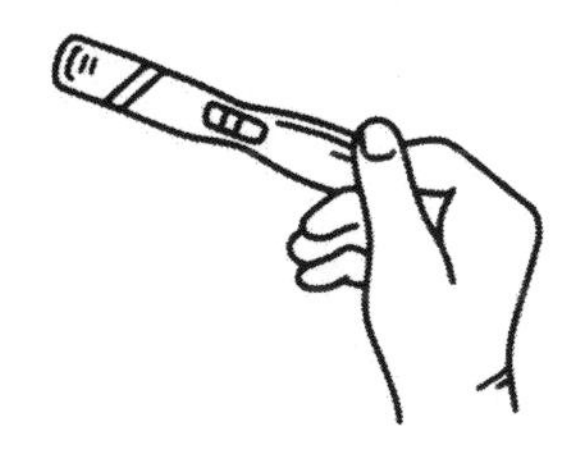

Bonus 1

Azul Walker

El sábado, después de las clases de equitación, vuelvo caminando hasta la casa.

No solo es ejercicio, sino que me hace bien poder hacer actividad física, quizás me queje al principio y me parezca un camino eterno, pero luego me siento feliz, cansada, pero feliz.

Mi pequeña escuela de polo y equitación creció tanto estos últimos años, que tuvimos que construir otra pista justo detrás de la laguna para que pueda llevar a cabo mis clases.

Treinta pequeñas, entre 10 y 18 años vienen todos los días y se van llenas de alegría, los sábados los dedico exclusivamente a la equinoterapia.

El día que vendí mi casa, usé ese dinero para construir un espacio para mis alumnas, donde puedan cambiarse, ir al baño, descansar e inclusive para que sus padres puedan esperarlas sin estar expuestos al clima extremo que tenemos en Texas.

Y sí, eventualmente me subí a un caballo sola y, según Astor, «ya no puede bajarme de allí».

Todavía siento un respeto que antes no poseía sobre el caballo, un miedo alejado que susurra de vez en cuando, pero aprendí a controlar las situaciones de pánico y con eso sobreviví todos estos años. Como también esos días en los que me ahogo, que no son tan habituales como antes, pero de vez en cuando aparecen y, como dice Astor, los vivo, los dejo transitar por mi cuerpo y cuando estoy lista, vuelvo a la superficie.

Para cuando llego a casa, encuentro a Astor en la puerta, esperándome.

Siempre me espera los sábados por la tarde.

—Hola mi amor —dice levantándose de la silla que puso en la puerta exclusivamente para esperarme, al lado hay otra que uso yo las noches de verano. Nos fundimos en un abrazo y nos mantenemos así un rato—. ¿Qué pasa?

—Estoy muy cansada —susurro sobre su pecho.

—¿Fue un día duro?

A veces me da vergüenza quejarme de algo que adoro hacer.

Astor, por otro lado, desde que comenzó la reproducción con el embrión de Luis tiene más trabajo que antes, porque cuando la gente escuchó que había logrado eso, se volvieron locos.

Tiene inclusive una lista de espera de dos años.

Levanto la cabeza y lo miro a los ojos con desorientación, no suelo sentirme tan cansada.

—La verdad no...

—Bueno, ven —coge mi mano y me lleva al interior de la casa—, iba a empezar a cocinar, quiero estrenar ese horno.

Con los años descubrí que Astor tenía muchos hobbies, según él es porque necesitaba ocupar su cabeza para no obsesionarse conmigo y todos los problemas que tuvimos durante los años que estuvimos separados, sin embargo, el hobby que mejor se le da es el de cocinar, sí, los avioncitos miniatura son bonitos, pero no se pueden comer.

Así que le compré un horno exclusivo para pizza donde los dos nos vemos beneficiados.

Durante nuestros años de convivencia, Astor logró lo impensado, mi amor por la comida volvió a la normalidad y hasta puedo decir que mi cuerpo está más relleno que antes.

Quizás un poco más de lo normal.

Mientras mi esposo amasa pizza sobre la isla, con un delantal negro que dice «besa al cocinero» (otro regalo de mi parte), yo lo observo desde el sofá del salón, con mi cuerpo horizontal y decaído.

—Blue ¿por qué no duermes un rato? Te despierto cuando estén hechas.

—Pero verte amasar es muy sexy —suspiro observando sus brazos anchos tensarse en cada movimiento.

Astor sonríe y exagera el movimiento para hacerme reír.

—Parezco esos idiotas de internet cocinando como si se follaran la comida.

Los dos nos reímos, pero yo sigo disfrutando de la vista.

Hasta que eventualmente mis ojos se cierran y navego lejos.

—Blue, mi amor —susurra despacito—, ¿vienes a cenar?

Cuando abro mis ojos encuentro a Astor arrodillado al lado del sofá, alejando el pelo sobre mi frente.

—¿Qué hora es? —Estaba tan profundamente dormida que no puedo salir de la telaraña que hay en mi cabeza.

—Las ocho.

Los olores a orégano, salsa, cebolla y aceite de oliva penetran mi nariz y me despiertan del todo.

—Ayúdame a levantarme. —Estiro mi mano, pero Astor desliza sus brazos por debajo de mi cuerpo y me carga hasta la nueva mesa que instalamos.

Dijo que comer en la isla no era una opción ahora que no estaba solo.

Deposita mi cuerpo en la silla y se dedica a servirme diferentes porciones de pizza.

Mi boca se llena de baba solo con mirarlas.

Normalmente como dos porciones, pero le salieron tan bien que ya voy por la quinta.

—Me alegra que te gusten, Blue —dice observándome con cuidado.

¿Qué mira?

Debo parecer el monstruo de las galletas de Barrio Sésamo.

Después de la cena, nos sentamos a ver una película, que obviamente no termino ya que mi conciencia vuelve a perderse sobre el hombro de Astor.

Me despierto cuando me traslada hacia nuestra habitación.

—No, me perdí el final… —protesto.

—El villano era el vecino, Blue —dice cubriendo mi cuerpo con las mantas—. Descansa, mi amor.

Y eso hago.

Un descanso profundo y lleno de sueños que involucran a mi marido amasando en cámara lenta.

Me despierto de madrugada, los primeros rayos de sol entran a través de las cortinas. Estiro la mano para buscar a Astor, pero no lo encuentro allí.

—Aquí estoy, Blue —dice desde el sillón en la esquina de la habitación. Algo en él está raro.

—¿Qué ocurre? —pregunto sentándome en la cama, froto mis ojos intentando abrirlos.

Astor está sentado en el borde del sillón, apoyando sus codos sobre sus rodillas como lo hizo siempre.

—No sé cómo abarcar esto, Blue, porque créeme, lo que menos quiero hacer es ilusionarte o lastimarte.

—Astor... —Mi estómago se retuerce. Ahí es cuando noto que tiene algo en su mano derecha, una caja rectangular—. ¿Qué es eso?

Su mirada se eleva y me mira, luego mira a la caja.

—Creo que pocas personas en el mundo están tan pendientes de ti como lo estoy yo, creo que hasta puedo llamarme obsesivo. Conozco todo sobre ti, conozco cada centímetro de tu cuerpo, tu rutina, tus tiempos, sé cuando viene tu periodo... y este mes estuviste tan ocupada, que creo que ni te diste cuenta de que no llegó. Estas últimas semanas estuviste muy cansada, hambrienta, tus pechos se sienten diferentes...

Cuando sus ojos negros se posan sobre mí, mi estómago da un vuelco.

Esperanza.

—¿Crees que... que la medicación que me dio la ginecóloga ha hecho efecto?

Astor se levanta y camina hacia mí, luego se sienta en el borde de la cama.

—Anoche, cuando dormías, no lograba conciliar el sueño, así que me subí al coche y me fui a la farmacia más cercana. Traje esta prueba de embarazo.

Cojo la caja con manos temblorosas, después de todos estos años, no creí tener una de estas tan cerca.

—Astor...

—No quiero que te ilusiones, Blue, esto es solo una corazonada.

Asiento nerviosamente y trago saliva como si fuese cemento. Me levanto de la cama y me dirijo al baño.

Bonus 2

Astor Walker

Camino de un lado a otro junto a los pies de la cama.

Blue se sentó en medio de la cama y me mira pasar con ojos preocupados.

No quería esto para ella, no quería ilusión y después tristeza.

Su ginecóloga le sugirió una medicación que podría incentivar la ovulación, por eso mis sentidos se despertaron cuando noté esos cambios.

Cuando accedió a probarla, me dijo con mucha templanza que solo lo hacía para eliminar cualquier duda de que hubiera una posibilidad perdida en el universo.

Le dije que estaba de acuerdo y le recordé una y mil veces que ella es suficiente.

Que no necesitaba nada más en esta vida que ella.

La prueba de embarazo descansa sobre el lavabo y miro el reloj de mi muñeca constantemente.

El tiempo parece abandonarme, no avanza.

Reprimo imágenes de tristeza, de llanto, no soportaría hacerle esto a Blue.

Soy un idiota.

No debería haber dicho nada.

Me subo a la cama y me arrodillo entre sus piernas.

—Lo siento, Blue, no sé qué estaba pensando, si llega a dar negativo...

—No te preocupes —dice ella acariciando mi rostro—, estoy bien.

Agacho la cabeza en derrota y ella me atrae a su cuerpo dejando que descanse sobre sus pechos.

Nos quedamos así hasta que suena el temporizador.

—Es hora —susurra.

—¿Quieres que vaya yo?

—Sí, por favor... —devuelve.

Con pies pesados y palpitaciones alocadas camino hacia el baño y me detengo frente a la prueba de embarazo.

Cubro mi boca con la mano y lo cojo con temblor.

Mierda.

¡Mierda!

Al volver a la habitación encuentro a Blue de pie, con los brazos cruzados, sus ojos llenos de temor.

A pesar de todo el miedo y el estrés se ve hermosa, lista para escucharme, para afrontar lo que sea que esté a punto de salir de mi boca.

Sonrío.

Nada más.

Y ella inmediatamente baja sus brazos, su gesto cambia a uno lleno de ilusión.

—Estás embarazada.

Blue cubre su boca y sus rodillas se vencen.

Estoy allí en un segundo, sosteniéndola, conteniendo su llanto que se asemeja al mío.

Esto es lo que hacemos, para lo que fuimos hechos, para sostenernos, acompañarnos, amarnos.

Para continuar esta aventura.

Fin.

Adelanto El Color del Impulso.

Sujeto a cambios y edición.

Bernardo

Robo una copa de champagne de la bandeja de la camarera y le doy un guiño para que no me considere un grosero, ella sonríe tímidamente y sigue caminando entre los invitados.

Bajo rápido el contenido por mi garganta, más rápido de lo normal, es que después de todos mis años de carrera, todavía no puedo tomar fotos con una sola mano.

Patético, lo sé, pero es mi secreto mejor guardado.

Dejo la copa vacía en una mesa elegida al azar y continúo con la tarea que me pidió mi madre, la anfitriona de este evento de caridad.

«Fotografías del gran Bernardo Walker serán vendidas para donar el dinero al refugio de mujeres de San Francisco.»

Quizás no dijo específicamente "El gran Bernardo Walker", eso lo digo yo, el gran Bernardo.

Acepté esta misión porque honestamente no tengo nada que hacer, decidí tomarme el verano como un descanso para pasar tiempo con mi familia, amigos y quizás hacer un par de sesiones de terapia para que agreguen un temita que ronda molestamente por mi cabeza.

Nada grave.

De verdad, es una molestia nada más.

Algo insignificante, una hormiguita molesta escarbando mi cerebro.

Algunos le llaman crisis existencial, yo lo llamo un tropezón sin caída.

Dos señoras de pelo *muy* corto y *muy* blanco se acercan y se ponen delante de mí, posando elegantemente, esperando que el payaso les saque la foto.

Ahhh...esto lo hacía a los quince porque no quería dinero y ahora tengo que hacerlo a los veintisiete porque mi nombre es reconocido y todos quieren tener una foto mía.

Qué vida abrumadora, lo sé.

Mi padre aparece detrás de mí, con un traje azul y un gesto cómplice que me dice que me entiende, él no es muy de fiestas elegantes como esta, sus tatuajes definitivamente resaltan en un lugar tan chic.

Los míos también, la diferencia entre él y yo es que los míos no se asoman por debajo de la camisa, ni se aparecen en mis manos.

—Tu madre te agradece —dice apoyando una mano sobre mi hombro.

—Lo sé, lo sé...

Mi padre mira hacia un lado y luego al otro, después se acerca a mi oído.

—No te lo tomes tan en serio, disfruta un poco de la fiesta.

—Esto no es una fiesta —gruño recordando el aburrimiento—, la única razón por la que estoy aquí es por esas mujeres que necesitan ayuda.

—Tu madre te crio bien —dice mi padre mirándome a los ojos.

—Lo sé, apesta, soy tan moralmente correcto.

Se ríe y guarda sus manos en los bolsillos.

—Hablando de ella ¿Dónde está la celebridad? —pregunto.

—La perdí hace media hora cuando una horda de mujeres la arrinconaron para pedirle consejos —dice a regañadientes.

Mi padre se retiró hace unos años ya y desde que tiene el doble de tiempo libre, está colgado a mi madre todo el día como una ventosa, es más, me atrevo a decir que mi madre se escapó a propósito.

Pasa un grupo de jóvenes riendo y levanto la cámara para tomar la foto.

—Iré al otro extremo del salón, todavía no he rondado por ahí.

—No me dejes...—susurra mi padre con apuro—, que si no tengo que lidiar con...

—¡Walker! —grita un hombre de pelo blanco y mil años.

—Joder...—susurra mi padre por lo bajo apretando sus dientes, luego procede a enmascarar una sonrisa y murmura— Sálvate, ve...

Me alejo de mi padre con una carcajada y me escabullo entre la gente.

La música de fondo es un jazz de esos que uso para dormir, el bullicio lo cubre un poco, pero no lo suficiente como para borrar el fastidio.

Le tomo una foto a una señora que busca algo en su cartera con un poco de ansiedad.

—Señora, ¿está todo bien? —pregunto acercándome.

—Juraría que lo tenía...—murmura.

—¿Qué cosa? —Me paro a su lado, le quedo tan alto que ni intenta conectar con mis ojos.

Son hermosos, es su pérdida.

—Un broche de oro, lo tenía en mi cartera, quería ponerlo cuando me tomaras la foto.

Miro al suelo y a nuestro alrededor.

—¿Quizás se le cayó?

Cierra la cartera y me mira con una expresión de autosuficiencia.

—Probablemente siga en mi cómoda... no te preocupes, gracias. —me sonríe y sigue su camino.

Por estas cosas debes hacer ejercicio todos los días, Bernardo, la memoria es lo primero que pierdes.

Miro los techos altos de este lugar elegante, de allí cuelgan unos candelabros del estilo del Fantasma de la ópera y tomo aire profundamente, agradecido por los techos altos.

¿Lugares pequeños? No, gracias.

Así estoy bien, espaciado, estrecho, necesito poder desplazarme cómodamente.

Un destello roba mi atención y me aleja de mis pensamientos.

Hacia la derecha, allí en un rincón, una mujer de vestido negro con brillos. No es el vestido más despampanante que vi en mi vida, pero debo confesar que le sienta muy bien.

Demasiado bien.

Lo combina con su pelo chocolate, liso y largo, tan largo que casi le llega a la espalda baja.

¿No le molesta tener el pelo tan largo?

Ah, ahí está mi respuesta, la mujer busca recogerlo como lo recogería una futbolista en el medio del partido, pero luego parece recordar que está en una gala y lo deja caer otra vez.

Parece estar atrapada en su propia piel, puede ser el vestido que le tiene pegado al cuerpo o los zapatos con taco aguja, yo estaría igual de incómodo con todo eso.

Es más, los zapatos que tengo puestos me dejan al ras del suelo y aun así los odio, no quiero imaginar tener los tobillos a la merced de un alfiler.

Gracias a Dios por ser hombre.

Levanto la cámara y apunto a ella, quizás haciendo zoom de más, para ver detalles que desde aquí no puedo ver.

Su nariz es pequeña, quizás demasiado pequeña, su maquillaje le da unos ojos penetrantes, cejas más oscuras que su pelo, pero aprendí que ahora las mujeres se maquillan las cejas así que puede tener que ver con eso.

La carrocería delantera y trasera son óptimas, equilibrada para el cuerpo pequeño que tiene.

Hago un poco más de zoom y le miró los pies.

No, no sacaré fotos de esos, ese es un mercado demasiado trillado ya.

Pero si noto que son pequeños, así que esos tacos le dan una altura completamente falsa. Es pequeña, a mí no me engaña.

Se para sobre un pie como los flamencos y masajea su tobillo.

Definitivamente está padeciendo esta fiesta.

Disparo la cámara, una, dos, tres, cuatro, cinco...bueno, seis veces.

La mayoría son fotos de su perfil, que es definido con un cuello elongado y elegante.

Pero...no, aquí hay gato encerrado, puedo darme cuenta de que ella no es de aquí, ella es una chica urbana atrapada en su peor pesadilla.

Aquí faltan zapatillas.

Quizás un gorro de lana negro, sí, puedo visualizarla con ese atuendo.

—¡Berny! —grita mi madre distrayéndome— ¿Podrías sacarme una foto con mis amigas nuevas? —dice rodeada de mujeres de al menos el doble de su edad.

Sonrío y camino hacia un contingente de arrugas.

***

Cuarenta fotos después, vuelvo a recorrer el salón.

Ya puedo notar que a esta hora la gente está más suelta, ergo, borracha, te tocan, te hacen chistes malos, flirtean contigo, aunque el marido este a su lado...sí, el control se fue a la mierda.

Un señor se hace el gracioso haciendo chistes machistas, los otros se ríen a carcajadas y disimuladamente camino hacia la dirección contraria.

Lo de la fotografía se dio cuando mi padre me llevó por Europa la primera vez y allí entendí que existía el ángulo.

Intentaré explicarme mejor.

Desde un ángulo en particular lograba encontrar un tipo de belleza que no encontraba en otros ángulos.

Mi padre me prestó la cámara, la que después terminó siendo mía (lo siento, papá) y comencé a disparar.

Inmediatamente después hice un curso intensivo de cámaras, pero lo más jugoso lo aprendí en YouTube.

Después lo bonito pasó a ser aburrido, no era suficiente, necesitaba acción.

Por eso viajé a África a un safari de lujo y me di el gusto de captar los momentos más críticos en la vida de un animal.

Ahí encontré el pico del placer.

Ohh, que bello fue.

Tuve la suerte de llamar la atención del National Geographic y no por ser un semental, sino por sacar fotos que terminaron nominadas a los premios más importantes de la fotografía.

Hago esto hace muchos años, por eso, sacar fotos a un grupo de ancianos no sería el pináculo de mi carrera.

Pero debo recordarme que esto no es mi carrera, esto es para mi madre y sus causas.

Ella me crio para ser un hombre de bien, para que no camine por la calle como si fuese el único ser humano en el planeta, para no atropellar gente, para ceder el paso, para manejar sin mirar el maldito móvil como un zombi idiota que no puede dejar de mirar una pantalla, aunque mi vida (y la del resto) este en riesgo.

Tomo aire.

Lo suelto.

Intento ser un buen samaritano, lo intento, pero la estupidez humana a veces me saca de las casillas.

Detrás de mí escucho un suspiro irritado, casi me rio en voz alta porque puedo sentirme identificado con ese lenguaje.

El suspirongo.

Es un lenguaje versátil, el suspiro, puede ser simplemente una necesidad de cambiar el aire, puede ser para colectar paciencia, para expulsar irritación como la persona detrás de mí, para estar en desacuerdo, para decir que estas enamorado, para pedirle al de arriba que te dé un minuto de silencio, para coger aire después de un movimiento brusco, para encontrar equilibrio emocional.

Puedo seguir.

Volteo con una sonrisa y para mi sorpresa, la chica urbana está detrás de mí con una cara de irritación que da miedo.

—Los esnobs son una pesadilla, ¿o no? —está de brazos cruzados, su bolsa es más grande que su cabeza y puedo ver que pesa para su hombro.

Este ángulo superior definitivamente la favorece tal como el lateral, qué interesante.

—¿Crees que aquí son todos unos esnobs? —pregunto levantando la cámara, tomo una foto rápida.

Pobrecilla, cree que yo no soy parte de este grupo solo por ser el fotógrafo de la fiesta.

—Estoy segura —dice mirando sobre mi hombro—, ¿qué anciana quiere ponerse un vestido largo y usar tacos? No las que yo conozco, eso te lo garantizo.

—Puede ser, pero también puede que hagan un esfuerzo para ayudar con la causa de esta noche—explico con una sonrisa angelical.

Siempre funciona.

Ella cambia el peso de un pie a otro, se sostiene de mi brazo y se masajea el tobillo otra vez como antes. Miro su mano sobre mi brazo con curiosidad, es pequeña para mi antebrazo.

—Vamos, que la gente que necesita el dinero nunca ven un centavo de lo que esta gente paga. —dice con mucha determinación, es de opiniones fuertes puedo ver.

No te sonrías, no dijo nada gracioso, joder.

—¿Qué propones como solución, entonces?

Ella vuelve a pararse sobre sus dos pies y cruza los brazos, luego vuelve a acomodar el bolso pesado en su hombro.

¿Qué demonios lleva allí?, ¿ladrillos?

—Involucrarse, es tan simple como eso —explica—, esta gente cree que porque tiran dinero a los pobres como si fuésemos strippers en un escenario de mala muerte es suficiente, pues no.

Me río ante la imagen poco ética de un sintecho bailando en un caño.

No, Bernardo, ¡no!

Un momento, *fuésemos.*

—¿Qué haces aquí si odias a este tipo de gente?

—Lo mismo que haces tú, trabajar. —vuelve a sujetarse de mi brazo y se acomoda el otro pie, mientras murmura palabras de odio relacionadas a las modas y estupideces estéticas que se rigen en esta sociedad.

—Oh...claro —levanto la cámara—, soy el fotógrafo de la fiesta.

Ella me mira como si acabara de cantar una canción al revés para demostrar que es demoníaca.

Podría, depende la canción, pero no es el momento de poner eso a prueba.

—¿Paga bien este trabajito? —pregunta señalando la cámara con su barbilla.

¡¿Trabajito?!

Viajar hasta los confines del mundo, esperar en el medio del ártico por horas a que un maldito pingüino se digne a caminar delante de mí y tropezar adorablemente. No es solo un trabajito, señorita.

—Paga bastante bien —digo en lugar de mi pensamiento, recordando mi piso en San Francisco, la moto, el coche, los viajes privados.

Ella acaricia la solapa de mi traje y asiente como si eso la convenciera de mi declaración.

Nunca conocí a alguien tan hostil que no me cayera mal.

Jereth quizás sea la excepción, él no tiene la capacidad de caerle bien a nadie, pero yo veo su lado agradable.

Ángulos, eso es todo.

—Un gusto, fotógrafo —dice exhalando sus palabras con cansancio —, nos vemos por allí, ¿vale?

Y se aleja, sin decirme qué es lo que hace en esta fiesta.

***

Una hora después me encuentro buscándola, quizás inconscientemente, entre los rostros de las mujeres de esta fiesta.

Fue el único momento de la noche donde me divertí y es normal por no decir, natural en mi buscar placer constantemente.

Después de buscar en cada rincón del salón, me doy por vencido y sigo tomando fotos, saludando gente que me reconoce y bebiendo.

Palabra clave, bebiendo.

La foto que tomo es de dos señoras riendo a carcajadas, siempre me gusta tomar retratos de gente pasando un buen momento. Miro hacia la cámara, sonriendo al recordar sus risas cuando les dije señoritas en vez de señoras.

Entonces veo detrás de ellas, una de las puertas de vidrio que da a un balcón, un destello.

Uno que reconozco inmediatamente.

Te tengo.

Entusiasmado camino hacia allí y la encuentro mirando hacia la oscuridad de la noche, no hay mucho que ver ya que las frondosas copas de los árboles bloquean la vista de la ciudad.

—Estos pijos sí que saben elegir lugares para sus fiestas...— murmuro mientras me coloco a su lado.

Ella se sobresalta y mira de soslayo hacia mí, reconociéndome inmediatamente.

Parece relajarse.

—Conozco lugares con mejores vistas —dice mirando hacia la oscuridad.

Mis ojos rondan por el cielo, San Francisco siempre tiene el cielo nublado, ver una estrella es tan único como ver una nave espacial con aliens azules llenos de músculos.

Apoyo la cámara sobre la barandilla de cemento y apoyo mi codo sobre la misma.

—Creo que tienes razón, San Francisco podría lucirse más en otros lados. ¿Qué haces aquí afuera?

—Estoy en mi descanso. —explica y pasa a apoyar sus codos como yo, dejándonos a la misma altura.

Me tienta mirar hacia atrás, estoy seguro de que su trasero se ve increíble en esa pose.

Estas son las cosas que me dicen que ella no está acostumbrada a usar esta ropa, con un pantalón sería diferente.

Creo.

—Nunca me dijiste que es lo que haces aquí...

—No —responde. Me mantengo en silencio esperando la respuesta. —¿Tuviste padres presentes en tu vida?

Su pregunta hace que junte mis cejas, no la vi venir.

—Eh...si, bastante.

—Qué suerte. —me mira de soslayo analizando mi rostro, cada centímetro. —Debe ser lindo.

—Lo es...mi padre digo, bueno, mi madre dice que es lindo, yo creo que es un semental de pura cepa.

Eso la hace reír y me gusta saber que la saqué de un pensamiento probablemente abrumador.

—¿Y tú que eres? —cambia de posición para mirarme directo.

Imito el movimiento.

—Yo soy adorable, ¿no lo crees?

Vuelve a reírse.

—Si que lo eres. ¿Qué crees que sea yo?

Doy un paso más cerca, disimuladamente, claro.

—Tan adorable que estoy considerando comenzar una religión a tu nombre.

La mujer frente a mí de ojos almendra y pelo largo se ríe con una mirada cómplice.

—¿Siempre funciona esa línea para atraer mujeres?

—No lo sé, dímelo tú, es la primera vez que la uso.

—Creo que podrías hacerlo mejor —se yergue y descansa su espalda en la barandilla.

Yo me coloco frente a ella, olvidando por completo la fiesta detrás.

Acomodo mi garganta exageradamente.

—Aparte de robarme el aliento, ¿qué haces para ganarte la vida?

—Ya la escuché antes.

—Que publico más difícil, está bien, me gustan los retos, ¿Eres un alien? Porque acabas de secuestrar mi corazón.

—Ahh esa fue muy cursi.

—¿Es tu nombre Wifi? Porque siento una conexión fuerte entre los dos.

Eso la hace explotar y se sostiene de mi hombro para no tropezarse con esos tacones.

—Esa sí me gustó. —su risa de a poco se calma y yo la observo con orgullo.

No era mentira cuando dije que era un público áspero.

—Funcionaron, ¿no?

—Sí, has captado mi atención, fotógrafo.

Eso es todo lo que necesito para dar un paso adelante y sorprenderla con un beso.

Si, arriesgado, pero ¿qué podría pasar? En todo caso recibiré una buena bofetada.

Al principio se tensa, pero poco a poco cede y se pierde en la sensación.

El beso es cálido a pesar de que sus labios están fríos y sostengo su nuca para atraerla a mí y besarla profundamente.

No es que había olvidado la sensación de besar, pero cuando pasas tanto tiempo en un ambiente selvático digamos que no hay mucho espacio para la seducción.

Consejo: nunca bajes tus pantalones en el medio de la selva.

Envuelvo su cintura, sintiendo la textura de su vestido.

Ella gime en mi boca, despertando algo en mí y la empujo hasta la barandilla para sentir su cuerpo contra el mío.

Es ella quien rompe el beso para tomar aire, sus ojos almendra me miran casi confundidos, como si no pudiera entender qué demonios acaba de pasar.

—Yo tampoco lo entiendo. —digo recuperando el aliento—, pero si eso fue un beso…

—Qué será lo demás.

—Exacto.

Vuelvo a besarla con más soltura, con más pasión, con más fuego.

Lo que daría por follarla aquí y ahora.

Mi mano se desliza por su espalda y disimuladamente llego a su trasero, apoyando mi mano allí casi con miedo.

Pero esta chica misteriosa vuelve a sorprenderme, haciendo lo mismo con el mío.

Quiero sonreír, ninguna mujer tocó mi culo cuando me besaba.

Ahora lo rompo yo.

—Ven a mi piso. —imploro—, prometo no ser un psicópata, solo un hombre muy, muy, *muy* caliente.

Se sonríe y asiente.

—Está bien.

—Sí? —wow pensé que tendría que convencerla—, genial, espérame por mí, iré a decirle a mi…

Oh joder…

No sabe quién soy.

Y no puedo llevarla engañada a la cama, mi código moral inventado no me lo permite.

—Oye —rasco mi nuca—, hay algo que no te dije.

—Tienes novia.

—No.

—¿Esposa?

—Tampoco.

Ella arquea una ceja.

—... ¿Novio?

—No, es verdad que soy el fotógrafo de esta fiesta, pero no soy cualquier fotógrafo, mis fotos aparentemente son algo grande —explico pretendiendo ser humilde— y estoy tomándolas para la caridad, la gente paga mucho dinero por ellas.

Ella me escucha y escucha.

Su rostro neutro.

—Eres reconocido.

—Sí —media sonrisa—, solamente lo digo porque no quiero que pienses que…

—Que eres un fotógrafo normal.

—Claro, bueno no, no usaría esas palabras exactas, pero...

—No te preocupes.

Dice esas palabras, pero no estoy convencido.

—Te prometo que no soy un pijo más de toda esa muchedumbre.

—Entiendo.

—Veras, dices entiendo, pero tu vibra dice otra cosa.

Ella se acerca a mí y me deja un beso en mis labios.

—¿Qué tienes que hacer ahora?

—Mi madre es la que organizó este evento, solo le diré que ya tomé suficientes fotos, ¿me esperas?

—¡Claro! Ve.

Me giro sobre mis talones y me detengo.

—¿No te moverás de aquí?

—Noo, ¡ve!

—Mira que mi corazón es muy sensible.

—¡Vee, fotógrafo! Antes de que me arrepienta.

Sonrío y entro a la fiesta, encuentro a mi madre a pocos metros.

—Mamá...

—Sí, lo sé, ya te vi, como el resto de los invitados, ve, Berny.

Me río sin aclarar nada y dejo un beso en su frente.

Vuelvo al balcón listo para llevarla, pero... *¿Qué coño?*

No solo ella no está allí, sino que tampoco mi cámara.

Miro hacia un lado y otro

¿Por dónde demonios se fue?

***

¿Quieres reservar el ultimo libro de los Walker?
¡Aquí esta en link!

Nota de autor

Escribir sobre la depresión siempre es delicado y de antemano pido disculpas si no logré plasmarlo con la seriedad que se merece.

Las que pasamos por esto sabemos cuán *fácil* es sumergirse y cuán *difícil* es salir a la superficie, así que la intención de este libro no fue decirte *cómo* salir sino recordarte que *es posible*.

Espero que hayan disfrutado de esta pareja que es un poco intensa pero que se merecía un gran final feliz.

De nada por los capítulos Bonus que les dejé, jiji.

Si quieren ver los personajes desde mi imaginación, las invito a pasar por mi Instagram a ver las imágenes AI que generé para los personajes.

Y espero que hayan explorado mi ciudad Buenos Aires conmigo a través de las palabras de los personajes y que mis compatriotas argentinas se hayan emocionado tanto como yo al poder AL FIN poner a mi país en la mirada del mundo.

Como saben yo vivo en Estados Unidos, Texas hace muchos años y trato de viajar una vez al año a mi casa.

Buenos aires.

Así que esto fue extra emocionante para mí.

Les recomiendo leer el adelanto de Bernardo que es el siguiente y último Walker, llega el momento de despedirnos de esta familia espectacular, así que ¡no me dejen sola en un mar de lagrimas por favor!

¡Las quiero!

Marcia.

PD: Esta es la parte donde lloro por reseñas, si te gustó el libro o te hizo olvidar aunque sea un ratito de todo lo que tenias que hacer, déjame una en Amazon o Goodreads para que el libro llegue a nuevas manos.

¡Fin del llanto!

Agradecimientos

Quiero agradecer a las personas que siempre me dan una mano con mis historias.

Mis lectoras fieles: Danita, Yensi, Meli W. y Meli S.

A mi editora Nati que le da magia al texto y me hace quedar muy bien. ¡Ya que estoy le mando un saludo a la mamá que me dijo que lee mis libros!

A mi hermana por darme una mano gigante con las redes sociales.

A las chicas de Essensly Book Tours & Managment por ayudarme con la distribución a mis queridas Bookstagramers.

A mis lectoras por la paciencia.

A mi familia por soportarme en los ataques de histeria.

¡Gracias a todos!

Acerca del Autor

Marcia DM es una argentina que vive en Estados Unidos hace siete años. En su travesía por encontrar nuevos territorios, Marcia retomó un gran amor que era la escritura y hoy lleva publicados trece libros en español y tres en inglés.

Marcia vive en una pequeña ciudad de Texas, le gusta mucho la decoración de interiores, hacer proyectos en su casa (sus manos lo pueden demostrar) y dibujar.

Puedes seguirla en tus redes sociales favoritas, pero Marcia tiene que admitir que Instagram y el grupo privado de Facebook es donde más interactúa con sus seguidoras.

Otras Obras de Marcia DM

Romance Contemporaneo:

Amor y Odio en Manhattan.

Segunda Oportunidad en Miami

Rivales en Dallas.

San Francisco Inesperado

Walker Segunda Generación:

El Color del Anhelo

El Color del Pecado

El Color del Odio

El Color del Impulso

Romance oscuro

Resiliencia

Stamina

Deber

Rage

Carter

Saga King Security:

Mentiras Robadas

Hecha de Veneno

Hecho de Tragedia

(próximamente)

Romance distopico:

La Marca Del Silver Wolf

Romance Paranormal:

Príncipe Oscuro